Jean-Paul Sartre
O MURO

TRADUÇÃO *H. Alcântara Silveira*
PREFÁCIO *Caio Liudvik*

24ª EDIÇÃO

EDITORA
NOVA
FRONTEIRA

© Édittions Gallimard, 1939

Direitos de edição da obra em língua portuguesa no Brasil adquiridos pela EDITORA NOVA FRONTEIRA PARTICIPAÇÕES S.A. Todos os direitos reservados. Nenhuma parte desta obra pode ser apropriada e estocada em sistema de banco de dados ou processo similar, em qualquer forma ou meio, seja eletrônico, de fotocópia, gravação etc., sem a permissão do detentor do copirraite.

EDITORA NOVA FRONTEIRA PARTICIPAÇÕES S.A.
Rua Candelária, 60 – 7º andar – Centro – 20091-020
Rio de Janeiro – RJ – Brasil
Tel.: (21) 3882-8200

CIP-Brasil. Catalogação na fonte
Sindicato Nacional dos Editores de Livros, RJ

S261m   Sartre, Jean-Paul, 1905-1980
        O muro / Jean-Paul Sartre ; tradução H. Alcântara Silveira. - [24 ed.] - Rio de Janeiro : Nova Fronteira, 2021. (Clássicos de Ouro) 184 p.

        Tradução de: Le mur
        ISBN 9786556402185

        1. Conto francês. I. Silveira, Alcântara, 1910-. II. Título. III. Série.

15-25312   CDD: 843
                             CDU: 821.133.1-3

A Olga Kosakiewicz

Sumário

Prefácio 9

O muro 13
O quarto 33
Erostrato 59
Intimidade 75
A infância de um chefe 107

Prefácio

"Ninguém quer encarar de frente a Existência", diz Jean-Paul Sartre em texto de apresentação da edição original das cinco histórias de *O muro* (1939). E prossegue:

> Temos aqui cinco pequenas *déroutes* [derrotas, debandadas] — trágicas ou cômicas — em relação a ela, cinco vias. (...) Todas essas fugas são barradas por um Muro; fugir da Existência é ainda existir. A Existência é um maciço que o homem não pode largar.

Ateu íntimo do cristianismo, Sartre faz aqui alusão às célebres "cinco vias" de demonstração da existência de Deus segundo Tomás de Aquino. Alusão, porém, sarcástica, como o tom de grande parte do livro que temos em mãos: o que se vai "demonstrar", ou melhor, exemplificar, com os recursos descritivos e emocionais da arte literária, é o que, no clássico *O ser e o nada* (1943), Sartre transformaria, aí sim, em objeto de demonstração filosófica: a vocação humana ao *fracasso* existencial.

Mas calma, caro leitor. Este prefácio não pretende afugentar almas em busca de algum consolo para os tempos já tão deprimentes que nos coube viver. Sartre não acredita que estamos todos necessariamente condenados a nos arrastar pela vida com a bola de ferro de prisioneiros da infelicidade.

Se há para nós uma condenação definitiva, diz o expoente maior do existencialismo, ela é à *liberdade*. O problema é que, ao contrário de muitos gurus do empreendedorismo e da autoajuda, Sartre não vende a ilusão de que a liberdade é o esplendor divino de nossa vontade (*there's a will, there's a way*), capacidade infinita de fazer amigos e influenciar pessoas, passaporte mágico para o sucesso, ou seja, para o atendimento dos padrões externos do sucesso, em todas as searas. A liberdade, em Sartre, é indissociável de certo desencantamento em relação ao mundo e a nós mesmos. É a constatação de que nada está dado de antemão, de que o sentido da vida não é uma dádiva, mas uma conquista; de que nossos rumos não estão escritos nas estrelas, nem nos genes, nem em dogmas políticos ou religiosos — de que a vida humana, em sua miséria e grandeza, é uma página em branco a cada novo despertar. Um vazio cujo preenchimento, além de impossível, é indesejável, como mostram os destinos narrados nos contos de *O muro*. As vias de fuga desses seres atormentados pela Existência são consolos paradoxais: ensinam pelo antiexemplo. São rendições a um absurdo que, como diria Albert Camus, deveria ser ponto de partida, não de chegada.

Pablo Ibbieta, no conto que empresta o título à coletânea, por exemplo, vê no "muro" que haveria de encontrar no dia seguinte — é um prisioneiro das forças franquistas, na iminência de ser fuzilado — o espelho que lhe revela o desvalor de todos os sonhos, afetos, recordações.

"O quarto" nos abre acesso ao enigma da loucura. Valendo-se de seus estudos teóricos sobre a fenomenologia da imaginação, Sartre se questiona, com foco na personagem de Pierre: em que medida o louco é responsável pela sua doença, ou mera vítima de alguma degeneração hereditária, de algum inconsciente todo-poderoso? Em que medida o louco "mente" com as alucinações que parece ver e ouvir? E, movendo-nos da consciência de Pierre para a de sua apaixonada esposa, Éve: o amor é uma vontade de enlouquecer junto? A "loucura", psiquiátrica ou não, é uma forma de protesto contra os "muros" da normalidade pequeno-burguesa?

Outra história memorável é "Erostrato". Levando adiante, porém em tons claramente zombeteiros, a posição visceralmente anti-humanista de Antoine Roquentin em *A náusea* (1938), Sartre mostra como um homem pode querer fugir ao muro de sua pequenez não pela criação, mas pela destruição. Se a existência, e Sartre concorda com Hegel neste ponto, é luta de vida ou morte pelo reconhecimento do outro, um homem abjeto pode encontrar no apetite genocida a única forma de, contornando sua pequenez, se destacar da multidão anônima e ainda por cima, quem sabe, ser exaltado como um "mito".

Tudo isso tem, evidentemente, conotações não apenas existenciais, como também políticas. *O muro* é uma das melhores introduções ao conjunto da obra de Sartre; e o é também por já revelar a presença de um forte afeto político que muitos comentadores dizem erroneamente que Sartre só adquiriria no contexto de seu aprisionamento pelos nazistas e da sua participação na Resistência francesa a Hitler.

"A infância de um chefe", que fecha com chave de ouro a coletânea, é não só a história mais longa, mais forte, como também a mais explicitamente politizada. Engajada mesmo, ainda que não segundo os cânones duvidosos de uma arte submetida a cartilhas ideológicas estreitas.

Parodiando o gênero literário do romance de formação, Sartre reconstitui os conflitos e decisões que fariam do filho de um "chefe" (de um patrão burguês do interior da França) um novo recruta convicto de sua classe social e não só dela, mas também do fascismo antissemita que em breve mergulharia a Europa na apoteose da infâmia.

Se é verdade que a correlação de forças sociais e ideológicas também configuram um "muro", uma limitação de nossas possibilidades individuais, sempre há uma margem de manobra para a escolha, a experimentação. E é justamente isso o que acabou por aterrorizar o protagonista, Lucien Fleurier.

Intimamente consciente de seu vazio existencial, Fleurier resolveu tratá-lo como desvio a ser "curado", e não como espaço de liberdade. Suas buscas de si mesmo, que por um tempo o impulsionaram a aventuras intelectuais e afetivas (surrealismo, psicanálise, uma iniciação homossexual), acabam por lhe suscitar a vergonha e o anseio do porto seguro de uma identidade pétrea – outra acepção possível da metáfora que dá nome ao livro. O ódio aos judeus, o ódio em geral, é expediente poderoso para almas incapazes de encarar suas próprias sombras, do que o narrador chama de "névoa", a mesma em que Roquentin, em *A náusea*, aceitou se dissolver para talvez poder se recriar como artista.

Nessas vésperas da Segunda Guerra Mundial, Sartre ainda está distante do marxismo como método de análise crítica da sociedade. Mas já é revolucionário em seus pressupostos básicos sobre a subjetividade, a qual deixa, com ele, de ser um sinônimo do individualismo burguês.

É anarquista sua descrição da consciência como um campo aberto e descentrado de possibilidades de condutas e de pensamentos. O ego, nessa paisagem florida e desértica, é uma miragem secundária, um "chefe" psíquico muitas vezes adorado como forma de falsa pacificação da angústia, ao preço de nos revestirmos das correntes autoritárias de um mundo social rígido, embrutecido, fadado — ele sim — a nos condenar à infelicidade.

Essas são algumas das preciosas lições das cinco vias de fracasso existencial que *O muro* desbrava de maneira exuberante. Uma leitura imprescindível para quem ainda não trocou o sexo, drogas e *rock 'n' roll* pela segurança pétrea de lemas "incorruptíveis" como Deus, Pátria, Família e o direito ao extermínio dos mais vulneráveis em nome da liberdade de ir e vir dos "chefes".

Aliás, Camus, que melhor do que ninguém desmascarou a lógica tenebrosa que leva do absurdo ao assassinato, aprendeu muito com *O muro*. Jovem cronista de um jornal argelino, anos antes de conhecer Sartre e ser celebrado como outra das estrelas da revolução existencialista, escreveu sobre esse livro uma resenha entusiasmada, cujo desfecho serve também como ponto final de nosso prefácio:

> *Um grande escritor sempre traz consigo seu mundo e sua prédica. A de Sartre converte ao nada, mas também à lucidez. E a imagem, que ele perpetua através de suas criaturas, de um homem sentado no meio das ruínas de sua vida, representa muito bem a grandeza e a verdade desta obra.*

Caio Liudvik
Pós-doutor em Filosofia e cientista social pela USP,
é também jornalista cultural e tradutor. Autor de
Sartre e o pensamento mítico (ed. Loyola).

O MURO

Jogaram-nos numa grande sala branca, e meus olhos começaram a piscar, porque a luz lhes fazia mal. Vi, logo depois, uma mesa e quatro sujeitos atrás dela — civis examinando papéis. Tinham deixado os outros prisioneiros no fundo, de modo que precisamos atravessar toda a sala para nos juntarmos a eles. Havia muitos que eu conhecia e outros que deviam ser estrangeiros. Os dois que estavam à minha frente eram louros, tinham cabeças redondas e se pareciam; imaginei que fossem franceses. O menor, muito nervoso, sungava as calças a todo o momento.

Aquilo durou quase três horas; sentia-me um tanto pateta e com a cabeça vazia; a sala, porém, estava bem aquecida e até mesmo agradável — havia 24 horas que estávamos tremendo de frio. Os guardas conduziam os prisioneiros, um após o outro, para diante da mesa. Os quatro sujeitos perguntavam-lhes então o nome e a profissão. Quase sempre ficavam nessas perguntas, ou então indagavam: "Tomou parte na sabotagem das munições?" "Onde estava na manhã do dia 9 e o que fazia?" Não ouviam as respostas, ou pelo menos pareciam não ouvi-las; calavam-se por um momento, olhavam para frente, depois se punham a escrever. Perguntaram a Tom se era verdade que ele servia na Brigada Internacional. Tom não podia negar, por causa dos papéis que haviam encontrado em seu casaco. A Juan não perguntaram nada, mas, depois que ele disse seu nome, escreveram longamente.

— É meu irmão José que é anarquista — disse Juan. — Os senhores sabem muito bem que ele não está mais aqui. Eu não pertenço a nenhum partido, nunca me meti em política.

Eles não disseram nada. Juan continuou:

— Não fiz nada. Não quero pagar pelos outros. — Seus lábios tremiam. Um guarda o fez calar a boca e o levou. Era a minha vez.

— Você é Pablo Ibbieta?

— Sim, senhor.

O sujeito olhou seus papéis e me perguntou:

— Onde está Ramón Gris?

— Não sei.

— Você o escondeu na sua casa do dia 6 ao dia 19.

— Não, senhor.

Eles escreveram qualquer coisa e me fizeram sair. No corredor, Tom e Juan esperavam entre dois guardas. Pusemo-nos em marcha. Tom perguntou a um dos guardas:

— E agora?

— O quê?

— Foi um interrogatório ou um julgamento?

— Julgamento — respondeu o guarda.

— E então? O que vão fazer de nós?

O guarda respondeu secamente:

— Vocês receberão a sentença nas celas.

Na verdade, o que nos servia de cela era um porão de hospital. Frio, terrivelmente frio, por causa das correntes de ar. A noite toda havíamos tiritado, e durante o dia a coisa não melhorara. Os cinco últimos dias eu os passara numa prisão do arcebispado, uma espécie de masmorra que devia datar da Idade Média. Como houvesse lá muitos prisioneiros e pouco espaço, jogavam-nos em qualquer lugar. Não tinha saudades daquela prisão; lá não se sentia frio, mas eu estava sozinho; com o passar do tempo isso começava a irritar. Naquele porão eu tinha companhia. Juan não falava nunca; sentia medo e, além disso, era muito jovem para ter uma opinião. Tom, porém, era bem falante e sabia perfeitamente o espanhol.

Havia no porão um banco e quatro esteiras. Quando eles nos deixaram, sentamo-nos e ficamos em silêncio. Por fim, Tom disse:

— Estamos fodidos.

— Também acho — disse eu —, mas creio que eles não farão nada ao garoto.

— Eles não têm nada contra Juan. É apenas irmão de um militante.

Olhei para Juan: estava absorto. Tom continuou:

— Sabe o que eles fazem em Zaragoza? Deitam os sujeitos na estrada e passam com caminhões por cima. Foi um marroquino desertor quem nos disse. Dizem que é para economizar munição.

— Mas não economizam gasolina — acrescentei. Fiquei irritado com Tom: ele não devia ter dito aquilo.

— Há também oficiais que passeiam pela estrada fiscalizando o serviço, com as mãos nos bolsos e o cigarro na boca. Você pensa que eles matam os caras? Que nada! Deixam-nos morrendo sozinhos, às vezes durante uma hora. O marroquino me disse que da primeira vez ele quase vomitou.

— Não creio que os daqui façam isso — respondi. — A menos que falte mesmo munição.

A luz do dia entrava por quatro respiradores e por um buraco redondo que tinham aberto no teto, à esquerda, por onde se via o céu. Era por essa abertura, geralmente fechada por uma tampa, que descarregavam o carvão no porão. Bem abaixo do buraco havia um monte de poeira negra. O carvão destinava-se ao aquecimento do hospital, mas, como desde o início da guerra tinham evacuado os doentes, continuava ali, inútil; chegava mesmo a chover sobre ele quando se esqueciam de baixar a tampa.

Tom começou a tremer de frio.

— Santo Deus, estou tremendo, vai começar tudo de novo.

Levantou-se e começou a fazer ginástica. A cada movimento sua camisa se abria sobre o peito branco e cabeludo. Deitou-se de costas, levantou as pernas para o ar e fez o exercício da tesoura, enquanto eu via suas grandes ancas tremerem. Tom era forte, mas sobrava-lhe banha. Eu pensava nas balas de fuzil ou nas pontas das baionetas que em breve penetrariam aquela massa de carne macia como um tablete de manteiga. Essa ideia não me faria o mesmo efeito se ele fosse magro.

Eu não estava exatamente com frio, mas não sentia nem os ombros, nem os braços. De vez em quando tinha a impressão de que me faltava alguma coisa e começava a procurar o meu casaco, mas depois me lembrava de que não me haviam dado casaco algum. Era penoso. Tinham tomado nossas roupas para dá-las aos soldados, deixando-nos somente a camisa — e essas calças de brim que os pacientes do hospital costumavam usar no verão. Depois de algum tempo, Tom levantou-se e veio sentar-se perto de mim, respirando pesadamente.

— Esquentou-se?
— Que nada! Mas estou sem fôlego.
Lá pelas oito horas da noite um oficial entrou com dois falangistas. Tinha uma folha de papel na mão e perguntou ao guarda:
— Como se chamam esses três?
— Steinbock, Ibbieta e Mirbal — respondeu o soldado. O oficial pôs os óculos e olhou a lista:
— Steinbock... Steinbock... Aqui está. Você foi condenado à morte... Será fuzilado amanhã de manhã. Tornou a olhar a lista:
— Os outros dois também.
— Não é possível — gritou Juan. — Eu, não!
O oficial dirigiu-lhe um olhar espantado:
— Como se chama?
— Juan Mirbal — disse.
— Bem, seu nome está aqui — respondeu o outro —, você foi condenado.
— Eu não fiz nada — tornou Juan.
O oficial deu de ombros e virou-se para Tom e para mim.
— Vocês são bascos?
— Ninguém aqui é basco.
Ficou meio aborrecido.
— Disseram que havia três bascos. Não vou perder tempo correndo atrás deles. Naturalmente, vocês não querem um padre...
Não dissemos nada. Ele continuou:
— Daqui a pouco virá um médico belga. Ele tem autorização para passar a noite com vocês. Fez continência e saiu.
— O que eu lhe dizia — observou Tom. — Estamos fodidos.
— É... — respondi. — É maldade com o garoto.

Disse aquilo para ser justo, mas não gostava do garoto. Ele tinha uma fisionomia muito delicada, e o medo e o sofrimento haviam-na desfigurado, vincando todos os seus traços. Três dias antes era uma criança franzina, com seus encantos, mas agora parecia um velho, e eu achava que nunca mais voltaria a ser jovem, mesmo que lhe dessem liberdade. Não seria mau oferecer-lhe um pouco de piedade, mas a piedade me desgosta e ele me inspirava horror.

Ele não dissera nada, mas se tornara cinzento. Seu rosto e suas mãos estavam cinzentos. Tornou a sentar-se e olhou para o chão com olhos tristes. Tom, que era uma boa alma, quis lhe tomar o braço, mas o garoto se desvencilhou violentamente com uma careta.

— Deixe-o — disse eu em voz baixa —, você está vendo que ele vai começar a chorar.

Tom obedeceu a contragosto; gostaria de consolar o menino; aquilo o manteria ocupado, não lhe daria tempo de pensar em si próprio. Mas a coisa me irritava: eu nunca pensara na morte porque a ocasião nunca se apresentara; agora, porém, a ocasião tinha chegado e não havia outra coisa a fazer senão pensar nela.

Tom começou a falar:

— Você liquidou uns sujeitos, não? — perguntou-me.

Não respondi. Ele então começou a me explicar que havia liquidado seis desde o início de agosto; não se dava conta da situação e eu percebia que ele não *queria* se dar conta. Eu mesmo não avaliava tudo perfeitamente, perguntava-me se sofreríamos muito, pensava nas balas, imaginava sua passagem ardente através do meu corpo. Tudo aquilo estava fora da verdadeira questão, mas eu me sentia tranquilo. Tínhamos a noite toda para pensar. Depois de um tempo, Tom parou de falar e eu o olhei com o rabo do olho; percebi que também se tornara cinzento e tinha um ar miserável. Disse a mim mesmo: "Vai começar." Era quase noite, um luar leitoso filtrava-se através dos respiradouros e do monte de carvão, numa grande mancha sob o céu; pelo buraco do forro eu via já uma estrela; a noite seria pura e gelada.

A porta se abriu e dois guardas entraram. Seguia-os um homem louro enfiado numa farda belga. Ele nos cumprimentou:

— Sou médico — disse. — Tenho autorização para assisti-los nesta penosa circunstância.

Tinha uma voz agradável e distinta. Perguntei-lhe:

— Que é que o senhor veio fazer aqui?

— Estou à sua disposição. Farei todo o possível para que estas últimas horas sejam menos difíceis.

— Por que veio até aqui? O hospital está cheio de gente como nós.

— Mandaram-me — respondeu, vago. — Vocês gostariam de fumar, não? — acrescentou precipitadamente. — Trouxe cigarros e até charutos.

Ofereceu-nos cigarros ingleses e charutos, mas recusamos. Olhei-o nos olhos e ele pareceu incomodado. Disse-lhe:

— O senhor não veio aqui por compaixão. Aliás, eu o conheço. Eu o vi com os fascistas no pátio da caserna no dia em que nos prenderam.

Ia continuar, mas de súbito aconteceu algo que me surpreendeu: a presença daquele médico cessou bruscamente de me interessar. Geralmente, quando pego um homem, não o largo mais. Entretanto, o desejo de conversar me abandonou; dei de ombros e desviei os olhos. Um pouco mais tarde, levantei a cabeça; ele me observava com curiosidade. Os guardas estavam sentados sobre uma esteira. Pedro, o magricela, nada fazia; o outro agitava a cabeça, de quando em vez, para não dormir.

— O senhor quer luz? — perguntou Pedro de repente ao médico.

O outro fez que sim com a cabeça. Parecia tão inteligente quanto uma porta, mas sem dúvida não era mau. Olhando seus grandes olhos azuis e frios, parecia-me que ele pecava sobretudo por falta de imaginação. Pedro saiu e voltou com um lampião a querosene, que colocou sobre o canto do banco. A luz era fraca, mas melhor do que nada. Na véspera, haviam-nos deixado no escuro. Olhei durante algum tempo o disco de luz que o lampião projetava no teto. Estava fascinado. Depois, bruscamente, voltei a mim, a roda luminosa desapareceu e me senti esmagado por um peso enorme. Não era o pensamento da morte, nem o medo; era uma coisa sem nome. Minhas faces queimavam e eu sentia uma dor na cabeça.

Sacudi-me e olhei meus dois companheiros. Tom havia escondido o rosto entre as mãos, e eu só via sua nuca branca e gorda. O pequeno Juan era, de longe, o que estava em pior estado, tinha a boca aberta e as narinas fremindo. O médico aproximou-se dele e pousou-lhe a mão sobre o ombro, como que para reconfortá-lo, mas seus olhos continuavam frios. Depois vi a mão do belga descer dissimuladamente ao longo do braço de Juan até o pulso. Juan, indiferente, não esboçava um gesto. O belga tomou-lhe o pulso entre três dedos, distraído, ao mesmo tempo em que recuava um pouco para me dar as costas. Eu, porém, me inclinei para trás e o vi consultar o relógio um instante, sem abandonar o pulso do garoto. Por fim, deixou cair a mão inerte e foi encostar-se à parede. Depois, como se se lembrasse de repente de algo muito importante que era preciso anotar na hora, tirou um caderninho do bolso e nele escreveu algumas linhas. "Cachorro!", pensei com raiva. "Ele que venha me tomar o pulso e lhe quebrarei o focinho."

Ele não veio para o meu lado, mas percebi que me observava. Levantei a cabeça e retribuí o olhar. Interpelou-me, então, com uma voz impessoal:

— O senhor não acha que a gente tirita aqui? — Ele parecia ter frio; estava roxo.

— Não sinto frio — respondi.

O médico não parava de me fitar com seu olhar duro. De súbito compreendi e levei a mão ao rosto; estava molhado de suor. Naquele porão, no auge do inverno, em plena corrente de ar, eu suava. Passei os dedos pelos cabelos e senti-os empastados pela transpiração; minha camisa estava úmida e colada à pele; havia pelo menos uma hora suava em bicas e não havia sentido nada. Mas aquilo não escapou ao safado do belga, que viu as gotas de suor rolando pelas minhas faces e certamente pensou: "É a manifestação de um estado de terror quase patológico"; e deve ter se sentido normal e orgulhoso disso, do fato de estar com frio. Senti desejos de me levantar e quebrar-lhe a cara, mas assim que esbocei um gesto minha vergonha e cólera desapareceram; caí sobre o banco com indiferença.

Contentei-me em esfregar o pescoço com o lenço, porque agora sentia o suor pingando de meus cabelos sobre a nuca, o que era desagradável. Logo, porém, renunciei à fricção, era inútil; o lenço já estava extremamente molhado, era preciso torcê-lo e eu continuava a suar. Suava também nas nádegas e as calças umedecidas aderiam ao banco.

De repente Juan falou:

— O senhor é médico?

— Sou — respondeu o belga.

— A gente sofre... muito tempo?

— Oh! Quando...? Não — respondeu o outro com voz paternal —, isso acaba logo.

Parecia consolar um cliente.

— Mas eu... me disseram... que era preciso sempre dar duas descargas.

— Às vezes — respondeu o belga sacudindo a cabeça. — Pode acontecer que a primeira descarga não atinja algum órgão vital.

— Então é preciso recarregar os fuzis e atirar de novo? — Refletiu um momento e acrescentou com voz rouca. — Isso toma muito tempo!

Juan sentia um medo terrível de sofrer, não pensava senão nisso; era próprio da idade. Eu já não pensava muito no assunto e não era o medo de sofrer que me fazia transpirar.

Levantei-me e andei até o monte de carvão. Tom sobressaltou-se e me lançou um olhar de raiva. Eu o agastava porque meus sapatos rangiam. Perguntava-me se teria o rosto tão terroso quanto o dele. Percebi que ele também suava. O céu estava lindo. Nenhuma luz se insinuava nesse canto sombrio e bastava levantar a cabeça para avistar a Ursa Maior. Mas já não era como antes; na antevéspera, do calabouço do arcebispado, eu podia ver um grande pedaço do céu e cada hora do dia me trazia uma lembrança diferente. De manhã, quando o céu estava azul, de um azul duro e leve, pensava nas praias às margens do Atlântico; ao meio-dia, via o sol e me lembrava de um bar de Sevilha onde bebia *manzanilla* comendo anchovas e azeitonas; à tarde, na penumbra, pensava na sombra profunda que se estende sobre a metade das arenas enquanto a outra metade cintila ao sol; era verdadeiramente penoso ver assim a terra toda refletir-se no céu. Mas, agora, eu podia olhar para fora tanto quanto quisesse, pois o céu não evocava mais nada. Preferia assim. Voltei a me sentar perto de Tom. Um longo momento passou.

Tom começou a falar em voz baixa. Ele precisava falar o tempo todo, do contrário não se reconheceria. Acho que era a mim que se dirigia, mas não me olhava. Sem dúvida tinha medo de me ver suado e cinzento; estávamos iguais e piores do que espelhos um para o outro. Ele olhava o belga, o "vivo".

— Você compreende? — perguntava ele. — Eu não compreendo nada.

Comecei também a falar em voz baixa. Olhava o belga.

— Que é que há?

— Vai acontecer alguma coisa com a gente que eu não posso compreender.

Havia um cheiro estranho ao redor de Tom. Tive a impressão de que meu olfato estava mais apurado que de costume. Brinquei:

— Você vai compreender daqui a pouco.

— Não está nada claro — continuou ele, obstinado. — Sou capaz de ter coragem, mas seria preciso ao menos que eu soubesse... Escute, vão nos levar para o pátio, vão se postar diante de nós. Quantos serão?

— Não sei. Cinco ou oito. Não mais do que isso.

— Muito bem. Serão oito. Ouve-se um grito: "Apontar", e eu verei oito fuzis apontados para mim. Acho que desejarei penetrar no muro;

empurrarei o muro com as costas e toda a minha força, e o muro resistirá, como nos pesadelos. Posso imaginar tudo isso. Ah! Se você soubesse como posso imaginar.

— Eu também imagino.

— Deve ser horrível. Você sabia que eles miram nos olhos e na boca, para desfigurar a pessoa? — perguntou. — Eu já estou sentindo os ferimentos; há uma hora que estou com dores na cabeça e no pescoço. Não são dores verdadeiras, o que é pior; são as dores que eu vou sentir amanhã de manhã. E depois?

Eu compreendia muito bem o que ele queria dizer, mas desejava fingir que não. Quanto às dores, eu também as sentia em meu corpo, como uma porção de cutiladas. Eu não queria concordar, mas estava como ele.

— Depois — atalhei com dureza —, você vai comer capim pela raiz.

Tom pôs-se a falar com seus botões: não tirava os olhos do belga, que parecia não ouvir nada. Eu sabia o que ele tinha vindo fazer; o que nós pensávamos não o interessava; tinha vindo observar nossos corpos, que agonizavam vivos.

— É como nos pesadelos — continuava Tom. — Quer-se pensar em alguma coisa e tem-se o tempo todo a impressão de que afinal se vai compreender, mas não, a coisa desliza, escapa, cai. Digo para mim mesmo: depois, não haverá mais nada. Não compreendo, porém, o que isso quer dizer. Há momentos em que quase chego a decifrar... e depois a coisa me escapa, recomeço a pensar nas dores, nas balas, nas detonações. Sou materialista, juro a você; e não estou ficando louco. Há alguma coisa, porém, que está destoando. Vejo meu cadáver; isto não é difícil, mas sou *eu* que o vejo, com *meus* olhos. Seria preciso que eu chegasse a pensar... a pensar que não verei mais nada, que não ouvirei mais nada e que o mundo continuará para os outros. Não somos feitos para pensar nisso, Pablo. Pode acreditar, já me aconteceu ficar uma noite inteira acordado, esperando alguma coisa. Mas essa coisa que eu esperava não é parecida com isso; isso nos pegará pelas costas, Pablo, e não teremos tempo de nos preparar.

— Cale-se! — disse eu. — Quer que chame um confessor?

Ele não respondeu. Já havia notado que ele tinha uma tendência para bancar o profeta e me chamar de Pablo com voz incolor. Eu não gostava daquilo, mas parece que todos os irlandeses são assim mesmo.

Tinha uma vaga impressão de que ele cheirava a urina. No fundo não tinha muita simpatia por Tom e não via por que, sob pretexto de que íamos morrer juntos, eu teria obrigação de aturá-lo. Com certas pessoas isso seria diferente. Com Ramón Gris, por exemplo. Mas entre Tom e Juan eu me sentia só. Aliás, preferia assim; com Ramón eu ficaria talvez comovido. Nesse momento, porém, eu estava terrivelmente duro, e queria permanecer duro.

Tom continuou a engrolar palavras, com uma espécie de distração. Certamente falava para não poder pensar. Cheirava a urina como os velhos prostáticos. Naturalmente, eu pensava como ele e tudo quanto me dizia eu poderia dizer-lhe — esse negócio de morrer não é nada *natural*. E, como eu ia morrer mesmo, nada mais me parecia natural, nem o monte de carvão, nem o banco, nem a boca imunda de Pedro. A verdade é que me desagradava pensar sobre as mesmas coisas que Tom. Sabia muito bem que durante a noite toda, com uma diferença de uns cinco minutos, talvez, continuaríamos a pensar no mesmo assunto, a suar e a ter calafrios ao mesmo tempo. Eu olhava-o de lado e, pela primeira vez, pareceu-me estranho; a morte estampava-se no seu rosto. Eu me sentia ferido em meu orgulho; durante 24 horas havia vivido ombro a ombro com Tom; escutei-o, falei-lhe e sabia que nada tínhamos em comum. E agora nós nos assemelhávamos como gêmeos, simplesmente porque iríamos estrebuchar juntos. Tom me segurou pela mão, sem me olhar:

— Pablo, estou pensando... estou pensando se é verdade que a gente desaparece.

Retirei minha mão da dele e respondi:

— Olhe entre os seus pés, porcalhão. Havia uma poça d'água entre seus pés, e gotas continuavam a cair de suas calças.

— Que é isto? — gritou ele, espantado.

— Você está mijando nas calças.

— Não — disse ele, furioso. — Não estou mijando nas calças, não estou sentindo nada.

O belga aproximou-se e perguntou com solicitude fingida:

— O senhor está doente?

Tom não respondeu. O outro olhou a poça em silêncio.

— Não sei o que é isto — disse Tom, arredio —, mas não estou com medo. Juro que não estou com medo.

O belga continuou mudo. Tom se levantou e foi urinar num canto. Voltou depois, abotoando a braguilha, tornou a sentar e não abriu mais a boca. O belga tomava notas.

Nós três o olhávamos porque ele estava vivo. Fazia gestos de gente viva, tinha as preocupações de gente viva; ele tiritava no porão, como deviam tiritar todos os vivos; possuía um corpo obediente e bem-nutrido. Nós não sentíamos mais nossos corpos — não como ele, em todo caso. Tinha vontade de tatear minhas calças, entre minhas pernas, mas não ousava; olhava o belga, arqueado sobre as pernas, senhor de seus músculos — e que podia pensar no amanhã. Estávamos ali, três sombras sem sangue; olhávamos o belga e sugávamos sua vida como vampiros.

O médico acabou por se aproximar do pequeno Juan. Queria pegar em sua nuca levado pela profissão ou obedecia a um impulso caridoso? Se agiu por caridade, foi a primeira e única vez em toda a noite. Afagou a cabeça e o pescoço de Juan. Este não o impediu, mas não o perdeu de vista; depois, subitamente, pegou-lhe a mão e pôs-se a observá-la com ar abobalhado. Reteve a mão do belga entre as suas, que nada tinham de agradável, duas pinças cinzentas que prendiam aquela mão gorda e avermelhada. Eu imaginava o que ia acontecer e Tom também, sem dúvida; o belga, porém, não percebia nada e sorria paternalmente. Ao fim de um momento, o pequeno levou a gorda pata à boca e tentou mordê-la. O belga desvencilhou-se rapidamente e recuou cambaleando até o muro. Durante um segundo ele fitou-nos com horror; deve ter compreendido de repente que não éramos homens como ele. Pus-me a rir e um dos guardas sobressaltou-se. O outro adormecera, e seus olhos, totalmente abertos, estavam brancos.

Sentia-me cansado e superexcitado ao mesmo tempo. Não queria mais pensar no que aconteceria de manhã cedinho, nem na morte. Aquilo não tinha sentido, eu não encontrava senão palavras, um vazio. Desde, porém, que tentara começar a pensar em outra coisa, via canos de fuzis apontados para mim. Vivi talvez umas vinte vezes seguidas a minha execução; numa delas cheguei mesmo a pensar que o fuzilamento tinha ocorrido; devo ter dormido um minuto. Eles me carregavam para o muro enquanto eu me debatia; pedia-lhes perdão. Acordei sobressaltado e olhei o belga; tinha medo de ter gritado durante o sono. Ele, porém, alisava o bigode e não notara nada. Creio que me esforçando teria dormido um pouco; havia 48 horas que eu estava acordado, me sentia esgotado. Mas não tinha vontade de perder duas horas de vida; viriam me acordar mal amanhecesse, eu os seguiria tonto de sono e estrebucharia sem um ai; não queria morrer como um animal, queria compreender. Além disso, tinha medo de ter pesadelos. Levantei-me, andei de um lado para outro e, para afastar aquelas ideias, comecei a pensar no passado. Uma onda de lembranças surgiu em confusão, tanto as boas quanto as ruins — ou pelo menos era assim que eu as considerava *antes*. Via rostos e histórias. Revi a fisionomia de um *novillero* que levara uma chifrada em Valência durante a Feria, o rosto de um de meus tios, e o de Ramón Gris. Lembrei-me de alguns episódios: o desemprego durante três meses em 1926, como escapei de morrer de fome. Recordei-me de uma noite passada num banco, em Granada; havia três dias que não me alimentava, estava enraivecido e não queria morrer. Aquilo me fez sorrir. Com que ansiedade eu corria atrás da felicidade, atrás das mulheres, atrás da liberdade... A troco de quê? Quisera libertar a Espanha, admirava Pi y Margall, aderira ao movimento anarquista, discursava em comícios: levava tudo a sério, como se fosse imortal.

Nesse momento, tive a impressão de que teria toda a vida pela frente, e pensei: "É uma grande mentira." Não valia nada, pois havia acabado. Perguntei-me como conseguira passear, divertir-me com mulheres; não teria movido um dedo se imaginasse que acabaria desse jeito. Tinha toda a vida diante de mim, fechada como um saco, e entretanto tudo quanto estava lá dentro continuava inacabado. Tentei, num momento, julgá-la. Quisera dizer: foi uma bela vida. Mas não se podia fazer um julgamento, pois ela era apenas um esboço; eu passara o tempo todo fazendo castelos para a eternidade, não compreendera nada. Não tinha saudades de nada; havia uma porção de coisas das quais poderia sentir saudades, do gosto da *manzanilla*, dos banhos que tomava no verão numa enseadinha perto de Cádis; a morte, porém, roubara o encanto de tudo.

De repente, o belga teve uma ideia luminosa.

— Meus amigos — disse-nos —, posso encarregar-me, desde que o comando militar consinta, de levar uma palavra de vocês, uma lembrança às pessoas queridas...

Tom grunhiu:

— Não tenho ninguém.

Não respondi. Tom esperou um momento e depois me observou curioso:

— Não vais mandar dizer nada a Concha?

— Não.

Detestava aquela terna cumplicidade. A culpa era minha, que tinha falado de Concha na noite anterior, deveria ter me calado. Estava com ela há um ano. Ainda na véspera daria meu braço direito para vê-la durante cinco minutos. Foi por isso que falei, não pude me controlar, era mais forte do que eu. Agora, entretanto, não tinha vontade de revê-la, nada mais tinha a lhe dizer. Não desejaria nem mesmo tomá-la em meus braços. Tinha horror ao meu corpo porque se tornara cinzento e suava, e não estava certo de não sentir asco do dela. Concha choraria quando soubesse de minha morte e durante meses não acharia gosto em viver. Assim mesmo, quem ia morrer era eu. Pensei nos seus belos olhos ternos. Quando ela me olhava, alguma coisa passava dela para mim. Mas achei que isso tinha terminado: se ela me olhasse *agora*, seu olhar continuaria em seus olhos, não viria até mim. Eu estava só.

Tom também estava só, mas não da mesma forma. Escarranchara-se sobre o banco e pusera-se a olhar para ele com uma espécie de sorriso meio abobalhado. Estendeu a mão e tocou na madeira com precaução, como se tivesse medo de quebrar alguma coisa, depois retirou os dedos e arrepiou-se. Se eu fosse Tom, não me divertiria tocando no banco; era uma dessas brincadeiras de irlandês, mas eu também achava que os objetos tinham um ar esquisito, estavam mais apagados, menos densos que de costume. Bastava olhar o banco, o lampião, o monte de carvão para sentir que ia morrer. Naturalmente, não podia pensar com clareza na minha morte, mas eu a via por todos os lados, sobre as coisas, no jeito pelo qual as coisas tinham recuado e se conservado a distância, discretamente, como pessoas que sussurram à cabeceira do moribundo. Era a *sua* morte que Tom acabara de tocar sobre o banco.

No estado em que me achava, se viessem me avisar que eu poderia voltar tranquilamente para casa, que a minha vida estava salva, eu ficaria indiferente; algumas horas ou alguns anos de espera dão na mesma, quando se perdeu a ilusão de ser eterno. Não ligava mais para nada; em certo sentido estava calmo. Era, porém, uma calma horrível

— por causa do meu corpo; enxergava com seus olhos, ouvia com seus ouvidos, mas não era mais eu; ele suava e tremia sozinho e eu não o reconhecia. Era obrigado a tocá-lo e a olhá-lo para saber o que tinha acontecido com ele como se fosse o corpo de outra pessoa. Sentia-o ainda por momentos, como um escorregamento, uma espécie de queda, como quando se está num avião apontado para baixo, ou então sentia meu coração bater. Isso tudo, porém, não me acalmava, pois o que vinha do meu corpo tinha um aspecto sujo e equívoco. Na maior parte do tempo ele permanecia calado, quieto, e eu não sentia em mim senão uma espécie de peso, uma presença imunda; tinha a impressão de estar ligado a um verme imenso. Apalpei minha calça e a senti úmida; não sabia se estava molhada de suor ou de urina, e por precaução fui mijar sobre o monte de carvão.

O belga tirou o relógio, olhou e disse:

— São três e meia.

Cachorro! Deve ter feito aquilo de propósito. Torn deu um salto. Não tínhamos percebido que o tempo corria; a noite nos envolvia como uma massa informe e sombria, já não me lembrava sequer de que ela havia começado.

Juan pôs-se a gritar. Torcia as mãos, suplicando:

— Não quero morrer! Não quero morrer!

Correu por todo o porão, levantando os braços, depois atirou-se, soluçando, sobre uma esteira. Tom olhava-o com um olhar pesado, sem desejo de consolá-lo. Não valia mesmo a pena. O garoto fazia mais barulho que nós, mas sofria menos; era como um doente que combate o mal com a febre. Quando não se tem nem febre, é muito mais grave.

Ele chorava — eu percebia que ele tinha piedade de si próprio; não pensava na morte. Um segundo, um único segundo, também tive vontade de chorar, de chorar de piedade de mim. Mas o que aconteceu foi o contrário; dei uma olhadela no garoto, vi seus magros ombros arquejantes e me senti inumano; não podia ter piedade nem dos outros nem de mim mesmo. Disse com meus botões: "Quero morrer firme."

Tom tinha se levantado, colocou-se bem debaixo da abertura redonda e pôs-se a espreitar o dia. Eu estava resolvido, queria morrer de pé e só pensava nisso. Mas depois que o médico anunciou a hora, senti o tempo passando, correndo gota a gota.

Ainda estava escuro quando ouvi a voz de Tom.
— Está ouvindo?
— Estou.
Ouviam-se passos vindos do pátio.
— Que é que eles querem? Eles não podem atirar no escuro. — Passado um instante, não ouvimos mais nada. Disse a Tom:
— Está amanhecendo.
Pedro levantou-se cambaleando e veio apagar o lampião. Disse ao companheiro:
— Frio besta.
O porão tornara-se inteiramente cinzento. Ouvíamos tiros ao longe.
— Começou — disse a Tom —, eles fazem isso no pátio de trás.
Tom pediu um cigarro ao médico. Eu não queria, não desejava nem cigarro nem álcool. Depois daquele momento não pararam mais de dar tiros.
— Está percebendo? — perguntou Tom.
Queria acrescentar alguma coisa, mas calou-se. Olhava fixamente a porta, que se abriu deixando entrar um tenente acompanhado de quatro soldados. Tom deixou cair o cigarro.
— Steinbock?
Tom continuava mudo. Foi Pedro quem o apontou.
— Juan Mirbal?
— E aquele na esteira.
— Levante-se — ordenou o oficial.
Juan não se mexeu. Dois soldados o agarraram pelos braços e o puseram de pé, mas assim que o largaram ele desabou. Os soldados hesitaram.
— Não é o primeiro nessas condições — disse o tenente.
— Carreguem-no, lá se dará um jeito. — Virou-se para Tom:
— Vamos embora.
Tom saiu escoltado por dois soldados. Dois outros iam atrás levando o garoto pelos braços e pelas pernas. Ele não tinha desmaiado; seus olhos estavam arregalados e lágrimas deslizavam-lhe pelas faces. Quando eu quis sair o tenente me impediu:
— Ibbieta é você?
— Sim.
— Espere aqui, daqui a pouco virão buscá-lo.

Saíram. O belga e os dois carcereiros saíram também. Fiquei sozinho. Não compreendia o que estava acontecendo, mas preferia que tivessem acabado logo com tudo. Ouvia as salvas a intervalos quase regulares: a cada uma delas eu estremecia. Tinha vontade de urrar e de arrancar os cabelos. Mas cerrava os dentes e afundava as mãos nos bolsos porque queria continuar firme.

Ao cabo de uma hora vieram me buscar e me conduziram ao primeiro andar, a uma salinha que cheirava a charuto e cujo calor me pareceu sufocante. Dois oficiais fumavam, sentados em poltronas, com papéis sobre os joelhos.

— Você se chama Ibbieta?
— Sim.
— Onde está Ramón Gris?
— Não sei.

O que me interrogava era baixo e atarracado. Tinha olhos duros atrás dos óculos. Disse:

— Aproxime-se.

Aproximei-me. Levantou-se e segurou-me pelo braço, olhando-me como se quisesse me enterrar. Ao mesmo tempo, apertava meu bíceps com toda a força. Não fazia aquilo por maldade, mas era um golpe; queria me dominar. Julgava necessário também lançar seu hálito azedo no meu rosto. Ficamos um momento assim, eu com vontade de rir. É preciso muito mais para intimidar um homem que vai morrer. Aquilo não bastava. Empurrou-me com violência e tornou a se sentar.

— A sua vida pela vida dele. Ficará livre se disser onde ele está.

Aqueles dois sujeitos agaloados com chicotes e botas eram, no entanto, homens que também iam morrer. Um pouco mais tarde do que eu, mas não muito. E eles se ocupavam em procurar nomes em sua papelada inútil, correr atrás de outros homens para prendê-los ou eliminá-los; tinham opiniões sobre o futuro da Espanha e sobre outros assuntos. Suas atividadezinhas me pareciam chocantes e burlescas; não conseguia mais me colocar em seus lugares; tinha a impressão de que estavam loucos.

O baixinho atarracado olhava-me o tempo todo, chicoteando as botas. Todos os seus gestos tinham sido estudados para lhe dar um aspecto de animal vivo e feroz.

— E então? Compreendeu?

— Não sei onde está Gris — respondi. — Pensei que estivesse em Madri.

Outro oficial levantou a mão pálida com indolência. Também aquela indolência era calculada. Via todas as suas manhas e estava estupefato por haver homens capazes de se divertirem com isso.

— Você tem 15 minutos para refletir — disse ele lentamente. — Levem-no para a rouparia e tragam-no de volta daqui a 15 minutos. Se persistir na recusa, será fuzilado imediatamente.

Eles sabiam o que faziam. Eu passara a noite à espera; depois disso tinham-me feito ainda esperar uma hora no porão enquanto fuzilavam Tom e Juan, e agora me fechavam na rouparia; certamente tinham preparado aquele golpe na véspera. Sabiam que os nervos se gastariam e pensavam que assim poderiam me dominar.

Enganavam-se, porém. Na rouparia, sentei-me num banquinho porque me sentia muito fraco, e pus-me a refletir. Mas não na proposta deles. Naturalmente, eu sabia onde estava Gris; escondera-se na casa de seus primos, a quatro quilômetros da cidade. Sabia também que não revelaria seu esconderijo, salvo se me torturassem (não parecia, porém, que quisessem fazê-lo). Tudo aquilo estava perfeitamente regulado, definitivo, e não me interessava absolutamente. Queria, contudo, compreender a razão da minha conduta. Preferia morrer a entregar Gris. Por quê? Eu já não gostava de Ramón Gris. Minha amizade por ele tinha morrido um pouco antes do amanhecer, juntamente com meu amor a Concha, com meu desejo de viver. Eu o estimava, sem dúvida; era um sujeito duro. Mas não era por esta razão que eu aceitava morrer em seu lugar; sua vida não era mais valiosa que a minha; nenhuma vida tinha valor. Encostavam um homem num muro, atiravam nele até que morresse — eu, ou Gris ou outro qualquer era a mesma coisa. Sabia que ele era mais útil do que eu à causa da Espanha, mas ao diabo a Espanha e a anarquia; nada mais tinha a menor importância. Entretanto, eu estava ali, podia salvar a pele entregando Gris e me recusava a fazê-lo. Achava tudo aquilo meio cômico; era pura obstinação. Pensei: "Isso é que é ser teimoso", e uma alegria esquisita me invadiu.

Vieram me buscar e reconduziram-me aos oficiais. Um rato correu perto de nossos pés, o que me divertiu. Virei-me para um dos falangistas e perguntei:

— Viu o rato?

Ele não respondeu. Estava sombrio, levava-se a sério. Eu tinha vontade de rir, mas me controlava porque se começasse não pararia mais. O falangista usava bigode. Disse-lhe ainda:

— É preciso rapar o bigode, gorducho.

Achava engraçado que uma pessoa, estando viva, deixasse os pelos tomarem conta do rosto. Deu-me um pontapé sem muita convicção e eu me calei.

— Pois bem — disse o oficial gordo —, refletiu? — Olhei-os com curiosidade, como se fossem insetos de uma espécie muito rara, e disse:

— Sei onde ele está. Está escondido no cemitério, ou num túmulo, ou na cabana dos coveiros.

Disse aquilo para lhes pregar uma peça. Queria vê-los levantando-se, apertando seus cinturões e dando ordens como se estivessem atarefados.

Puseram-se em pé.

— Vamos. Moles, vá pedir 15 homens ao tenente López. Você — observou o gordinho —, se disse a verdade, cumprirei o prometido. Mas se mentiu, vai pagar caro.

Partiram com ruído e esperei pacatamente sob a guarda dos falangistas. De quando em quando sorria, porque imaginava a cara que eles iam fazer. Sentia-me embrutecido e malicioso. Imaginava-os levantando as lápides, abrindo os túmulos um a um. Eu me representava a situação como se fosse outro — esse prisioneiro obstinado a bancar o herói, esses graves falangistas com seus bigodes e esses homens uniformizados correndo entre os túmulos, tudo era de uma comicidade irresistível.

Ao cabo de uma meia hora, o gorduchinho voltou só. Pensei que ia dar a ordem de fuzilamento. Os outros deviam ter ficado no cemitério.

O oficial me olhou sem aquele ar confuso.

— Levem-no para o pátio grande, com os outros. No fim das operações militares um tribunal regular decidirá sua sorte. — Pensei que não tivesse compreendido. Perguntei-lhe:

— Então não vão me... não me fuzilarão mais?

— Por enquanto, não. Depois, não é mais comigo.

Não compreendia nada. Perguntei-lhe:

— Mas por quê?

Deu de ombros sem responder, e os soldados me levaram. No grande pátio havia uma centena de prisioneiros, mulheres, crianças, alguns velhos. Pus-me a voltar ao redor do canteiro central; estava bestificado. Ao meio-dia levaram-me ao refeitório. Dois ou três sujeitos me interpelaram. Devia conhecê-los, mas não lhes respondi; não sabia sequer onde estava.

À noitinha, jogaram no pátio uma dezena de novos prisioneiros. Reconheci García, o padeiro, que me disse:

— Maldito felizardo! Pensei que não voltaria a vê-lo com vida.

— Eles me condenaram à morte, depois mudaram de ideia. Não sei por quê.

— Pegaram-me às duas horas — disse García.

— Por quê?

García não se metia em política.

— Não sei — respondeu. — Eles prendem todos os que não pensam como eles.

Baixou a voz:

— Pegaram Gris. Comecei a tremer.

— Quando?

— Esta manhã. Ele fez besteira. Deixou o primo na terça-feira porque tiveram uma briga. Não faltaria quem se dispusesse a escondê-lo, mas ele não queria dever nada a ninguém. "Ia me esconder na casa do Ibbieta", disse ele, "mas, como ele foi preso, vou me esconder no cemitério."

— No cemitério?

— É. Foi uma besteira. Naturalmente, esta manhã eles foram até lá, tinha de acontecer. Encontraram-no na cabana dos coveiros. Ele atirou e então o abateram.

— No cemitério!

Tudo se pôs a girar e me surpreendi sentado no chão — ria tanto que lágrimas me vieram aos olhos.

O quarto

I

A sra. Darbédat segurava entre os dedos um *rahat-lucum*.* Levou-o aos lábios com cuidado, prendendo a respiração, temendo que a fina poeira de açúcar que o cobria pudesse acabar voando. "É de rosa", disse a si mesma. Depois mordeu bruscamente aquela carne vítrea e um perfume infecto encheu-lhe a boca. "É curioso como a doença afina as sensações." Começou a pensar em mesquitas, em orientais obsequiosos (estivera em Argel durante sua lua de mel), e seus lábios pálidos entreabriram-se num sorriso: também o *rahat-lucum* era obsequioso...
  Precisou passar várias vezes a palma da mão sobre as páginas do livro, porque estavam, apesar de suas precauções, recobertas por uma fina camada de pó branco. Suas mãos faziam deslizar, rolar, estalar os grãozinhos de açúcar sobre o papel liso. "Lembra-me Arcachon, quando eu lia na praia..." Ela passara o verão de 1907 à beira-mar. Naquele tempo usava um grande chapéu de palha com uma fita verde; instalava-se próximo ao quebra-mar com um romance de Gyp ou de Colette Yver. O vento trazia para seus joelhos turbilhões de areia, e de vez em quando ela sacudia o livro, segurando-o pelas bordas. A sensação era idêntica — só que os grãos de areia eram secos e estes torrõezinhos de açúcar colavam um pouco na ponta dos dedos. Lembrou-se de um pedaço de céu cinza-pérola sobre o mar escuro. "Ève ainda não tinha nascido." Sentia-se cheia de recordações e preciosa como uma caixinha de sândalo. O nome do romance que lia então veio-lhe subitamente à memória. Chamava-se *Petite madame* e não era entediante.

---
* Bombom oriental, espécie de pasta de fécula açucarada e perfumada. (N.T.)

Desde, porém, que aquela doença desconhecida a retinha no quarto, a sra. Darbédat preferia ler biografias e livros de história. Desejava que a doença, leituras graves, uma atenção persistente e voltada para suas recordações, suas sensações mais requintadas, a amadurecessem como um belo fruto de estufa.

Pensou, com um pouco de irritação, que seu marido em breve bateria na porta. Nos outros dias da semana ele aparecia somente à noitinha, beijava-lhe a testa em silêncio e lia *Le Temps* à sua frente, numa poltrona. A quinta-feira, porém, era o dia do sr. Darbédat. Ele ia passar uma hora na casa da filha, geralmente das três às quatro. Antes de sair, entrava no quarto da mulher e os dois falavam no genro com amargura. Essas conversas da quinta-feira, previsíveis nas menores minúcias, esgotavam a sra. Darbédat. O sr. Darbédat enchia o quarto tranquilo com sua presença. Ele não se sentava, andava de um lado para outro ao redor de si mesmo. Seus arrebatamentos magoavam a sra. Darbédat como estilhaços de vidro. Nessa quinta-feira, seria ainda pior que de costume — à ideia de que precisaria, dali a pouco, repetir ao marido as confissões de Ève, e ver aquele terrível corpanzil tremer de raiva, a sra. Darbédat sentia suores frios. Pegou um *lucum*, considerou-o um pouco, hesitante, e tornou a largá-lo. Não gostava que seu marido a visse comendo *lucum*.

Ouvindo-o bater, sobressaltou-se.

— Entre — disse com voz fraca.

O sr. Darbédat entrou na ponta dos pés.

— Vou ver Ève — disse, como fazia todas as quintas-feiras.

A sra. Darbédat esboçou um sorriso.

— Dê-lhe um beijo por mim.

O sr. Darbédat nada respondeu, franzindo a testa com ar preocupado. Todas as quintas-feiras, à mesma hora, uma irritação surda misturava-se nele à digestão difícil.

— Quando sair da casa dela, irei ver Franchot. Quero que ele fale seriamente e tente convencê-la.

Ele fazia frequentes visitas ao dr. Franchot. Mas em vão. A sra. Darbédat arqueou as sobrancelhas. Antigamente, quando tinha saúde, costumava encolher os ombros, Depois, porém, que a doença tornara o seu corpo pesado, substituía os gestos, que a fatigavam demais, pelo jogo fisionômico. Dizia "sim" com os olhos, "não" com o canto da boca; levantava as sobrancelhas em vez dos ombros.

— Seria preciso levá-lo à força.

— Já disse a você que é impossível. Aliás, a lei é muito malfeita. Franchot me dizia, outro dia, que eles têm aborrecimentos incríveis com as famílias. Gente que não se resolve, que quer manter o doente em casa. Os médicos ficam de mãos atadas, só podem lhes dar sua opinião, nada mais. Seria preciso — continuou — que ele fizesse um escândalo público, ou então que ela mesma pedisse a internação dele.

— E isso — disse a sra. Darbédat — não é para tão cedo.

— Não.

Ele voltou-se para o espelho e, mergulhando os dedos na barba, começou a cofiá-la. A sra. Darbédat olhava sem afeto a nuca vermelha e forte do marido.

— Se ela continuar — disse o sr. Darbédat —, acabará por ficar mais maluca do que ele; é o diabo isso! Ela não o deixa um instante, não sai nunca, a não ser para vir ver você, e não recebe ninguém. A atmosfera do quarto deles é simplesmente irrespirável. Ela nunca abre a janela porque Pierre não quer. Como se se devesse consultar um doente. Eles queimam perfumes, creio eu, uma sujeira qualquer num perfumador, parece que a gente está na igreja. Palavra de honra... às vezes eu me pergunto... ela está com um olhar estranho.

— Não notei — respondeu a sra. Darbédat. — Pareceu-me normal, mas tinha um ar triste, evidentemente.

— Ela está com cara de quem levantou do túmulo. Dorme? Come? Não adianta interrogá-la sobre essas coisas, mas acho que, com um sujeito como Pierre a seu lado, ela não deve pregar olho durante a noite — deu de ombros. — O que acho fabuloso é que nós, seus pais, não temos o direito de protegê-la contra ela mesma. De mais a mais, Pierre seria mais bem-tratado na casa de saúde de Franchot. Lá há um grande parque. Além disso — acrescentou sorrindo —, creio que ele se entenderia melhor com pessoas de sua espécie. São como as crianças, é preciso deixá-las juntas; formam uma espécie de maçonaria. Era lá que deviam tê-lo metido desde o primeiro dia, e eu digo isso para o bem dele. Era de seu próprio interesse.

O sr. Darbédat acrescentou, depois de um instante:

— Confesso que não gosto de lembrar que ela está sozinha com Pierre, sobretudo à noite. Imagine se acontece alguma coisa. Pierre parece terrivelmente dissimulado.

— Eu não sei — disse a sra. Darbédat — se há motivo para se inquietar, ele sempre foi assim. Dava a impressão de zombar de todos. Pobre rapaz — suspirou —, tão orgulhoso e chegar a esse ponto! Ele se achava mais inteligente que todos nós. Tinha uma maneira especial de te dizer "você tem razão" para acabar com as discussões... É uma bênção para ele não poder ver o seu estado.

Lembrou-se com desprazer daquele rosto comprido, irônico, sempre um pouco inclinado. Durante os primeiros dias do casamento de Ève, a sra. Darbédat quisera ter um pouco de intimidade com o genro. Ele, porém, desencorajara os seus esforços. Quase não falava e aprovava tudo, com precipitação e alheamento.

O sr. Darbédat seguia seu raciocínio:

— Franchot me fez visitar sua casa de saúde, é maravilhosa. Os doentes têm quartos particulares, com poltronas de couro e sofá-cama. Há uma quadra de tênis e vão construir uma piscina.

Plantara-se diante da janela e olhava através da vidraça, balançando-se um pouco sobre as pernas arqueadas. De súbito virou-se, os ombros caídos, as mãos nos bolsos. A sra. Darbédat percebeu que ia começar a transpirar; era sempre a mesma coisa; agora ele ia começar a andar de um lado para outro como um urso enjaulado, e a cada passo seus sapatos rangeriam.

— Meu amigo — disse ela —, sente-se, por favor, você me cansa. — Acrescentou, hesitante: — Tenho uma coisa séria para lhe dizer.

O sr. Darbédat sentou-se na poltrona, colocando as mãos sobre os joelhos. Um leve arrepio percorreu a espinha da sra. Darbédat — o momento tinha chegado, era preciso que ela lhe falasse.

— Você sabe — disse, embaraçada — que eu vi Ève terça-feira.

— Sim.

— Falamos sobre um mundo de coisas, ela estava muito bem; havia muito tempo que não a via tão confiante. Então, eu lhe fiz algumas perguntas, a fiz falar de Pierre. Soube — acrescentou, novamente embaraçada — que ela gosta *muito* dele.

— Disso eu já sei — disse o sr. Darbédat.

Ele irritava um pouco a sra. Darbédat. Era preciso sempre explicar-lhe as coisas nos menores detalhes, pondo os pontos nos is. A sra. Darbédat sonhava viver no meio de pessoas finas e sensíveis, que a compreendessem por meias palavras.

— Mas eu quero dizer — prosseguiu a sra. Darbédat — que ela está presa a ele *desta maneira,* diferente da que nós pensávamos.

O sr. Darbédat lançou olhares furiosos e inquietos ao redor, como fazia sempre que não entendia bem o sentido de uma alusão ou de uma notícia.

— Que quer dizer com isso?

— Charles — disse a sra. Darbédat —, não me canse. Devia compreender que uma mãe pode ter dificuldades em dizer certas coisas.

— Não compreendo uma palavra de tudo o que está me contando — disse o sr. Darbédat com irritação. — Você não quer dizer que...

— Pois é isso mesmo! — disse ela.

— Eles ainda têm... ainda, no momento?

— Sim! Sim! Sim! — disse ela, irritada, pronunciando secamente as palavras.

O sr. Darbédat abriu os braços, baixou a cabeça e calou-se.

— Charles — disse-lhe a mulher, inquieta —, eu não devia ter contado isso. Mas não podia guardar para mim.

— A nossa filha! — murmurou em voz lenta. — Com aquele louco! Ele nem sequer a reconhece; chama-a de Agathe. Ela deve ter perdido o juízo...

Levantou a cabeça e olhou a mulher com severidade.

— Tem certeza de haver compreendido bem?

— Não há dúvida alguma. Fiquei como você — acrescentou com vivacidade —, não podia acreditar, e aliás não a compreendo. Eu, só à ideia de ser tocada por esse pobre desgraçado... Enfim — suspirou —, suponho que é por isso que ele a domina.

— Infelizmente! — atalhou o sr. Darbédat. — Lembra-se do que eu disse quando Pierre veio pedir a mão dela? Eu disse: "Parece-me que ele agrada Ève demasiadamente." Você não quis acreditar.

De repente, deu uma pancada na mesa e disse, corando muito:

— Isso é uma perversão! Ele a toma nos braços e a beija, chamando-a de Agathe e dizendo-lhe todas as suas maluquices sobre estátuas que voam e não sei mais o quê! E ela deixa! Mas o que há entre eles? Que ela tenha piedade dele, que o ponha numa casa de saúde onde o possa ver todos os dias, está certo. Mas eu nunca poderia pensar... Considerava-a viúva. Escute, Jeannette — disse ele com voz grave —, vou falar francamente: se é questão de sexo, eu preferia que tivesse arranjado um amante!

— Charles, não diga isso! — exclamou a sra. Darbédat.

O sr. Darbédat, com ar de cansaço, pegou o chapéu e a bengala, que ao entrar pusera sobre uma mesinha.

— Depois de tudo o que você acaba de dizer — acrescentou ele —, não me resta grande esperança. Enfim, vou lhe falar, porque é meu dever.

A sra. Darbédat tinha pressa de que ele se retirasse.

— Sabe — disse ela para animá-lo —, tenho a impressão de que, apesar de tudo, em Ève há mais obstinação do que... outra coisa. Ela sabe que ele é incurável, mas teima, não quer ser desmentida.

O sr. Darbédat cofiava pensativamente a barba.

— Obstinação? Sim, pode ser. Está bem, se assim for, ela acabará por se cansar. Nem sempre é fácil lidar com ele, e depois, ele não fala. Quando lhe dou bom-dia, estende-me a mão mole e não diz nada. Logo que ficam a sós, suponho que volte às suas ideias fixas. Ela me disse que às vezes ele grita como se estivessem a esganá-lo por causa das alucinações. Estátuas. Elas o assustam porque zumbem. Ele diz que voam em redor dele e o fazem desmaiar.

Ia calçando as luvas; e continuou:

— Ela há de se cansar, não digo o contrário. Mas e se antes disso ficar desequilibrada? Eu gostaria que saísse, que visse gente. Encontraria algum rapaz simpático como o Schröder, o engenheiro da Simpson, algum homem de futuro, a quem veria na casa de uns e de outros, e aos poucos iria se habituando à ideia de refazer a vida.

A sra. Darbédat não respondeu, com receio de prolongar a conversa. O marido inclinou-se para ela.

— Bem — disse —, preciso ir.

— Adeus, papai — respondeu a sra. Darbédat, estendendo-lhe a testa. — Beije-a, e diga-lhe que de minha parte sinto muito por tudo isso.

Depois que o marido se foi, a sra. Darbédat deixou-se cair no fundo da poltrona e fechou os olhos, esgotada. "Que vitalidade!", pensou, com reprovação. Assim que recuperou um pouco as forças, estendeu lentamente a mão pálida e, às apalpadelas, pegou um *lucum* no pires, sem abrir os olhos.

Ève morava com o marido no quinto andar de um velho prédio, na rua Du Bac. O sr. Darbédat subiu, agilmente, os 112 degraus das escadas. Quando apertou o botão da campainha, não tinha ainda a respiração alterada. Recordou com satisfação a frase da srta. Dormoy: "Para a sua idade, Charles, você está simplesmente maravilhoso." Nunca se sentia tão forte nem tão são como às quintas-feiras, principalmente depois daquelas ágeis escaladas.

Foi Ève quem lhe veio abrir a porta: "E verdade, ela não tem criada. Elas não podem ficar em casa; imagino-me no lugar delas." Beijou-a:

— Bom dia, pobre querida.

Ève lhe deu bom-dia com uma certa frieza.

— Você está um pouco pálida — disse o sr. Darbédat, tocando-lhe a face —, não está fazendo bastante exercício. — Houve um silêncio.

— Mamãe está bem? — perguntou Ève.

— Assim, assim. Você a viu terça-feira? Está como sempre. Sua tia Louise foi vê-la ontem, o que lhe deu prazer. Ela gosta muito de receber visitas, mas é preciso que não se demorem. Sua tia Louise veio a Paris com as crianças, por causa daquele caso das hipotecas. Já lhe falei nisso, creio, é uma história complicada. Passou pelo meu escritório para me pedir conselho. Disse-lhe que não havia dois partidos a tomar, devia vender. Aliás, encontrou comprador: Bretonnel. Lembra-se de Bretonnel? Está aposentado agora.

Calou-se bruscamente. Ève mal lhe dava atenção. Pensou com tristeza que ela já não se interessava por nada. "E como os livros. Antigamente era preciso arrancá-los das mãos. Agora, nem os lê mais."

— Como está Pierre?

— Está bem — disse Ève. — Quer vê-lo?

— Mas certamente — disse o sr. Darbódat satisfeito —, vou fazer-lhe uma visitinha.

Tinha muita pena do pobre rapaz, mas não podia vê-lo sem repugnância. "Tenho horror aos doentes." Evidentemente, a culpa não era de Pierre, mas de uma hereditariedade terrivelmente pesada. O sr. Darbédat suspirava: "Por mais precauções que se tomem, acaba-se sabendo dessas coisas sempre tarde demais." Não, Pierre não era responsável. Mas trouxera sempre aquela tara dentro de si; ela formava a essência do seu caráter; não era como o câncer ou a tuberculose, dos quais se pode sempre fazer abstração quando se quer julgar o homem tal como realmente é. Aquele encanto nervoso e aquela sutileza que tanto haviam agradado a Ève, quando a namorava, eram flores da loucura. "Ele já estava louco quando a desposou, mas ninguém percebia. A gente se pergunta", pensou o sr. Darbédat, "onde começa a responsabilidade, ou melhor, onde é que ela acaba. Em todo caso, ele se analisava muito, estava sempre voltado para si mesmo. Mas seria isso a causa ou o efeito do seu mal?" Seguiu a filha através de um longo corredor sombrio.

— Este apartamento é grande demais para vocês — disse. — Deviam se mudar.

— Você sempre me diz isso, papai — atalhou Ève —, mas eu já lhe respondi que Pierre não quer deixar seu quarto.

Ève era surpreendente; era o caso de perguntar se tinha consciência do estado do marido. Ele estava completamente doido, e ela respeitava-lhe as decisões e opiniões como se estivesse no seu juízo perfeito.

— O que eu digo é para o seu bem — continuou o sr. Darbédat, ligeiramente irritado. — Parece-me que, se eu fosse mulher, teria medo destas velhas salas mal-iluminadas. Gostaria que você morasse num apartamento cheio de luz, como os que nestes últimos anos foram construídos para os lados de Auteluil, com três cômodos bem arejados. Baixaram os preços dos aluguéis porque não apareceram locatários; a ocasião é boa.

Ève girou lentamente o fecho da porta e eles entraram no quarto. O sr. Darbédat sentiu-se sufocado por um forte cheiro de incenso. As cortinas estavam corridas. Distinguiu, na penumbra, uma nuca magra, por cima das costas da poltrona. Pierre estava de costas para eles. Comia.

— Bom dia, Pierre — disse o sr. Darbédat, levantando a voz. — Como vamos hoje?

O sr. Darbédat aproximou-se; o doente estava sentado diante de uma mesinha; tinha um ar dissimulado.

— Então, comendo uns ovos quentes — disse ele, levantando ainda mais a voz —, isso é bom!

— Não sou surdo — disse Pierre docemente.

O sr. Darbédat, irritado, volveu os olhos para Ève, para tomá-la como testemunha. Mas Ève devolveu-lhe um olhar duro e calou-se. O sr. Darbédat compreendeu que a magoara. "Pois então pior para ela." Era impossível encontrar o tom justo para aquele infeliz rapaz. Tinha menos juízo do que uma criança de quatro anos, e Ève queria que o tratassem como um homem. O sr. Darbédat não podia deixar de aguardar com impaciência o momento em que todas aquelas ridículas considerações teriam de ser postas de lado. Os doentes sempre agastavam-no um pouco — e principalmente os loucos, porque não tinham razão. O pobre Pierre, por exemplo, estava sempre errado, não era capaz de dizer uma palavra que não fosse um disparate, e no entanto seria inútil exigir dele qualquer humildade, ou mesmo um reconhecimento passageiro de seus erros.

Ève tirou da mesa as cascas do ovo e o oveiro. Arrumou a mesa, pondo diante de Pierre um garfo e uma faca.

— Que é que vai comer agora? — perguntou o sr. Darbédat, jovial.
— Um bife.

Pierre tomou o garfo e o reteve nas extremidades dos longos dedos pálidos. Inspecionou-o com cuidado e depois sorriu ligeiramente.

— Não será ainda desta vez — murmurou, pousando-o sobre a mesa —, eu estava prevenido.

Ève aproximou-se e contemplou o garfo com apaixonado interesse.
— Agathe — disse Pierre —, dê-me outro.

Ève obedeceu, e Pierre começou a comer. Ela pegara o garfo suspeito e conservava-o preso na mão, sem tirar os olhos dele. Parecia fazer um esforço violento. "Como todos os gestos deles e todas as suas relações são estranhos!", pensou o sr. Darbédat.

Não se sentia à vontade.

— Cuidado — disse Pierre —, segure-o pelas costas, por causa das pinças.

Ève suspirou e pousou o garfo nos restos da comida. O sr. Darbédat começou a ficar zangado. Não achava que se devia atender a todas as fantasias daquele infeliz; mesmo do ponto de vista de Pierre, seria pernicioso, Franchot já lhe dissera: "Nunca se deve 'entrar' no delírio de um doente." Em vez de lhe dar outro garfo, mais valia ter-lhe explicado as coisas com doçura, fazendo-o compreender que o primeiro era igualzinho aos outros. Aproximou-se dos restos, pegou o garfo com gestos ostensivos e passou de leve os dedos sobre os dentes. Depois voltou-se para Pierre. Mas este cortava a carne com ar calmo; ergueu para o sogro um olhar doce e inexpressivo.

— Gostaria de falar um pouco com você — disse o sr. Darbédat a Ève.

Ève o seguiu docilmente até a sala de visitas. Ao sentar-se no canapé, o sr. Darbédat reparou que tinha ficado com o garfo na mão. Atirou-o com mau humor num console.

— Aqui está melhor — disse ele.
— Nunca venho aqui.
— Posso fumar?
— Mas naturalmente, papai — disse Ève, solícita. — Quer um charuto?

O sr. Darbédat preferiu enrolar um cigarro. Pensava sem aborrecimento na discussão que ia entabular. Ao falar com Pierre, ele se sentia embaraçado com a própria razão, tanto quanto um gigante com a sua força quando brinca com uma criança. Todas as suas qualidades de clareza, nitidez e precisão voltavam-se contra ele. "Com a minha pobre Jeannette, é preciso confessar que é quase a mesma coisa." Certamente a sra. Darbédat não estava louca, mas a doença a tinha... entorpecido. Ève, pelo contrário, saíra ao pai: tinha uma natureza reta e lógica; com ela, a discussão tornava-se um prazer. "É por isso que não quero que a estraguem." O sr. Darbédat ergueu os olhos; queria rever os traços finos e inteligentes da filha. Ficou desiludido. Naquele rosto, antes tão equilibrado e transparente, havia agora qualquer coisa de confuso e opaco. Ève continuava sempre linda. O sr. Darbédat notou que ela se pintara com grande cuidado, quase com pompa. Havia azulado as pálpebras e passara rímel nos longos cílios. Àquela pintura perfeita e violenta impressionou mal o pai:

— Você está verde debaixo dessa pintura — disse-lhe ele. — Tenho medo de que fique doente. E como você se pinta agora! Você que era tão discreta!

Ève não respondeu, e o sr. Darbédat examinou durante um instante, com embaraço, aquele rosto brilhante e gasto, sob a massa pesada dos cabelos negros. Achou que ela estava com um ar trágico. "Sei precisamente com quem ela se parece. Com aquela mulher, aquela romena que representou *Fedra*, em francês, em Orange." Arrependia-se de lhe haver feito aquela observação desagradável. "Escapou! Era melhor não aborrecê-la com coisinhas."

— Desculpe-me — disse, sorrindo —, você sabe que sou um velho naturista e não gosto muito dessas pomadas que as mulheres de hoje colam no rosto, mas estou errado, pois é preciso viver de acordo com o nosso tempo.

Ève sorriu amavelmente. O sr. Darbédat acendeu o cigarro e deu algumas baforadas.

— Minha filha — começou ele —, eu queria justamente lhe dizer: vamos conversar como antigamente. Então, sente-se e me escute com atenção; é preciso ter confiança no seu pai.

— Prefiro ficar de pé — respondeu Ève. — Que é que você tem para me dizer?

— Vou lhe fazer uma simples pergunta — disse o sr. Darbédat, seco. — Qual o fim disso tudo?

— Disso tudo? — repetiu Ève, espantada.

— Sim, disso tudo, de toda essa vida que você criou. Escute — prosseguiu ele —, você deve achar que eu não a compreendo (uma ideia lhe havia passado pela cabeça). Mas o que você pretende fazer está acima das forças humanas. Você quer viver unicamente pela imaginação, não é? Não quer admitir que ele está doente? Não quer ver o Pierre de hoje, não é isso? Não tem olhos senão para o Pierre de antigamente. Minha querida, minha filhinha, é uma tarefa difícil — prosseguiu o sr. Darbédat. — Olhe, vou contar um caso que talvez você não conheça. Quando estávamos em Sables-d'Olonne, você tinha três anos, sua mãe conheceu uma mulher jovem e encantadora cujo filho era uma beleza. Vocês dois brincavam juntos na praia, eram do mesmo tamanhinho e diziam-se noivos. Algum tempo depois, em Paris, sua mãe quis rever aquela senhora; contaram-lhe que havia acontecido uma desgraça. O filho fora decapitado pelo para-lama de um automóvel. Disseram à sua mãe: "Vá vê-la, mas não lhe fale da morte do filho; ela *não quer* acreditar que ele esteja morto." Sua mãe foi visitá-la e encontrou uma criatura abobalhada. Vivia como se o menino ainda existisse; falava-lhe, punha-lhe os talheres à mesa. Pois bem, vivia em tal estado de tensão nervosa que, ao fim de seis meses, foi preciso levá-la à força para um hospital onde permaneceu três anos. Não, minha filha — disse o sr. Darbédat, sacudindo a cabeça —, essas coisas são impossíveis. Seria melhor se ela tivesse corajosamente reconhecido a verdade. Teria sofrido muito, de uma vez, e depois o tempo passaria a esponja. Não existe nada melhor do que olhar as coisas de frente, acredite.

— O senhor está enganado — disse Ève com esforço —, sei muito bem que Pierre está...

A palavra não saiu. Ève mantinha-se ereta, as mãos pousadas nas costas de uma poltrona; havia algo árido e feio na parte inferior de seu rosto.

— Pois bem... então? — perguntou o sr. Darbédat, espantado.

— Então o quê?

— Você?...

— Eu o amo do jeito que está — disse Ève rapidamente e meio aborrecida.

— Não é verdade — retrucou o sr. Darbédat energicamente. — Não é verdade: você não o ama, não pode amá-lo. Não se pode ter tais sentimentos senão por um ser normal e são. Por Pierre, você tem compaixão, não há dúvida, e também não há dúvida de que você se lembra dos três anos de felicidade que lhe deve, mas não me diga que o ama, eu não poderia acreditar.

Ève continuava calada e olhava para o tapete com um ar ausente.

— Você poderia me responder — disse o sr. Darbédat com frieza. — Não pense que esta conversa é menos penosa para mim do que para você.

— Se o senhor não acredita em mim!

— Pois bem, se você o ama — exclamou o pai, exasperado — , é uma grande desgraça para você, para mim e para a sua pobre mãe, porque vou lhe dizer uma coisa que preferiria esconder: antes de três anos Pierre mergulhará na mais completa demência, será como um animal.

Olhou para a filha com dureza. Estava com raiva, porque, com sua teimosia, ela o obrigara a fazer aquela triste revelação.

Ève continuou impassível, nem sequer ergueu os olhos.

— Eu já sabia.

— Quem lhe disse? — perguntou o pai, estupefato.

— Franchot. Há seis meses que já sei.

— E eu a recomendar-lhe que a poupasse — disse o sr. Darbédat com amargura. — Enfim, talvez seja melhor assim. Mas, então, você deve compreender que seria imperdoável conservar Pierre aqui. A luta que você empreendeu está condenada ao fracasso; sua doença não perdoa. Se houvesse algo a fazer, se pudéssemos salvá-lo com cuidados, não digo que não, mas repare um pouco: você era bonita, inteligente e alegre; está se destruindo por gosto e sem proveito. Bem, está entendido, você foi admirável, mas chega, você cumpriu o seu dever, mais do que o seu dever; agora seria imoral insistir. Temos também deveres para conosco, minha filha. E, além disso, é preciso pensar em nós. É *preciso* — repetiu ele, destacando as sílabas — mandar Pierre para a clínica de Franchot. Você sairá deste apartamento onde não teve senão desgosto e irá morar conosco. Se você quer ser útil e minorar os sofrimentos dos outros, contente-se com a sua mãe. A coitada é tratada por enfermeiras; bem precisava de seus carinhos. E *ela* — acrescentou — poderá apreciar o que fizer por ela e lhe será agradecida.

Houve um longo silêncio. O sr. Darbédat ouviu o canto de Pierre no quarto vizinho. Era uma cantiga vulgar, uma espécie de recitativo agudo e precipitado. O sr. Darbédat ergueu os olhos para a filha.

— Então, sim ou não?

— Pierre ficará comigo — respondeu ela docemente —, nós nos entendemos muito bem.

— Sim, desde que se finja de louca o dia inteiro.

Ève sorriu e dirigiu ao pai um olhar estranho, brincalhão e quase alegre. "É verdade", pensou o sr. Darbédat furioso, "que eles não fazem somente isso; dormem juntos também."

— Você está completamente doida — disse, levantando-se. Ève sorriu tristemente e murmurou, como para si mesma.

— Não o bastante.

— Não o bastante? Eu só posso lhe dizer isto, minha filha: você me dá medo.

Beijou-a precipitadamente e saiu. "Seria preciso", pensava descendo a escada, "mandar dois brutamontes para levar à força esse coitado, metê-lo debaixo de uma boa ducha sem lhe pedir licença."

Fazia um belo dia de outono, calmo e sem mistério; o sol dourava o rosto dos transeuntes. O sr. Darbédat impressionou-se com a simplicidade daquelas fisionomias. Uns rostos eram bronzeados, outros lisos, mas todos refletiam felicidade e preocupações que lhe eram familiares.

"Sei muito bem o que reprovo em Ève", disse a si mesmo enquanto atravessava o bulevar Saint-Germain. "Reprovo-lhe o fato de viver fora do humano. Pierre não é mais uma criatura humana. Todos os cuidados, todo o amor que ela lhe dedica, ela os priva a essas pessoas que vão passando aqui à minha frente. Não se pode viver isolado. Que diabo, vivemos em sociedade."

Olhava os transeuntes com simpatia; gostava dos seus olhares graves e límpidos. Naquelas ruas ensolaradas, entre os homens, sentia-se seguro como no meio de uma grande família.

Uma mulher sem chapéu parou diante de um mostruário ao ar livre. Trazia uma menina pela mão.

— O que é aquilo? — perguntou a menina apontando um rádio.

— Não mexa em nada — disse-lhe a mãe. — É um aparelho que toca música.

As duas ficaram um momento sem falar, em êxtase. O sr. Darbédat, comovido, inclinou-se para a menina e lhe sorriu.

II

"Ele foi-se embora." A porta de entrada fechou-se com um ruído seco; Ève ficou sozinha no salão: "Eu desejaria que ele morresse."

Crispou as mãos sobre o espaldar da poltrona; acabava de se lembrar dos olhos do pai. O sr. Darbédat tinha se inclinado sobre Pierre com um ar de competência; dissera-lhe "Isso é bom!" como alguém que sabe falar aos doentes; ela o olhara e o rosto de Pierre se desenhara ao fundo dos grandes olhos vivos dele, "Odeio-o quando o olha, quando penso que ele o *vê*."

As mãos de Ève escorregaram ao longo da poltrona e ela virou-se para a janela. Sentia-se ofuscada. O salão estava cheio de sol; havia sol no tapete, em manchas pálidas; no ar, como uma poeira cegante. Ève perdera o hábito daquela luz indiscreta e diligente, que iluminava tudo, esquadrinhava os cantos, que esfregava os móveis e como uma boa dona de casa os fazia reluzir. Avançou, porém, até a janela e levantou a cortina de gaze que pendia contra a vidraça. Nesse momento o sr. Darbédat saía do prédio; Ève percebeu de repente seus ombros largos. Ele levantou a cabeça e olhou para o céu, piscando os olhos, e depois se afastou com grandes passadas, como se fosse jovem. "Ele abusa", pensou Ève, "daqui a pouco sentirá sua pontada no lado." Já não o odiava — havia tão pouca coisa naquela cabeça; apenas a preocupaçãozinha de parecer jovem. Entretanto, a raiva tomou-a novamente quando o viu dobrar a esquina do bulevar Saint-Germain e desaparecer. "Ele pensa em Pierre." Um pouco da vida deles tinha escapado do quarto fechado e andava pela rua, ao sol, entre as pessoas. "Será que nunca nos esquecerão?"

A rua Du Bac estava quase deserta. Uma velha atravessou a calçada com passos miúdos; três moças passaram rindo. E depois apareceram homens, fortes e graves, sobraçando pastas e discutindo. "As pessoas normais", pensou Ève, espantada em encontrar nela mesma um tal poder de raiva. Uma mulher gorda e bonita correu ao encontro de um senhor elegante. Ele apertou-a em seus braços e beijou-a na boca. Ève riu com dureza e deixou cair a cortina.

Pierre não cantava mais, porém a moça do terceiro andar pôs-se ao piano; tocava um *Estudo* de Chopin. Ève sentiu-se mais calma; deu um passo em direção ao quarto de Pierre, mas parou e encostou-se à parede com um travo de angústia; como em todas as vezes que deixava o quarto, tinha pânico à ideia de que precisava voltar para lá. Entretanto, sabia muito bem que não poderia viver alhures; ela amava o quarto. Olhou com uma curiosidade fria, como para ganhar um pouco de tempo, aquela sala sem sombra e sem cheiro, onde esperava a coragem lhe voltar. "Parece a sala de espera de um dentista." As poltronas de seda cor-de-rosa, o divã, os mochos eram sóbrios e discretos, um pouco paternais; bons amigos do homem. Ève imaginou que senhores graves, vestidos em roupas claras, tal como os que tinha visto da janela, entravam no salão, prosseguindo numa conversa já começada. Não perdiam tempo em reconhecer os lugares; avançavam com passo firme até o centro do cômodo; um deles, que deixara pender a mão atrás de si como um rastro, roçava, ao passar, almofadas, objetos sobre as mesas, e nem sequer estremecia a esse contato. E quando um móvel estava em seu caminho, esses homens circunspectos, em lugar de evitá-lo, tranquilamente mudavam-no de posição. Sentavam-se finalmente, sempre mergulhados na sua conversa, sem nem mesmo olhar para trás. "Um salão para pessoas normais", pensou Ève. Fitava o trinco da porta fechada e a angústia apertava-lhe a garganta. "Tenho de ir até lá. Nunca o deixo sozinho tanto tempo." Era preciso abrir aquela porta; depois, permaneceria no limiar, procurando habituar seus olhos à penumbra, e o quarto a repeliria com todas as suas forças. Era preciso que Ève esmagasse aquela resistência e mergulhasse até o fundo do quarto. Sentiu de repente um desejo violento de ver Pierre; gostaria de caçoar do sr. Darbédat com ele. Pierre, porém, não tinha necessidade dela; Ève não podia prever a recepção que ele lhe reservava. Pensou de repente com uma espécie de orgulho que não havia mais lugar para ela em parte alguma. "Os normais ainda creem que eu também seja normal. Mas não poderia permanecer uma hora no meio deles. Preciso viver do outro lado do muro. Lá, porém, não me querem."

Uma transformação profunda se fizera à sua volta. À luz envelhecera, ia ficando grisalha; tornara-se pesada como a água de um vaso de flores, quando esquecemos de renová-la. Sobre os objetos, naquela luz envelhecida, Ève encontrava uma melancolia de que há muito tempo se tinha esquecido; a de uma tarde de fim de outono. Olhou ao redor, hesitante, quase tímida; tudo aquilo estava tão longe; no quarto não havia nem dia, nem noite, nem estações, nem melancolia. Lembrou-se vagamente de outonos muito antigos, de outonos da sua infância, e depois, subitamente, enrijeceu-se; tinha medo das suas recordações.

Ouviu a voz de Pierre.

— Agathe! Onde você está?

— Já vou — gritou ela.

Abriu a porta e entrou no quarto.

O espesso cheiro de incenso encheu-lhe as narinas e a boca, enquanto ela arregalava os olhos e estendia as mãos para frente — o perfume e a penumbra não eram para ela, há muito tempo, senão um único elemento, acre e fofo, tão simples, tão familiar como a água, o ar ou o fogo —, dirigindo-se prudentemente para uma mancha pálida que parecia flutuar na bruma. Era o rosto de Pierre. A sua roupa (desde que ficara doente só se vestia de preto) confundia-se com a escuridão. Pierre tinha os olhos fechados, a cabeça curvada para trás. Era bonito. Ève olhou os longos cílios recurvados, depois sentou-se perto dele na cadeira baixa. "Ele parece estar sofrendo", pensou. Seus olhos habituavam-se pouco a pouco à penumbra.

Primeiro apareceu a escrivaninha, depois a cama, os objetos pessoais de Pierre, as tesouras, o vidro de cola, os livros, o herbário, espalhados pelo tapete perto da poltrona.

— Agathe?

Pierre abriu os olhos; olhava-a sorrindo.

— Lembra-se do garfo? — perguntou. — Fiz aquilo para amedrontar o sujeito. Não tinha *quase* nada.

As apreensões de Ève desapareceram e ela esboçou um risinho:

— Você teve êxito — disse ela —, ele ficou completamente desorientado. Pierre sorriu.

— Você viu? Ele andou mexendo nele durante um momento, agarrando-o com toda a força. Eles não sabem pegar nas coisas; eles as agarram.

— É verdade — respondeu Ève.

Pierre bateu levemente na palma da mão esquerda com o indicador da mão direita.

— É com isto que eles pegam. Eles aproximam os dedos e quando seguram o objeto colam-lhe a palma por cima para o liquidarem.

Falava rápido, pela extremidade dos lábios: estava perplexo.

— Eu me pergunto o que eles desejam. Esse sujeito já esteve aqui. Por que o enviaram? Se querem saber o que eu faço, basta que leiam na tela, não têm sequer necessidade de sair de casa. Eles cometem erros. Eles têm o poder, mas cometem erros. Eu nunca os cometo, é o meu trunfo. Hoffka, hoffka — agitava as mãos compridas diante da testa: — A garça! Hoffka paffka suffka. Quer mais ainda?

— É o sino? — perguntou Ève.

— Sim. Foi-se embora. — Prosseguiu com severidade: — Esse sujeito é um subalterno. Você o conhece, foi com ele até a sala.

Ève não respondeu.

— Que é que ele queria? — perguntou Pierre. — Deve ter dito a você.

Ela hesitou um instante, depois respondeu brutalmente:

— Ele queria interná-lo.

Quando se dizia docemente a verdade a Pierre, ele desconfiava, era preciso dizê-la com violência, para aturdi-lo e paralisar suas suspeitas. Ève preferia maltratá-lo a mentir-lhe; quando mentia e ele parecia acreditar, ela não podia deixar de sentir uma leve impressão de superioridade que a fazia ter horror de si mesma.

— Internar-me! — repetiu Pierre com ironia. — Eles estão delirando. Que é que as paredes me podem fazer? Talvez julguem que é com elas que vão me deter. Eu me pergunto algumas vezes se não haverá dois grupos. O verdadeiro, o do negro. E depois um grupo de trapalhões que procura meter o nariz em tudo e que só fez tolice atrás de tolice.

Fez saltar a mão sobre o braço da poltrona e a examinou com um ar satisfeito:

— As paredes, a gente atravessa. Que é que você lhe respondeu? — perguntou, voltando-se para Ève com curiosidade.

— Que não o internariam. — Ele deu de ombros.

— Não devia ter dito isso. Você também errou, a menos que tenha feito de propósito. É preciso deixá-los mostrar o jogo.

Calou-se. Ève baixou tristemente a cabeça: "Eles agarram-nos." Com que tom de desprezo ele dissera aquilo — e como era bem observado. "Será que eu também agarro os objetos? Por mais que eu me observe, tenho a impressão de que a maioria dos meus gestos o irrita. Ele, porém, não diz nada." Ève sentiu-se subitamente infeliz, como quando tinha 14 anos e a sra. Darbédat, viva e ágil, lhe dizia: "Parece que você não sabe o que fazer das mãos." Não se atrevia a fazer um movimento e, exatamente naquele instante, teve uma vontade irresistível de mudar de posição. Encolheu docemente os pés por debaixo da cadeira, mal tocando o tapete. Olhava para a lâmpada sobre a mesa — a lâmpada cuja base Pierre havia pintado de preto — e para o jogo de xadrez. Sobre o tabuleiro, Pierre só deixava os peões pretos. Às vezes ele se levantava, ia até a mesa e pegava os peões nas mãos, um a um. Falava-lhes, chamava-os de robôs e as pedras pareciam animar-se de uma vida surda ao contato de seus dedos. Quando ele os deixava, Ève ia tocá-los, por sua vez (ao fazê-lo sentia-se um pouco ridícula); tinham voltado a ser pedacinhos de madeira morta, embora conservassem um não sei quê de vago e inapreensível, algo como um sentido. "São coisas *dele*", pensou ela. "Não existe nada meu neste quarto." Ela possuíra alguns móveis antigamente. O espelho e a pequena penteadeira marchetada que a avó lhe deixara — e à qual Pierre chamava, gracejando, *a sua* penteadeira — Pierre levara-os consigo; somente a ele as coisas mostravam a sua verdadeira face. Ève podia olhá-las durante horas; elas manifestavam uma incansável e malvada teimosia em desiludi-la, em revelar-lhe somente a aparência — como ao dr. Franchot e ao sr. Darbédat. "Entretanto", pensou com angústia, "já não as vejo exatamente como meu pai. Não é possível que eu as veja exatamente como ele."

Mexeu os joelhos: sentia um formigamento nas pernas. O seu corpo estava duro e tenso e incomodava-a; sentia-o muito vivo e indiscreto. "Desejaria ser invisível e continuar aqui; vê-lo, sem que ele me visse. Ele não precisa de mim; estou sobrando neste quarto." Virou um pouco a cabeça e olhou a parede por cima de Pierre. Nela, estavam escritas ameaças. Ève sabia disso, mas não conseguia lê-las.

Contemplava sempre as grandes rosas vermelhas do papel de parede, até que começassem a dançar diante dos seus olhos. As rosas flamejavam na penumbra. Na maioria das vezes a ameaça estava inscrita perto do teto, à esquerda, por cima da cama; de quando em quando, porém, mudava de lugar. "Preciso levantar. Não posso — não posso ficar sentada por mais tempo." Na parede havia também uns discos brancos que pareciam rodelas de cebola. Os discos giraram e as mãos de Ève principiaram a tremer. "Há momentos em que enlouqueço. Mas não", pensou amargamente, *não posso* ficar doida. Fico nervosa, isso sim."

De súbito, sentiu a mão de Pierre sobre a sua.

— Agathe — disse Pierre ternamente.

Ele sorria, mas segurava-lhe a mão com a ponta dos dedos, com uma espécie de repulsa, como se tivesse apanhado um caranguejo pelas costas, querendo evitar as pinças.

— Agathe — disse ele —, queria tanto confiar em você.

Ève fechou os olhos e os seios arfaram: "Não devo responder, senão ele desconfia e não fala mais comigo." Pierre largou-lhe a mão:

— Gosto de você, Agathe — disse. — Mas não consigo compreendê-la. Por que fica o tempo todo no quarto? — Ève nada respondeu.

— Diga-me por quê.

— Você sabe muito bem que eu te amo — respondeu ela, secamente.

— Não acredito. Por que me amaria? Devo lhe causar horror: sou um possesso.

Sorriu, mas de repente ficou sério:

— Existe um muro entre nós. Eu consigo ver você, conversar com você, mas você continua do outro lado. O que é que nos impede de nos amarmos? Parece-me que antigamente era mais fácil. Em Hamburgo.

— Sim — disse Ève tristemente.

Sempre Hamburgo. Ele nunca falava de seu verdadeiro passado. Nem Ève nem ele tinham estado em Hamburgo.

— Passeávamos ao longo dos canais. Havia uma barca, se lembra? Era preta e tinha um cachorro no tombadilho.

Ele inventava à vontade. Tinha o ar de quem mente, um ar falso.

— Eu a levava pela mão, você tinha outra pele. Eu acreditava, então, em tudo o que você me dizia. Calem-se! — gritou.

Ficou imóvel, escutando.

— Elas vêm vindo — disse com uma voz sombria. Ève sobressaltou-se.

— Elas vêm vindo? Eu pensava que não voltariam mais.

Fazia três dias que Pierre estava mais calmo; as estátuas não tinham vindo. Pierre tinha um medo horrível das estátuas, embora nunca o dissesse. Ève não sentia medo, mas quando elas começavam a voar no quarto, zumbindo, ficava com medo de Pierre.

— Dê-me o ziútre — disse ele.

Ève se levantou e pegou o ziútre; era um conjunto de pedaços de papelão que Pierre tinha colado uns aos outros; servia-se deles para conjurar as estátuas. O ziútre assemelhava-se a uma aranha. Num dos cartões, Pierre escrevera: "Poder sobre a emboscada"; em outro, "Preto". Num terceiro, desenhara uma cabeça risonha de olhos franzidos: era Voltaire. Pierre pegou o ziútre por uma das patas e o considerou com ar sombrio.

— Não me serve mais.

— Por quê?

— Eles inverteram-no.

— Vai fazer outro?

Ele fitou-a longamente.

— Era o que você queria — disse entre os dentes.

Ève estava irritada com Pierre. "Sempre que elas chegam, ele é avisado. Como será que ele faz? Nunca se engana."

O ziútre pendia miseravelmente da ponta dos dedos de Pierre. "Ele sempre encontra boas razões para não se servir dele. Domingo, quando elas chegaram, afirmou que o havia perdido, mas eu o via atrás do vidro de cola, e ele não podia deixar de vê-lo. Eu me pergunto se não será *ele* que as atrai." Nunca se podia saber se ele era sincero. Em certas ocasiões, Ève tinha a impressão de que Pierre estava invadido a contragosto por uma chusma doentia de pensamentos e de visões. Mas, em outros momentos, Pierre parecia inventar. "Ele sofre. Mas até que ponto *acredita* nas estátuas e no negro? As estátuas em todo caso sei que ele não as vê, ouve-as apenas. Quando elas passam ele vira a cabeça; entretanto, diz que as vê e as descreve." Ela lembrou-se do rosto avermelhado do dr. Franchot: "Mas, minha querida senhora, todos os alienados são mentirosos; a senhora perderia seu tempo se quisesse distinguir o que eles realmente sentem do que afirmam sentir." Sobressaltou-se: "Que é que Franchot vem fazer no meio disso tudo? Não vou começar a pensar como ele."

Pierre se levantou e jogou o ziútre na cesta de papéis. "É como *você* que eu queria pensar", murmurou ela. Ele caminhava com passos miúdos, na ponta dos pés, com os cotovelos apertados de encontro às ancas, para ocupar o menor espaço possível. Sentou-se novamente e encarou Ève com um ar fechado.

— É necessário colocar cortinas pretas — disse ele —, este quarto não está suficientemente escuro.

Encolhera-se na poltrona. Ève olhou tristemente aquele corpo avaro, sempre pronto a se retirar, a se contrair. Os braços, as pernas, a cabeça pareciam órgãos retráteis. Eram seis horas; o piano calou-se. Ève suspirou — as estátuas não viriam logo; era preciso esperá-las.

— Quer que eu acenda a luz?

Ela preferia não esperá-las na obscuridade.

— Faça como quiser — disse Pierre.

Ève acendeu a lampadazinha do escritório e uma névoa vermelha invadiu o quarto. Pierre também esperava.

Não falava, mas os seus lábios mexiam, eram duas manchas escuras na névoa vermelha. Ève gostava dos lábios de Pierre. Tinham sido, outrora, comoventes e sensuais; mas haviam perdido sua sensualidade. Separavam-se fremindo um pouco e juntavam-se sem cessar, esmagando-se um contra o outro para novamente se separarem. Viviam sós naquela fisionomia fechada. Pareciam dois animais medrosos. Pierre poderia resmungar assim durante horas, sem que um único som lhe saísse da boca, e muitas vezes Ève deixava-se fascinar por aquele pequeno movimento obstinado. "Gosto da sua boca." Ele não a beijava mais; tinha horror aos contatos; à noite, sentia que mãos de homens, duras e secas, o tocavam, beliscavam-lhe todo o corpo; mãos de mulher, com unhas muito longas, faziam-lhe carícias abjetas. Muitas vezes, deitava-se vestido, mas as mãos introduziam-se por baixo da roupa e puxavam-lhe a camisa. Uma vez, ouvira um riso e notou que uns lábios inchados haviam pousado nos seus. Desde essa noite não beijara mais Ève.

— Agathe — disse Pierre —, não olhe para minha boca!

Ève baixou os olhos.

— Não ignoro que se pode aprender a ler nos lábios — conlimiou com insolência.

Sua mão tremia sobre o braço da poltrona. O indicador estendeu-se, veio bater três vezes no polegar, e os outros dedos crisparam-se

— era um esconjuro. "Vai começar", pensou ela. Tinha vontade de tomar Pierre nos braços.

Pierre pôs-se a falar muito alto, num tom mundano:

— Lembra-se de San Pauli?

Não respondeu. Podia ser uma armadilha.

— Foi lá que eu te conheci — disse ele com satisfação. — Eu te roubei de um marinheiro dinamarquês. Quase brigamos, mus eu paguei a rodada e ele me deixou te levar. Tudo aquilo não passava de comédia.

"Ele mente, não acredita sequer numa palavra do que diz. Sabe? que eu não me chamo Agathe. Odeio-o quando mente." Mas viu-lhe os olhos fixos e sua cólera desapareceu. "Ele não mente", pensou ela, "não pode mais. Ele sente que elas se aproximam; fala para não ouvir". Pierre agarrava-se com as duas mãos ao braço da poltrona. Estava lívido; sorria.

— Esses encontros são, às vezes, estranhos — disse ele —, mas não acredito no acaso. Não te pergunto quem te mandou; não me responderia. Em todo caso você foi suficientemente hábil para me enlamear.

Falava penosamente, com uma voz aguda e precipitada. Havia palavras que não conseguia pronunciar e que lhe saíam da boca como uma substância mole e informe.

— Você me arrastou em plena festa, entre rodopios de automóveis negros, mas atrás deles havia um exército de olhos vermelhos que luziam mal eu virava as costas. Suponho que você lhes acenava, dependurada em meu braço, mas eu não via nada. Estava absorvido demais pelas grandes cerimônias da Coroação.

Olhava para frente, com os olhos totalmente abertos. Passou a mão na testa, rapidamente, num gesto medroso, e sem parar de falar; não queria parar de falar.

— Era a Coroação da República — disse ele com voz estridente —, um espetáculo impressionante no seu gênero por causa dos animais de toda espécie que as colônias enviavam para a cerimônia. Você temia se perder no meio dos macacos. Eu disse "no meio dos macacos" — repetiu ele com arrogância, olhando ao redor de si. — *Poderia ter dito entre os negros!* Os abortos que se esgueiram por baixo das mesas e creem passar despercebidos são descobertos e fixados imediatamente pelo meu olhar. A senha é calar-se — gritou ele. — Calar-se. Todos em seus lugares e em continência para a entrada das estátuas, é a ordem. Tralalá — bramia, e punha as mãos em corneta diante da boca —, tralalá, tralalá.

Calou-se e Ève soube que as estátuas acabavam de entrar no quarto. Ele conservava-se rígido, pálido e altivo. Ève também se endireitou e ambos esperaram em silêncio. Alguém caminhava no corredor: era Marie, a empregada, que acabava, sem dúvida, de chegar. Ève pensou: "É preciso que eu lhe dê o dinheiro para o gás." Depois as estátuas puseram-se a voar; passavam entre Ève e Pierre.

Pierre fez "hã" e encolheu-se na poltrona, escondendo as pernas. Desviava a cabeça; de vez em quando dava uma gargalhada, mas gotas de suor porejavam na sua fronte. Ève não pôde suportar a visão daquela face lívida, daquela boca que um esgar trêmulo deformava: fechou os olhos. Fios dourados puseram-se a dançar sobre o fundo vermelho de suas pálpebras; sentia-se velha e pesada. Não muito longe dela, Pierre respirava ruidosamente. "Elas voam, elas zumbem; inclinam-se sobre ele..." Sentiu uma leve comichão, uma pressão no ombro e no lado direito. Instintivamente, seu corpo inclinou-se para a esquerda como que para evitar um contato desagradável, como que para deixar passar um objeto pesado e desajeitado. De repente o soalho estalou e ela teve uma vontade louca de abrir os olhos, de olhar para a direita, varrendo o ar com a mão.

Mas não fez nada; conservou os olhos fechados e uma alegria acre a fez estremecer. "*Eu também* tenho medo", pensou. Toda a sua vida se refugiara no lado direito. Inclinou-os para Pierre, sem abrir os olhos. Um pequeno esforço era suficiente para entrar, pela primeira vez, naquele mundo trágico. "Tenho medo das estátuas", pensou. Era uma afirmação violenta e cega, um sortilégio; queria, com todas as suas forças, acreditar na sua presença; da angústia que lhe paralisava o lado direito procurava criar um sentido novo, um tato. No braço, no flanco e no ombro, *sentia* a passagem delas.

As estátuas voavam baixo e docemente; zumbiam. Ève sabia que eram maliciosas e que cílios saíam da pedra ao redor de seus olhos; mas tinha uma imprecisa representação delas. Sabia, também, que não estavam ainda inteiramente vivas, mas sobre seus grandes corpos apareciam placas de carne, escamas tépidas; a extremidade de seus dedos de pedra largava pele e a palma de suas mãos coçava. Ève não podia *ver* tudo aquilo. Pensava simplesmente que enormes mulheres deslizavam junto dela, solenes e grotescas, com um ar humano e a obstinação compacta da pedra. "Elas se inclinam sobre Pierre." Ève fazia um esforço tão violento que suas mãos começaram a tremer. "Inclinam-se sobre mim..." Um grito horrível a gelou, de repente. "Tocaram-no." Abriu os olhos. Pierre tinha a cabeça nas mãos e arfava. Ève sentiu-se esgotada. "Imaginação", pensou com remorsos, "isto não passa de imaginação, nem um instante eu acreditei sinceramente. E durante todo esse tempo, ele sofria de verdade."

Pierre sossegou e respirou fortemente. Mas suas pupilas estavam estranhamente dilatadas; ele transpirava.

— Você as viu? — perguntou ele.

— Eu não consigo vê-las.

— E melhor para você, elas lhe dariam medo. Eu — continuou — já estou habituado.

As mãos de Ève ainda tremiam e o sangue subira-lhe à cabeça. Pierre tirou um cigarro do bolso e o levou à boca. Mas não o acendeu.

— Vê-las pouco me importa — disse —, mas não quero que me toquem; tenho medo que me deem espinhas. Refletiu um instante e perguntou:

— Você as ouviu?

— Sim — disse Ève —, é como um motor de avião. — (Pierre lhe havia dito essas mesmas palavras no domingo anterior.) Pierre sorriu com um pouco de condescendência.

— Você exagera — disse ele.

Continuava lívido. Olhou para as mãos de Ève.

— Suas mãos tremem. Isso a impressionou, minha pobre Agathe. Mas não se aflija; elas não voltarão mais antes de amanhã.

Ève não podia falar, batia os dentes e receava que Pierre percebesse. Pierre contemplou-a demoradamente.

— Você é muito bela — disse ele, sacudindo a cabeça. — É uma pena, é realmente uma pena.

Avançou rapidamente a mão e tocou-lhe a orelha.

— Meu diabinho! Você me incomoda um pouco; você é bela demais: isso me distrai. Se não se tratasse de recapitulação... — Calou-se e olhou Ève com surpresa.

— Não é essa palavra. Ela veio... ela veio — disse ele sorrindo com um ar vago. — Eu tinha a outra na ponta da língua... e esta... pôs-se em seu lugar. Esqueci-me do que lhe dizia.

Refletiu um instante e balançou a cabeça:

— Vamos — disse ele —, eu vou dormir.

E acrescentou numa voz infantil:

— Sabe, Agathe? Estou cansado. Perco as ideias.

Jogou fora o cigarro e olhou para o tapete com um ar inquieto. Ève pôs um travesseiro sob a sua cabeça.

— Pode dormir também — disse-lhe ele, cerrando os olhos —, elas não voltarão.

"*Recapitulação.*" Pierre dormia, tinha um meio sorriso cândido; inclinava a cabeça, como que tentando acariciar a face com o ombro. Ève não tinha sono, e pensava: "Recapitulação." Pierre assumira de repente aquele ar estúpido e a palavra escorrera-lhe da boca, longa e esbranquiçada. Pierre a olhava com espanto, como se visse a palavra e não a reconhecesse; sua boca estava aberta, mole; parecia que qualquer coisa se havia quebrado nele. "Tartamudeou. É a primeira vez que isso lhe acontece; aliás, ele percebeu-o. Disse que perdia suas ideias." Pierre soltou um leve gemido voluptuoso e fez um gesto rápido com a mão. Ève o olhou com dureza. "Como irá acordar?" Era uma coisa que a preocupava. Mal Pierre dormia, tinha de pensar naquilo, não conseguia evitar. Tinha medo de que ele acordasse com os olhos turvos e começasse a tartamudear. "Sou tola", pensou ela, "isso não vai começar antes de um ano; foi o que Franchot me disse." Mas a angústia não a deixava; um ano; um inverno, uma primavera, um verão, o começo de outro outono. Um dia aqueles traços se deformariam; ele deixaria pender o queixo e entreabriria os olhos lacrimejantes. Ève inclinou-se sobre a mão de Pierre e nela pousou seus lábios. "Eu o matarei antes que aconteça."

Erostrato

É preciso ver os homens do alto. Eu apagava a luz e me punha à janela. Eles não imaginavam, absolutamente, que alguém pudesse observá-los de cima. Eles cuidam da fachada, às vezes dos fundos, mas todos os efeitos são calculados para espectadores de 1,70m. Quem jamais refletiu sobre o formato de um chapéu-coco visto de um sexto andar? Eles não pensam em defender os ombros e os crânios com cores vivas e tecidos vistosos, não sabem combater este grande inimigo do Humano: a perspectiva de alto para baixo. Eu me debruçava e começava a rir; afinal, onde estava essa famosa "posição ereta" de que eram tão orgulhosos? Esmagavam-se contra a calçada e duas longas pernas meio rastejantes saíam-lhes de sob os ombros.

A sacada de um sexto andar — eis onde eu deveria passar toda a vida. É preciso escorar as superioridades morais com símbolos materiais, do contrário elas desmoronam. Ora, precisamente, qual é a minha superioridade sobre os homens? Uma superioridade de posição, nada mais; estou colocado acima do humano que existe em mim e o contemplo. Eis por que gostava das torres da Notre-Dame, das plataformas da torre Eiffel, do Sacré-Coeur, do meu sexto andar da rua Delambre. São excelentes símbolos.

Às vezes era preciso descer de novo até a rua. Para ir ao escritório, por exemplo. Sentia-me sufocar. Quando se está na mesma altura dos homens é muito mais difícil considerá-los como formigas; eles *esbarram*. Uma vez, vi um cara morto na rua. Caíra de barriga para baixo. Tinham-no virado, sangrava. Vi seus olhos abertos e seu ar espantado e todo aquele sangue. Dizia a mim mesmo: "Isto não é nada, não é mais emocionante do que uma pintura fresca. Pintaram-lhe o nariz de vermelho, eis tudo." Mas senti uma languidez estranha que me tomava as pernas e a nuca e desmaiei. Levaram-me a uma farmácia, deram-me sacudidelas nos ombros e me fizeram beber álcool. Eu os teria matado.

Sabia que eles eram meus inimigos, mas eles não o sabiam. Amavam-se uns aos outros, ajudavam-se; e me teriam ajudado, ocasionalmente, porque acreditavam que eu era semelhante a eles. Mas se pudessem adivinhar a mais ínfima parcela da verdade teriam me batido. Fizeram isso mais tarde, aliás. Quando me prenderam e então souberam *quem* eu era, surraram-me, esmurraram-me durante duas horas; na polícia, deram-me bofetadas e socos, torceram-me os braços, arrancaram-me as calças e depois, para terminar, atiraram meus óculos ao chão e, enquanto eu os procurava, de quatro, aplicaram-me, rindo, pontapés no traseiro. Sempre previ que acabariam por me bater; não sou forte e não posso me defender. Alguns me vigiavam há muito tempo — os grandes. Empurravam-me na rua, para rirem e verem o que eu faria. Eu não dizia nada. Fingia não ter compreendido. Não obstante, me pegaram. Sentia medo deles — era um pressentimento. Mas, naturalmente, é fácil imaginar que minhas razões para odiá-los eram mais sérias.

Desse ponto de vista tudo começou a ir melhor desde o dia em que comprei um revólver. A gente se sente forte quando carrega constantemente consigo uma dessas coisas que podem explodir e fazer barulho. Apanhava-o no domingo, guardava-o com toda a simplicidade no bolso da calça e depois ia passear — geralmente nos bulevares. Eu o sentia repuxando minha calça como um caranguejo, sentia-o de encontro à minha coxa, muito frio. Mas, pouco a pouco, ele se aquecia ao contato com o meu corpo. Eu andava com alguma rigidez, tinha o jeito de um homem que está tendo uma ereção e que, a cada passo, precisa se conter. Deslizava com a mão no bolso e apalpava o *objeto*. De vez em quando entrava num mictório — mesmo lá dentro eu ficava vigilante, porque sempre há vizinhos —, tirava meu revólver, sopesava-o, olhava a coronha quadriculada em preto e o gatilho negro que parece uma pálpebra semifechada. Os outros, ao verem, de fora, meus pés apertados e a barra das minhas calças, acreditavam que eu mijava. Mas nunca faço isso nos mictórios.

Uma noite veio-me a ideia de atirar em homens. Era uma noite de sábado, eu tinha saído para procurar Léa, uma loura que faz ponto em frente a um hotel da rua Montparnasse. Nunca tive relações íntimas com uma mulher; me sentiria roubado. Trepamos em cima delas, é claro, mas elas nos devoram o baixo-ventre com uma grande boca peluda; pelo que tenho ouvido dizer, são elas, de longe, que ganham com a troca. Eu não peço nada a ninguém, mas também nada quero dar. Ou então precisaria de uma mulher fria e piedosa que me suportasse com repugnância. No primeiro sábado de cada mês, eu subia com Léa para um quarto do hotel Duquesne. Ela se despia e eu a olhava sem tocá-la. Às vezes, acontecia satisfazer-me nas calças, outras vezes tinha de voltar para casa. Aquela noite não a encontrei no seu posto. Esperei um momento e, como não a vi chegar, supus que estivesse gripada. Era começo de janeiro e fazia muito frio. Eu estava desolado. Sou um imaginativo e tinha imaginado vivamente o prazer que esperava tirar daquela noite. Havia, na rua de Odessa, uma morena que eu notara muitas vezes, um pouco madura, mas firme e carnuda; não detesto as mulheres maduras; quando elas estão nuas parecem mais nuas do que as outras, Mas ela não estava a par dos meus hábitos, e intimidava-me um pouco expô-los inconsideradamente. Além do mais, desconfio das novas relações; essas mulheres podem muito bem esconder um vadio atrás de uma porta e o sujeito aparece de repente e toma o nosso dinheiro. E ainda nos damos por felizes quando não levamos alguns socos. Entretanto, naquela noite, eu me sentia cheio de ousadia, decidi passar em casa para apanhar meu revólver e tentar a aventura.

Quando abordei a mulher, 15 minutos depois, minha arma estava no bolso e eu não temia mais nada. Observando-a de perto notei-lhe um aspecto miserável. Parecia a minha vizinha da frente, a mulher do ajudante, e fiquei muito satisfeito, porque há muito tempo tinha desejos de vê-la pelada. Ela se vestia com a janela aberta, quando o ajudante partia, e eu permanecia muitas vezes atrás da cortina para surpreendê-la. Mas ela se arrumava no fundo do quarto.

No hotel Stella só havia um quarto livre, no 4º andar. Subimos. A mulher era muito pesada e se detinha a cada degrau, para respirar. Eu estava muito à vontade; tenho o corpo magro, apesar da barriga, e seriam necessários mais de quatro andares para que perdesse o fôlego. No patamar do 4º andar ela parou e pôs a mão direita sobre o coração, respirando muito forte. Com a mão esquerda segurava a chave do quarto.

— É alto — disse ela, tentando sorrir.

Tomei-lhe a chave, sem responder, e abri a porta. Eu tinha o revólver na mão esquerda, apontado para frente, no bolso, e não o larguei senão após ter virado o interruptor. O quarto estava vazio. No lavatório havia um quadradinho de sabonete verde. Sorri. Nem os bidês nem os pequenos quadriláteros do sabonete me interessavam. A mulher respirava forte, sempre atrás de mim, e isso me excitava. Voltei-me; ela me ofereceu os lábios. Repeli-a.

— Tire a roupa — disse-lhe.

Havia uma poltrona estofada de tapeçaria. Sentei-me confortavelmente. É nessa hora que lamento não fumar. A mulher tirou o vestido, depois estacou, dirigindo-me um olhar desconfiado.

— Como se chama? — perguntei, recostando-me.

— Renée.

— Bem, Renée, se apresse, estou esperando.

— Você não se despe?

— Ora, ora, não se incomode comigo.

Ela fez cair a calça, depois apanhou-a e colocou-a cuidadosamente sobre o vestido, com o sutiã.

— Você é, então, um pequeno viciado, meu querido, um pequeno preguiçoso? — perguntou-me. — Quer que sua mulherzinha faça todo o trabalho?

Ao mesmo tempo ela deu um passo para o meu lado e, apoiando as mãos no encosto da minha poltrona, tentou, pesadamente, ajoelhar-se entre minhas pernas. Mas eu a pus de pé com brutalidade.

— Nada disso, nada disso.

Ela me olhou, surpresa.

— Mas que é que você quer que eu faça?

— Nada. Caminhe, ande, não lhe peço mais nada.

Ela se pôs a caminhar de lá para cá, meio sem graça. Nada aborrece mais as mulheres do que caminhar quando estão nuas. Elas não têm o hábito de andar sem salto. A puta curvava o dorso e deixava pender os braços. Quanto a mim, sentia-me nas nuvens; estava ali, tranquilamente refestelado numa poltrona, vestido até o pescoço, conservara até as luvas, e essa senhora madura se pusera toda nua às minhas ordens, volteava ao meu redor.

Ela virou a cabeça para o meu lado e, para manter as aparências, sorriu-me, dengosa:

— Você me acha bonita? Está gostando do espetáculo?

— Não se incomode com isso.

— Olhe — perguntou-me com súbita indignação —, você tem intenção de me fazer andar assim por muito tempo?

— Sente-se.

Ela sentou-se na cama e nos fitamos em silêncio. Ela estava toda arrepiada. Ouvia-se o tique-taque de um despertador, do outro lado da parede. De repente, eu lhe disse:

— Abra as pernas.

Ela hesitou um quarto de segundo, depois obedeceu. Olhei entre suas pernas e funguei. Em seguida, ri tanto que as lágrimas me vieram aos olhos. Disse-lhe apenas:

— Você está percebendo?

E recomecei a rir.

Ela me olhou com estupor, depois corou violentamente e tornou a fechar as pernas.

— Porco — disse entre os dentes.

Mas eu ri ainda mais, então ela se levantou de um salto e pegou o sutiã sobre a cadeira.

— Ei — disse —, ainda não acabamos aqui. Eu lhe darei cinquenta francos agora mesmo, mas não quero ser roubado. Ela pegou nervosamente as calças.

— Para mim, basta, você compreende. Não sei o que você quer. E se você me fez subir para zombar de mim...

Então eu tirei o revólver e lhe mostrei. Ela me olhou com um ar sério e deixou cair as calças sem dizer nada.

— Caminhe — disse-lhe —, ande.

Ela caminhou ainda durante uns cinco minutos. Depois dei lhe minha bengala e obriguei-a a fazer exercícios. Quando senti minha cueca molhada, levantei-me e lhe estendi uma nota de cinquenta francos. Ela pegou-a.

— Até logo — acrescentei. — Não a cansei muito, pelo preço.

Saí, deixando-a inteiramente nua no meio do quarto, com o sutiã numa das mãos e a cédula de cinquenta francos na outra. Não chorei o meu dinheiro; eu a perturbara, e uma puta não se perturba facilmente. Descendo a escada, pensei: "Eis o que eu queria, assustar todo o mundo." Estava alegre como uma criança. Carregava comigo o sabonete verde e em casa esfreguei-o muito tempo debaixo da água quente, até se tornar uma delicada película entre meus dedos; parecia bala de hortelã muito chupada.

Mas a noite acordei sobressaltado e revi seu rosto, os olhos que ela fez quando lhe mostrei a arma, e seu ventre gordo que balançava a cada um de seus passos.

"Como fui estúpido", disse com meus botões. E senti um amargo remorso; eu devia ter atirado, furado aquele ventre como uma escumadeira. Essa noite e as três seguintes sonhei com seis buraquinhos vermelhos agrupados em círculo, ao redor do umbigo.

Desde então, não saí mais sem meu revólver. Eu olhava as costas das pessoas e imaginava, conforme seu andar, a maneira como cairiam se eu lhes desse um tiro. Habituei-me, aos domingos, a ir ao Châtelet, à saída dos concertos clássicos. Pelas seis horas, ouvia a campainha e as porteiras vinham prender com ganchos as portas de vidro. Era o começo: a multidão saía lentamente; as pessoas caminhavam com um passo flutuante, os olhos ainda cheios de sonho, o coração ainda repleto de agradáveis sentimentos. Havia muitos que olhavam em torno, admirados; a rua devia lhes parecer inteiramente azul. Então, sorriam misteriosamente: passavam de um mundo a outro. E, no outro, eu os esperava. Eu enfiara a mão direita no bolso e apertava com toda a força a coronha da arma. Ao fim de algum tempo eu me *via* prestes a atirar. Eu os derrubava como cachimbos de barro, eles caíam uns sobre os outros, e os sobreviventes, tomados de pânico, refluíam para o teatro quebrando os vidros das portas. Era uma brincadeira muito enervante; minhas mãos tremiam; por fim, eu me via obrigado a tomar um conhaque no Dreher para me refazer.

Não mataria as mulheres. Atiraria em seus rins. Ou então na barriga da perna, para fazê-las dançar.

Ainda não decidira nada. Mas tomei o partido de fazer tudo como se minha decisão estivesse tomada. Comecei por calcular os detalhes secundários. Fui me exercitar num *stand*, na feira de Denfert-Rochereau.

Os resultados não eram dos melhores, mas os homens são alvos grandes, principalmente quando se atira à queima-roupa. Em seguida, ocupei-me da publicidade. Escolhi um dia em que todos os meus colegas estariam reunidos no escritório. Uma segunda-feira, de manhã. Eu era muito amável com eles, por princípio, embora tivesse horror de lhes apertar a mão. Eles tiravam as luvas para dizer bom dia, tinham um modo obsceno de despir a mão, de abaixar a luva e fazê-la deslizar lentamente ao longo dos dedos, revelando a nudez gorda e amarrotada da palma. Eu sempre conservava as minhas luvas.

Segunda-feira, pela manhã, não se faz grande coisa. A datilógrafa do serviço comercial acabava de trazer os recibos. Lemercier gracejou com ela gentilmente e, quando ela saiu, eles descreveram seus encantos com uma competência enfastiada. Depois falaram de Lindbergh. Gostavam muito de Lindbergh. Eu lhes disse:

— Quanto a mim, gosto dos heróis negros.

— Os pretos? — perguntou Massé.

— Não, negros, como se diz em Magia Negra. Lindbergh é um herói branco. Não me interessa.

— Vá ver se é fácil atravessar o Atlântico — disse asperamente Bouxin.

Expus-lhes minha concepção do herói negro.

— Um anarquista — resumiu Lemercier.

— Não — disse docemente —, os anarquistas gostam dos homens à sua maneira.

— Então, seria um desequilibrado. — Mas Massé, que era letrado, interveio nesse momento:

— Eu conheço o seu tipo — disse. — Chama-se Erostrato. Ele queria se tornar ilustre e não achou nada melhor do que incendiar o templo do Éfeso, uma das sete maravilhas do mundo.

— E como se chamava o arquiteto desse templo?

— Não me lembro mais — confessou —, creio mesmo que não se sabe o nome dele.

— Então? E você se lembra do nome de Erostrato? Bem se vê que o cálculo dele não foi tão errado!...

A conversa terminou com estas palavras, mas eu estava sossegado; eles se lembrariam dela no momento adequado. Quanto a mim, que até então jamais ouvira falar de Erostrato, sua história me encorajou.

Havia mais de dois mil anos que ele estava morto e sua ação ainda brilhava, como um diamante negro. Comecei a acreditar que meu destino seria curto e trágico. Isso me amedrontou a princípio, depois me habituei. Encarado de certo ângulo é atroz, mas, por outro lado, dá ao instante que passa uma força e uma beleza consideráveis. Quando desci à rua, sentia em meu corpo uma força estranha. Tinha junto a mim meu revólver, essa coisa que explode e faz barulho. Mas não era mais nele que punha minha segurança, era em mim, eu era um ser da espécie dos revólveres, dos petardos e das bombas. Eu também, um dia, no fim de minha vida obscura, explodiria e iluminaria o mundo com uma chama violenta e fugaz como um clarão de magnésio. Aconteceu-me, por essa ocasião, ter muitas noites o mesmo sonho. Era um anarquista, tinha-me colocado à passagem do czar e levava comigo uma máquina infernal. À hora ajustada, o cortejo passava, a bomba explodia e sob o olhar da multidão nós voávamos pelo ar, eu, o czar e três oficiais com galões de ouro.

Eu ficava, agora, semanas inteiras sem aparecer no escritório. Passeava pelos bulevares, no meio de minhas futuras vítimas, ou encerrava-me no meu quarto fazendo planos. Despediram-me no começo de outubro. Ocupava, então, minhas horas vagas redigindo a seguinte carta, que copiei em 102 exemplares.

Senhor,
Sois célebre e vossas obras alcançam tiragens de trinta mil exemplares. Vou dizer-vos por quê: é que amais os homens. Tendes o humanismo no sangue: eis a vossa sorte. Desabrochais quando estais em boa companhia; quando vedes um de vossos semelhantes, mesmo sem conhecê-lo, sentis simpatia por ele. Admirais vosso corpo, pela maneira como é articulado, pelas pernas que se abrem e se fecham à vontade, pelas mãos sobretudo; agrada-vos que haja cinco dedos em cada mão e que o polegar possa opor-se aos outros. Deleitai-vos quando vosso vizinho pega uma xícara da mesa, porque há um modo de pegar que é propriamente humano e que sempre descrevestes em vossas obras como menos elástico e menos rápido que o do macaco, não é? Porém muito mais inteligente. Amais também a carne do homem, seu comportamento de mutilado em reeducação, seu ar de reinventar a marcha a cada passo e seu famoso olhar que as feras não suportam. Foi fácil para vós, pois, encontrar a linguagem que convém para falar ao homem de si mesmo;

uma linguagem pudica, mas apaixonada. As pessoas atiram-se com gula aos vossos livros, leem-nos numa boa poltrona, pensam no grande amor infeliz e discreto que lhes dedicais, e isso os consola de muitas coisas, de serem feios, covardes, cornos, de não terem recebido aumento em 1 de janeiro. E diz-se, de bom grado, de vosso último romance: é uma boa ação.

Tereis curiosidade em saber, suponho, o que pode ser um homem que não gosta dos homens. Pois bem, sou eu, e eu os amo tão pouco que vou, agora mesmo, matar uma meia dúzia deles; talvez vos pergunteis; por que somente uma meia dúzia? Porque meu revólver não tem mais que seis cartuchos. Eis uma monstruosidade, não? Além do mais, um ato propriamente impolítico? Mas eu vos digo que não posso amá-los. Compreendo muitíssimo bem o que vós sentis. Mas o que neles vos atrai a mim me repugna. Vi, como vós, homens mastigarem com moderação, conservando o olho adequado, folheando com a mão esquerda uma revista econômica. É culpa minha se prefiro assistir à refeição das focas? O homem nada pode fazer de seu rosto sem que isso vire jogo fisionômico. Quando ele mastiga conservando a boca fechada, os cantos dos lábios sobem e descem, ele parece passar sem descanso da serenidade à surpresa chorona. Gostais disso, eu sei, chamais a isso vigilância do Espírito. Mas a mim isso me enoja. Não sei por quê; nasci assim.

Se não houvesse entre nós senão uma pequena diferença de gosto, eu não vos importunaria. Mas tudo se passa como se tivésseis a graça e eu não. Sou livre para gostar ou não de lagosta à americana, mas, se não gosto dos homens, sou um miserável e não posso encontrar lugar ao sol. Monopolizaram o sentido da vida. Espero que compreendais o que quero dizer. Há 33 anos que esbarro em portas fechadas sobre as quais se escreveu: "Se não for humanista, não entre." Tive de abandonar tudo o que empreendi; precisava escolher; ou era uma tentativa absurda e condenada ou era preciso que ela redundasse cedo ou tarde em proveito deles. Os pensamentos que eu não lhes destinava expressamente, eu não chegava a destacá-los de mim, a formulá-los; permaneciam em mim como leves movimentos orgânicos. Mesmo as ferramentas de que me servia pareciam lhes pertencer; as palavras, por exemplo: desejara palavras minhas. Mas as de que disponho arrastaram-se por não sei quantas consciências; arranjam-se inteiramente sós na minha cabeça em virtude de hábitos que tomaram das outras e não é sem repugnância que as utilizo quando vos escrevo. Mas é pela última vez. Eu vos digo: ou amamos os homens ou eles não nos permitem trabalhar a sério. Eu não quero meios-termos. Vou pegar, agora mesmo, meu revólver, descerei à rua

e verei se é possível executar bem alguma coisa contra eles. *Adeus, senhor, talvez sejais vós quem vou encontrar. Não sabereis jamais com que prazer eu explodirei vossos miolos. Se não — é o caso mais provável —, lede os jornais de amanhã. Lá vereis que um indivíduo chamado Paul Hilbert matou, numa crise de furor, cinco transeuntes no bulevar Edgar-Quinet. Sabeis melhor que ninguém o que vale a prosa dos grandes diários. Compreendei que não estou "furioso". Estou muito calmo, pelo contrário, e vos peço que aceiteis os meus melhores cumprimentos.*
   Paul Hilbert.

Pus as 102 cartas em 102 envelopes e escrevi neles os endereços de 102 escritores franceses. Depois, coloquei tudo numa gaveta de minha mesa com seis folhas de selos.
   Durante os 15 dias seguintes, saí muito pouco, deixava-me tomar lentamente pelo meu crime. Ao espelho, aonde ia, às vezes, me olhar, verificava com prazer as transformações de minha fisionomia. Os olhos estavam maiores, invadiam todo o rosto. Eram negros e ternos sob os óculos e eu os fazia rolar como planetas. Belos olhos de artista e de assassino. Mas eu esperava mudar ainda mais profundamente após a realização do massacre. Tinha visto os retratos dessas duas belas moças, duas criadas que mataram e saquearam suas patroas. Vi suas fotografias de *antes e depois. Antes,* seus rostos balouçavam como flores em cima das golas de fustão. Transpiravam higiene e honestidade tentadora. Um ferro discreto ondulara igualmente seus cabelos. E, mais tranquilizadora ainda que os cabelos frisados, que as golas e o ar de visita ao fotógrafo, havia a semelhança de irmãs, sua semelhança tão convencional e que punha imediatamente à mostra os laços de sangue e as raízes naturais do grupo familiar. *Depois,* suas faces resplandeciam como incêndios. Elas tinham o pescoço nu das futuras decapitadas. Rugas por toda parte, horríveis rugas de medo e de ódio, pregas, orifícios na carne como se um animal de garras as houvesse perseguido. E esses olhos, sempre esses grandes olhos negros e sem fundo — como os meus. Entretanto, elas não se pareciam mais. Cada uma trazia à sua maneira a lembrança do crime comum. "Se basta", dizia comigo mesmo, "um crime audacioso em que o acaso influi grandemente para transformar assim essas caras de orfanato, o que não posso esperar de um crime inteiramente concebido e planejado por mim?" Ele se

apoderará de mim, transformará minha feiura muito humana... um crime..., corta em duas partes a vida daquele que o comete. Deve haver momentos em que a gente deseja voltar atrás, mas ele está ali, bem próximo, esse mineral resplandecente, barrando a passagem. Só pedia uma hora para gozar o meu, para sentir seu peso esmagador. Arranjarei tudo para ter esta hora para mim; decidi fazer a execução no alto da rua de Odessa. Aproveitaria o pânico para fugir, deixando-os a recolher seus mortos. Correria, atravessaria o bulevar Edgar-Quinet e viraria rapidamente na rua Delambre. Não precisaria senão de trinta segundos para atingir a porta do prédio onde moro. Nesse momento, meus perseguidores estariam ainda no bulevar Edgar-Quinet, perderiam meu rastro e precisariam seguramente de mais de uma hora para encontrá-lo de novo. Eu os esperaria em casa e, quando os ouvisse bater na minha porta, tornaria a carregar meu revólver e o descarregaria na boca.

Eu vivia mais profundamente. Contratara com o dono de uma pensão na rua Vavin a remessa, pela manhã e à tarde, de uns bons pratinhos. O empregado tocava a campainha, eu não abria, esperava alguns minutos, depois entreabria minha porta e via, num grande cesto colocado no chão, pratos cheios que fumegavam.

No dia 27 de outubro, às seis da tarde, restavam-me 17 francos e cinquenta cêntimos. Peguei meu revólver e o pacote de cartas e desci. Tive o cuidado de não fechar a porta para poder entrar mais depressa quando tivesse executado o golpe. Não me sentia bem, tinha as mãos frias e o sangue na cabeça, os olhos coçavam. Olhei as lojas, o hotel Des Écoles, a papelaria onde compro meus lápis e não os reconheci. Dizia para mim mesmo: "Que rua é esta?" O bulevar Montparnasse estava cheio de gente. Atropelavam-me, empurravam-me, tocavam-me com os cotovelos ou os ombros. Eu me deixava sacudir, faltava-me força para deslizar entre eles. Vi-me, de repente, bem no meio dessa multidão, horrivelmente só e pequeno. Como eles teriam podido me fazer mal se quisessem! Eu tinha medo por causa da arma no meu bolso. Parecia-me que iam adivinhar que ela estava ali. Eles me olhariam com seus olhos duros e diriam "Eh, mas... mas..." com alegre indignação, fisgando-me com suas patas de homens. Linchado! Eles me atirariam por cima de suas cabeças e eu tornaria a cair nos seus braços como um boneco. Julguei mais prudente adiar a execução do meu projeto.

Fui jantar na *Coupole* por 16 francos e oitenta. Restavam-me setenta cêntimos, que joguei no rio.

Fiquei três dias no meu quarto, sem comer, sem dormir. Tinha fechado as persianas e não ousava aproximar-me da janela nem acender a luz. Na segunda-feira alguém tamborilou na porta. Retive a respiração e esperei. Depois de um minuto tornaram a bater. Fui, na ponta dos pés, colar o olho ao buraco da fechadura. Vi somente um pedaço de pano preto e um botão. O sujeito bateu ainda, depois desceu. Não sei quem era. À noite tive visões novas, de palmeiras, água escorrendo, um céu violeta acima de uma cúpula. Não tinha sede, porque, de hora em hora, ia beber na torneira da pia. Mas sentia fome. Revi também a puta morena. Isso foi num castelo que eu mandara construir nas Causses Noires, a vinte léguas de qualquer povoação. Ela estava nua e sozinha comigo. Forcei-a a pôr-se de joelhos sob a ameaça de meu revólver, e a andar de gatinhas, depois a prendi num pilar, e, após lhe haver explicado longamente o que ia fazer, crivei-a de balas. Essas imagens perturbaram-me de tal maneira que tive de me satisfazer. Depois fiquei imóvel no escuro, com a cabeça absolutamente vazia. Os móveis puseram-se a estalar. Eram cinco da manhã. Teria dado qualquer coisa para deixar meu quarto, mas não podia descer por causa das pessoas que andavam nas ruas.

Veio o dia. Não sentia mais fome, mas comecei a suar: ensopei a camisa. Fora, fazia sol. Então, pensei: "Ele está escondido num quarto escuro. Há três dias ele não come nem dorme. Bateram na porta e ele não abriu. Daqui a pouco ele vai descer à rua e matará." Tinha medo de mim mesmo. Às seis da tarde a fome voltou. Estava louco de cólera. Esbarrei em dado momento nos móveis, depois acendi a luz nos quartos, na cozinha, no banheiro. Pus-me a cantar como um possesso, lavei as mãos e saí. Foram necessários dois bons minutos para pôr todas as minhas cartas na caixa. Eu as enfiava em pacotes de dez. Devo ter estragado alguns envelopes. Depois, segui pelo bulevar Montparnasse até a rua de Odessa. Parei diante da vitrine de uma loja de roupas e, quando vi minha cara, pensei: "É para esta tarde."

Postei-me no alto da rua de Odessa, não longe de um bico de gás, e esperei. Duas mulheres passaram. Estavam de braços dados, e a loura dizia:

— Tinham colocado tapetes em todas as janelas e eram os nobres do país que faziam a figuração.

— Eles estão sem dinheiro? — perguntou a outra.

— Não é preciso estar duro para aceitar um trabalho que rende cinco luíses por dia.

— Cinco luíses! — exclamou a morena, deslumbrada. Ela ajuntou, passando por mim: — Além do mais, acho que usar as roupas de seus antepassados devia diverti-los.

Distanciaram-se. Sentia frio mas suava em bicas. Depois de um tempo vi três homens chegarem; deixei-os passar; eu precisava de seis. O da esquerda olhou-me e estalou a língua. Desviei a vista.

As sete e cinco, dois grupos que se seguiam de perto desembocaram no bulevar Edgar-Quinet. Havia um homem e uma mulher com duas crianças. Atrás deles vinham três velhas. Dei um passo à frente. A mulher parecia zangada e sacudia o menino pelo braço. O homem disse com voz arrastada:

— Como é irritante, esse chato!

Meu coração batia tão forte que senti dores nos braços. Avancei e fiquei diante deles, imóvel. Meus dedos, no bolso, estavam moles em volta do gatilho.

— Com licença — disse o homem, empurrando-me.

Lembrei-me de que tinha fechado a porta do meu apartamento e isso me contrariou; teria de perder um tempo precioso para abri-la. As pessoas se distanciaram. Voltei-me e segui-as maquinalmente. Mas não tinha mais vontade de atirar nelas. Perderam-se na multidão do bulevar. Quanto a mim, apoiei-me a parede. Ouvi bater oito horas, nove horas, e repetia comigo mesmo: "Por que é que preciso matar todos esses indivíduos que já estão *mortos*?", e tinha vontade de rir. Um cão veio farejar meus pés.

Quando o homem corpulento passou por mim sobressaltei-me e segui-o. Eu via a prega de sua nuca vermelha entre o chapéu-coco e a gola do sobretudo. Ele balançava um pouco o corpo e respirava forte, era um tipo robusto. Saquei o revólver — era brilhante e frio, aborrecia-me, não me lembrava bem do que devia fazer com ele. Ora eu o olhava, ora olhava a nuca do sujeito. A prega da nuca sorria-me como uma boca sorridente e amarga. Eu perguntava a mim mesmo se não ia jogar meu revólver num esgoto.

De repente o sujeito voltou-se e me olhou irritado. Dei um passo para trás.

— É para lhe... perguntar...

Ele não parecia ouvir, olhava minhas mãos. Concluí penosamente:

— Pode me dizer onde fica a rua da Gaité? — Seu rosto era enorme e seus lábios tremiam. Não disse nada; estendeu a mão. Recuei de novo e disse:

— Eu queria...

Nesse momento *senti* que ia começar a urrar. Mas não queria. Disparei-lhe três balas na barriga. Ele caiu, com um ar idiota, sobre os joelhos, e sua cabeça rolou sobre o ombro esquerdo.

— Porco — disse-lhe —, grande porco! Fugi. Ouvi-o tossir. Ouvi também gritos e uma galopada atrás de mim. Alguém perguntou: "Que é isso, estão brigando?" Logo depois alguém gritou: "Pega o assassino! Pega o assassino!" Não pensei que esses gritos me dissessem respeito. Mas me pareciam sinistros, como a sirene dos bombeiros quando eu era criança. Sinistros e ligeiramente ridículos. Corri com toda a força de minhas pernas.

Cometi, porém, um erro imperdoável: em vez de tornar a subir a rua de Odessa em direção ao bulevar Edgar-Quinet, eu a desci em direção ao bulevar Montparnasse. Quando percebi, era tarde demais; estava já bem no meio da multidão, rostos assombrados voltavam-se para mim (lembro-me de uma mulher muito pintada que usava um chapéu verde com um penacho) e ouvi os imbecis da rua de Odessa gritarem às minhas costas: "Pega o assassino." Uma mão pousou no meu ombro. Aí perdi a cabeça; eu não queria morrer sufocado por essa multidão. Ainda dei dois tiros. As pessoas puseram-se a gritar e se separaram. Entrei correndo num café. Os fregueses se levantaram à minha passagem mas não tentaram me deter. Atravessei o café em todo o seu comprimento e tranquei-me no banheiro. Restava ainda uma bala no revólver.

Passou-se um momento. Eu me sentia sufocado e arquejava. Tudo mergulhara num silêncio extraordinário, como se as pessoas se tivessem calado de propósito. Levantei minha arma até os olhos e vi o pequeno orifício negro e redondo: a bala sairia por ali; a pólvora me queimaria o rosto. Deixei cair de novo o braço e esperei. Ao cabo de um tempo eles se aproximaram pé ante pé; devia ser um grupo grande, a julgar pelo barulho dos pés no soalho. Eles cochicharam um pouco e depois se calaram. Eu arquejava sempre e pensava que me ouviam respirar do outro lado do tabique. Alguém avançou cautelosamente e mexeu na maçaneta da porta. Devia estar encostado de lado, à parede, para evitar minhas balas. Tive, assim mesmo, ânsia de atirar — mas a última bala era para mim.

"Que é que esperam?", pensei. "Se eles se atirassem contra a porta e a derrubassem *imediatamente,* eu não teria tempo de me matar e me pegariam vivo." Mas eles não se apressavam, davam-me tempo para me matar. Aqueles porcos tinham medo.

Passado algum tempo uma voz elevou-se:

— Vamos, abra, que não lhe faremos mal. — Houve um silêncio e a mesma voz repetiu:

— Você sabe que não pode escapar.

Não respondi, arquejava sempre. Para me encorajar a atirar eu dizia a mim mesmo: "Se eles me agarram, vão me bater, me quebrar os dentes, me furar um olho, talvez." Eu queria saber se o gordo estava morto. Talvez eu o tivesse apenas ferido... e as outras duas balas talvez não houvessem atingido ninguém. Eles preparavam alguma coisa, estavam puxando mm objeto pesado sobre o soalho? Apressei-me a meter o cano da arma na boca e mordi-o com força. Mas não podia atirar, nem mesmo pôr o dedo no gatilho. Tudo voltara ao silêncio. Então joguei o revólver fora e abri a porta.

Intimidade

I

Lulu dormia nua não só porque gostava de se acariciar com as cobertas, mas também porque lavagem de roupa custa caro. A princípio Henri protestou: não se deve dormir nu, isto não se faz, é nojento. Acabou, porém, por comodismo, seguindo o exemplo da mulher; ele era inflexível como uma estaca quando estava no meio de outras pessoas (admirava os suíços e particularmente os genebrinos, achava-os altivos porque eram impassíveis), mas negligenciava as pequenas coisas: não era muito asseado, por exemplo, não mudava de cueca com frequência; quando Lulu as punha na roupa suja, não podia deixar de observar o seu fundo amarelado, resultado da fricção com as entrepernas. Pessoalmente, Lulu não se incomodava com a sujeira: dá um ar de intimidade, cria certos sombreados familiares. Na cavidade dos cotovelos, por exemplo. Não gostava dos ingleses, dos seus corpos sem personalidade, sem nenhum cheiro. Sentia, porém, horror às negligências do marido, porque refletiam um carinho excessivo por si próprio. De manhã, ao acordar, ele se sentia sempre terno, a cabeça cheia de sonhos, e o dia claro, a água fria, o pelo áspero das escovas lhe faziam o efeito de brutais injustiças.

Lulu, deitada de costas, introduziu o dedão do pé esquerdo em uma dobra do cobertor; não era dobra, mas um descosturado, o que a aborreceu: vai ser preciso costurar isso amanhã; continuava, porém, mexendo no tecido, para senti-lo esgarçar-se. Henri ainda não estava dormindo, mas não se mexia. Ele sempre dizia a Lulu que assim que fechava os olhos se sentia amarrado por liames fortes e resistentes, não conseguindo sequer levantar o dedinho. Uma grande mosca presa numa teia de aranha. Lulu gostava de sentir contra si aquele grande corpo cativo. Se ele pudesse ficar assim paralisado, seria eu quem cuidaria dele, quem o limparia como a uma criança; de *vez* em quando o viraria de bruços e lhe daria umas palmadas; outras vezes, quando sua mãe o viesse ver, eu o descobriria sob um pretexto qualquer, retiraria as cobertas e sua mãe o veria inteiramente nu. Acho que ela cairia dura, deve fazer uns 15 anos que não o vê assim. Lulu passou a mão de leve no quadril do marido e deu um beliscãozinho na sua virilha. Henri gemeu, mas não fez o menor movimento. Estava reduzido à impotência. Lulu sorriu: a palavra "impotência" sempre a fazia sorrir. No tempo em que ainda amava Henri, quando ele repousava assim imóvel, ao seu lado, ela se divertia imaginando-o pacientemente ensalsichado por anõezinhos do gênero daqueles que tinha visto numa estampa quando era pequena e lera a história de Gulliver. Sempre chamava Henri de "Gulliver", e ele gostava porque era um nome inglês, e Lulu tinha então o jeito de uma pessoa instruída; teria preferido, porém, que ela pronunciasse aquele nome com o sotaque certo. Como isso me amolava; se desejava uma moça instruída, devia ter se casado com Jeanne Beder, que tem seios em forma de buzina, mas sabe cinco línguas. Quando ainda íamos a Sceaux, aos domingos, eu me aborrecia tanto com sua família que abria um livro qualquer; havia sempre alguém que vinha olhar o que eu estava lendo e sua irmãzinha me perguntava: "Está compreendendo, Lucie?..." Ele não me acha culta. Os suíços, sim, são gente culta, porque sua irmã mais velha se casou com um, que lhe fez cinco filhos, e, além disso, eles impressionam com suas montanhas. Eu não posso ter filhos, é da minha constituição, mas nunca achei correto o que ele faz quando sai comigo; vai a todos os mictórios e sou obrigada a olhar vitrines enquanto espero, bancando a boba. Quando ele volta, vem repuxando as calças e arqueando as pernas como um velho.

Lulu retirou o dedo da fenda do cobertor e agitou um pouco os pés, pelo prazer de se sentir acordada perto daquela carne mole e cativa. Ouviu um barulhinho: uma barriga cantante, isso me aborrece; nunca sei se é a dele ou a minha. Fechou os olhos: são líquidos que gorgolejam nas tripas, todo o mundo tem isso. Rirette, eu (não gosto de pensar nisso, me dá dor de barriga). Ele me ama, mas não ama minhas tripas; se lhe mostrassem meu apêndice num vidro, não o reconheceria; ele vive a me apalpar, mas se lhe pusessem o vidro nas mãos não sentiria nada intimamente, não pensaria: "isto é dela"; deveríamos poder amar tudo numa pessoa, o esôfago, o fígado, os intestinos. Talvez não gostemos dessas coisas por falta de hábito; se as víssemos como vemos nossas mãos e nossos braços, talvez as amássemos; é por isso que as estrelas-do-mar devem se amar melhor que nós; elas se estendem sobre a praia quando faz sol e expelem o estômago para fazê-lo tomar ar e todos podem vê-lo; eu me pergunto por onde faríamos sair o nosso, pelo umbigo, talvez. Fechou os olhos e os discos azuis começaram a girar, como na feira, ontem, quando eu atirava flechas de borracha nos discos e as letras se acendiam uma a uma a cada golpe, formando um nome de cidade; ele me impediu de formar "Dijon", com sua mania de se encostar no meu traseiro; detesto que me toquem por trás, desejava não ter costas, não gosto que me façam certas coisas quando não estou vendo; eles podem gozar sem que as mãos sejam vistas; a gente as sente subindo e descendo, mas não pode prever aonde vão, eles nos olham à vontade e a gente não pode vê-los, ele adora isso; Henri nunca pensou em fazer essas coisas, ele só quer saber de se encostar no meu traseiro e eu estou convencida de que ele faz isso de propósito, porque sabe que eu morro de vergonha de ter um, e o fato de eu ter vergonha o excita, mas não quero pensar nele agora (ela sentia medo), quero pensar em Rirette. Ela pensava em Rirette todas as noites à mesma hora, justamente no momento em que Henri começava a balbuciar coisas sem nexo e a gemer. Mas houve resistência, o outro queria se mostrar, ela chegou mesmo a ver, num instante, uns cabelos negros e crespos, pensou que ia acontecer e arrepiou-se, porque nunca se sabe até onde a coisa vai; se é só rosto ainda bem; isso passa, mas houve noites em que ela não conseguia fechar os olhos por causa de nojentas lembranças que emergiam à superfície; é medonho quando se conhece tudo de um homem, principalmente *aquilo*. Com Henri não é a mesma coisa, posso imaginá-lo da cabeça aos pés, e isso me enternece, porque ele é mole, tem a carne cinza, exceto pela barriga, que é rosada, ele diz que a barriga de um homem bem-feito, quando ele está sentado, faz três dobras; a sua, porém, tem seis, só que ele aí conta de duas em duas e não quer ver as outras. Ela ficou irritada, pensando em Rirette: "Lulu, você não sabe o que é um belo corpo de homem." É ridículo, naturalmente, eu sei o que é, ela quer dizer um corpo duro como pedra, com músculos, não gosto disso, Patterson tinha um corpo assim e eu me sentia mole como uma lagarta quando ele me apertava; casei-me com Henri porque ele era mole, porque parecia um padre. Os padres, com suas batinas, são macios como as mulheres e parece que usam roupas de baixo. Quando eu tinha 15 anos, queria levantar devagarinho suas batinas para lhes ver os joelhos e as cuecas, parecia-me estranho que houvesse alguma coisa entre as pernas; com uma das mãos eu pegaria a batina, fazendo a outra escorregar ao longo das pernas, subindo até o lugar em que penso; não é que eu goste tanto assim das mulheres, mas uma coisa de homem, quando está debaixo de uma saia, é delicada, é como se fosse uma grande flor. Na realidade nunca se pode segurar aquilo, se ao menos ficasse tranquilo, mas começa a mexer como um animal, endurece, me dá medo, quando fica duro e teso no ar, ó brutal; como é sujo o amor. Amei Henri porque sua coisinha jamais endurecia, não levantava nunca a cabeça, eu ria, beijava-a algumas vezes, tinha tanto medo dela como de uma criança; à noite eu pegava essa deliciosa coisinha entre os dedos, ele ficava corado e virava a cabeça para o lado, suspirando, mas aquilo não se mexia, continuava bem quieto na minha mão, eu não o apertava, permanecíamos longos tempos assim e ele adormecia. Eu então me deitava de costas e pensava em padres, em coisas puras, em mulheres, primeiro acariciava a minha barriga, a minha barriga bonita e chata, descia as mãos, continuava descendo até sentir prazer; não há quem saiba me dar prazer como eu mesma.

Os cabelos crespos, os cabelos de negro. E a angústia na garganta como uma bola. Fechou fortemente as pálpebras e finalmente apareceu a orelha de Rirette, uma orelhinha carmesim e dourada que parecia açúcar-cande. Ao vê-la, Lulu não sentiu tanto prazer como de costume, porque ouviu também a voz de Rirette. Era uma voz aguda e nítida, de que Lulu não gostava. "Você *devia* fugir com Pierre, minha Luluzinha; é a única coisa inteligente a fazer." Gosto muito de Rirette, mas ela me aborrece um pouco quando quer se fazer de importante e se encanta com o que diz. Na véspera, na Coupole, Rirette sussurrara com um ar judicioso e bravo: "Você não pode continuar com Henri, pois você não o ama mais, isso seria um crime." Ela não perde uma ocasião de falar mal dele, não acho isso muito agradável, ele foi sempre correto com ela. Não o amo mais, é possível, mas não compete a Rirette me dizer isso; para ela tudo parece simples e fácil; ama-se ou não se ama mais; mas eu não sou simples. Primeiro, estou habituada a esse lugar, e depois, eu gosto dele, é meu marido. Tive vontade de bater nela, sempre desejei lhe fazer mal porque ela é gorda. "Isso seria um crime." Ela levantou o braço, vi seu sovaco, gosto mais quando está rapado. O sovaco. Ela o entreabriu, parecia uma boca, e Lulu viu uma carne azulada, um pouco enrugada debaixo de pelos anelados que lembravam cabelos; Pierre a chama de "Minerva rechonchuda", o que a deixa furiosa. Lulu sorria pensando no seu irmãozinho Robert, que um dia, quando ela estava usando combinação, lhe perguntou: "Por que você tem cabelos debaixo do braço?" E ela respondeu: "É uma doença." Ela gostava de se vestir diante do irmãozinho porque ele sempre fazia reflexões estranhas, não se sabe onde aprendia aquilo. Mexia em todas as coisas de Lulu, dobrava os vestidos cuidadosamente, ele tem as mãos tão ágeis, no futuro será um grande costureiro. É uma profissão encantadora, e eu desenharei tecidos para ele. É curioso uma criança pensar em ser costureiro; se eu fosse rapaz, parece-me que desejaria ser explorador ou ator, nunca costureiro; ele, porém, sempre foi sonhador, não fala muito, segue suas ideias, eu queria ser irmã de caridade para ir pedir esmolas nos palácios. Sinto meus olhos tranquilos, tranquilos como a carne, vou dormir. Teria um ar distinto, com o meu belo e pálido rosto sob o capuz. Veria centenas de antecâmaras sombrias. Mas a criada iluminaria tudo depressa e eu veria, então, quadros de família, bronzes sobre consolos. E cabides de pé. A dona da casa aparece com um caderninho e uma nota de cinquenta francos: "Tome, minha irmã." "Obrigada, senhora, Deus vos abençoe. Até a vista." Mas eu não seria uma verdadeira irmã. No ônibus, algumas vezes, namoraria um sujeito qualquer; a princípio ficaria estupefato, depois seguiria me dizendo piadas, e eu faria que um policial o prendesse. Guardaria o dinheiro da coleta para mim. Que compraria? ANTÍDOTO. Isso é idiota. Meus olhos quase se fecham, isso me dá prazer, parecia que os borrifei com água e todo o meu corpo se sente confortável. A bela tiara verde com suas esmeraldas e seus lápis-lazúlis. A tiara virou, virou e era uma horrível cabeça de boi, mas Lulu não tinha medo. "Sentido. Os pássaros de Cantal. Fixo." Um rio vermelho e comprido serpenteava através de campos áridos. Lulu pensara na máquina de cortar frios, depois na gomalina.

"Isso seria um crime!" Ela sobressaltou-se e ergueu-se na sua noite, os olhos agressivos. Será que eles não percebem que me torturam? Sei muito bem que Rirette faz isso com boa intenção, mas ela, que é tão justa com os outros, devia compreender que tenho necessidade de refletir. Ele me disse: "Você virá!", e com os olhos em brasa: "Você virá! Você virá à minha casa, eu a desejo só para mim!" Tenho horror de seus olhos quando ele banca o hipnotizador. Ele me apertou o braço; quando o vejo com aquele olhar, lembro-me sempre dos pelos que ele tem no peito. Você virá, eu a desejo só para mim; como podem dizer coisas desse tipo? Eu não sou um cachorro.

Quando me sentei, dei-lhe um sorriso, tinha retocado o pó de arroz para ele e pintado os olhos porque ele gosta assim; nada viu, porém, nunca olha para o meu rosto, mas sim para os meus seios, e eu desejava que estes encolhessem só para magoá-lo, entretanto não tenho seios fartos, são até bem pequenos. "Você virá à minha casa de praia em Nice." Contou-me que ela é branca, tem uma escada de mármore e dá para o mar, e que nós viveremos nus o dia todo; como deve ser esquisito subir uma escada quando se está nu; eu o obrigarei a subir antes de mim, para que não me olhe; do contrário, não poderia sequer levantar o pé, permaneceria imóvel, desejando de todo o coração que ele ficasse cego; aliás, isso tudo não mudará nada; quando ele está comigo tenho sempre a impressão de estar nua. Ele me pegou pelos braços com um ar perverso e disse: "Estou louco por você." Eu, de medo, respondi: "Sim." Eu quero fazer sua felicidade, viajaremos de carro e de barco, iremos para a Itália, eu lhe darei tudo o que você quiser. Sua casa, porém, não está ainda mobiliada e nós dormiremos num colchão. Ele quer que eu durma em seus braços e eu sentirei o seu cheiro; eu gostarei do seu peito porque é moreno e largo, e o que estraga é aquele tufo de pelos, desejaria que os homens não tivessem pelos, os seus são pretos e sedosos como musgo; às vezes eu os acaricio, mas às vezes sinto horror, afasto-me para o mais longe possível, mas ele se gruda em mim. Ele quer que eu durma em seus braços, me apertará e eu sentirei o seu cheiro; à noitinha ouviremos o murmúrio do mar e ele é capaz de me acordar no meio da noite se tiver vontade de fazer aquilo; nunca poderei dormir tranquila, a menos quando estiver menstruada, porque aí ele me deixará em paz; parece que há homens que fazem aquilo com mulheres nesse estado e depois ficam com sangue na barriga, sangue que não é deles, e que suja os lençóis, fica por toda parte, é repugnante — por que é preciso que tenhamos corpos?

Lulu abriu os olhos, as cortinas estavam coloridas de vermelho pela luz que vinha da rua, havia um reflexo avermelhado no espelho; Lulu adorava essa luz vermelha, e havia uma poltrona que se projetava em sombra chinesa contra a janela. Sobre o braço da poltrona, Henri colocara as calças, os suspensórios pendiam no espaço. É preciso comprar elástico para os suspensórios. Oh, eu não quero, eu não quero ir embora. Ele me beijará o dia todo, e eu serei *dele*, lhe darei prazer, ele me olhará; pensará: "Ela me satisfaz, fiz de tudo e posso recomeçar quando tiver vontade." Em Port Royal. Lulu deu pontapés nas cobertas, ela detestava Pierre quando se lembrava do que havia acontecido em Port Royal. Estava abaixada atrás da cerca viva, pensando que ele ficara no carro consultando o mapa, quando de repente deu com ele, que a seguira, na ponta dos pés, só para espiá-la. Lulu deu um pontapé em Henri; ele vai acordar; Henri, porém, fez "onff" e não acordou. O que eu queria era conhecer um belo rapaz, puro como uma moça; nós não nos tocaríamos, passearíamos à beira-mar de mãos dadas, e à noite, deitados em dois leitos gêmeos, ficaríamos como irmão e irmã conversando até de manhã. Ou então gostaria de viver com Rirette, as mulheres são tão encantadoras entre si; ela tem ombros gordos e roliços; eu era bem infeliz quando ela amava Fresnel, fico perturbada só em pensar que ela dava suspiros enquanto ele a acariciava, passando lentamente as mãos sobre seus ombros e quadris; fico imaginando como deve ser seu rosto quando ela está estendida assim toda nua, debaixo de um homem, sentindo as mãos dele passando sobre a sua carne. Eu não a tocaria por todo o ouro do mundo, não saberia o que fazer dela, mesmo que ela quisesse e me dissesse "eu preciso", eu não saberia, mas se eu fosse invisível gostaria de estar ali enquanto lhe faziam aquilo e olhar o seu rosto (ficaria espantada se ela ainda tivesse um ar de Minerva), e acariciar levemente seus joelhos afastados, seus joelhos róseos, ouvindo-a gemer. Lulu, a garganta seca, deu um risinho: às vezes a gente tem cada ideia. Uma vez imaginei que Pierre queria violentar Rirette. E eu o ajudava, segurando-a nos meus braços.

Ontem. Ela estava com as faces em fogo, estávamos sentadas no divã, uma contra a outra, ela conservava as pernas fechadas, mas não tínhamos dito nada, nunca diremos. Henri começou a roncar e Lulu assobiou. Não consigo dormir, estou me martirizando, e ele ronca, o imbecil. Se me tomasse nos braços, se me suplicasse, se me dissesse: "Você é tudo para mim, Lulu, eu te amo, não vá embora!", eu faria esse sacrifício, ficaria, sim, permaneceria com ele a minha vida toda para que fosse feliz.

II

Rirette sentou-se numa mesa do terraço do Dôme e pediu um Porto. Estava cansada e irritada com Lulu.

"...e o seu Porto tem gosto de rolha. Lulu está zombando porque só toma café, mas não se pode tomar café à hora do aperitivo; aqui bebe-se café o dia inteiro ou então café com leite, porque não há dinheiro e isso deve ser enervante — eu não aguentaria, acabaria jogando tudo na cara dos fregueses, são gente que não se tem necessidade de conservar. Não compreendo por que ela sempre marca encontros comigo em Montparnasse, quando o café De la Paix ou o Pam-Pam estão mais perto da sua casa e do meu trabalho; não consigo expressar como me entristece ver essas caras, sempre que disponho de um minuto tenho de vir até aqui, no terraço em que ainda se pode andar, mas lá dentro sente-se o cheiro de roupa suja, detesto os miseráveis. E mesmo no terraço me sinto desambientada porque sou bem limpa. Como devem espantar-se aqueles que me veem no meio desse pessoal, desses homens que não fazem a barba e dessas mulheres que têm cara nem sei de quê. Eles devem pensar: 'Que é que ela faz aí?' Sei bem que, às vezes, no verão, aparecem algumas americanas ricas, mas creio que elas, com o governo que temos, preferem ficar na Inglaterra, e é por isso que o comércio de artigos de luxo está tendo prejuízo; vendi menos da metade do que no mesmo período do ano passado, e fico pensando como farão os outros se eu sou a melhor vendedora. A sra. Dubech me disse: 'Tenho dó da pequena Yonnel, que não sabe vender, ela não deve ter feito nem um franco a mais além do seu salário este mês.' E quando a gente fica de pé o dia todo, sente necessidade de se divertir

um pouco num lugar agradável, com um pouco de luxo, um pouco de arte e pessoas finas; sente desejo de fechar os olhos e deixar o tempo correr; além disso, é preciso que haja música em surdina, não é assim tão caro ir uma vez ou outra ao *dancing* do Ambassadeurs. Os garçons daqui são muito insolentes, vê-se que só lidam com gentinha, com exceção do moreninho que me serve e que é amável. Creio que agrada a Lulu sentir-se rodeada por todos esses tipos; ela tem medo de ir a um lugar mais ou menos chique. No fundo ela não tem confiança em si. Quando um homem tem boas maneiras, ela fica intimidada; ela não amava Louis; pois bem! — penso que aqui ela pode se sentir à vontade; há homens que nem sequer usam colarinho postiço, com seu ar de pobretões, seus cachimbos e esses olhares que nos lançam, nem mesmo tentam disfarçar, vê-se que eles não têm dinheiro para pagar uma mulher, e isso é o que não falta neste bairro, é até repugnante; parece que eles querem nos comer mas não seriam capazes de nos dizer com elegância que nos desejam, de contornar as coisas para nos agradar."
O garçom aproximou-se:

— Quer o Porto seco, senhorita?

— Sim, obrigada.

Ele disse ainda, amavelmente:

— Que belo dia!

— Já era tempo — disse Rirette.

— É verdade, parecia que o inverno não ia acabar mais.

Ele se foi e Rirette o seguiu com os olhos. "Gosto desse rapaz", pensou, "ele sabe se conservar no seu lugar, não é muito metido, mas tem sempre uma palavra amável para mim, uma atençãozinha particular."

Um rapaz magro e curvado a olhava com insistência. Rirette deu de ombros, virando-lhe as costas: "Quando alguém deseja conquistar uma mulher devia ao menos usar uma camisa limpa. Eu lhe direi isso, se ele me dirigir a palavra. Fico pensando por que ela não foge. Não quer magoar Henri, e isso é muito bonito, mas uma mulher não tem o direito de esbanjar a vida com um impotente." Rirette detestava os impotentes, era uma aversão física. "Ela deve fugir", decidiu, "é a sua felicidade que está em jogo, eu lhe direi, que não se deve brincar com a felicidade. Lulu, você não tem o direito de brincar com a sua felicidade. Não direi absolutamente nada, acabou-se; já lhe disse cem vezes, não se pode fazer a felicidade de alguém contra a sua vontade."

Rirette sentiu um grande vazio na cabeça porque estava muito cansada, olhava o Porto, viscoso como um caramelo líquido, e uma voz dentro dela repetia: "Felicidade, felicidade" — era uma bela palavra, enternecedora e grave, e achava que se lhe pedissem seu voto, para o concurso do *Paris-Soir*, ela a indicaria como a mais linda palavra da língua. "Será que alguém já pensou nisso? Já disseram: energia, coragem, mas isso porque foram homens que falaram, era preciso que as mulheres falassem também, são elas que podem pensar como eu, era preciso que houvesse dois prêmios, um para os homens, e o mais belo nome seria Dignidade; outro para as mulheres, e eu o ganharia porque diria Felicidade; Dignidade e Felicidade rimam, que interessante! Eu lhe direi: 'Lulu, você não tem o direito de ir contra a sua felicidade. Sua Felicidade, Lulu, sua Felicidade.' Pessoalmente, acho Pierre muito bom, primeiro porque é um homem de verdade e depois porque é inteligente, o que não é nada desprezível; tem dinheiro e fará tudo por ela. Ele é desses homens que sabem aplanar as pequenas dificuldades da vida, o que é agradável para uma mulher; gosto de quem sabe mandar, é um pormenor, mas ele sabe falar aos garçons e aos *maîtres d'hôtel*, obedecem-lhe; eu chamo a isso ter atitude. E é talvez o que mais falta a Henri. Além disso, há os problemas de saúde. Com o pai que teve, ela devia ter mais cuidado. É interessante ser magra e diáfana, não ter fome nem sono, dormir quatro horas por noite, correr Paris o dia todo com amostras de tecido, mas isto é loucura, ela precisava seguir um regime racional, comer pouco de cada vez, mas com frequência e em horários fixos. Ela ficará bem-arranjada quando a enviarem a um sanatório por dez anos."

Rirette olhou com ar perplexo o relógio do *carrefour* Montparnasse, cujos ponteiros marcavam 11h20. "Eu não compreendo Lulu, tem um temperamento muito estranho; nunca consegui saber se ela amava os homens ou se eles lhe desagradavam; entretanto, com Pierre ela deveria ficar contente, variava um pouco do seu caso do ano anterior, o seu Rabut, o Rebut,* como eu o chamava." Essa lembrança divertiu-a, mas ela conteve o sorriso porque o jovem magro continuava a olhá-la, surpreendeu seu olhar quando virava a cabeça. Rabut tinha o rosto crivado de cravos e Lulu se divertia em removê-los apertando-lhe

---

* Em português: refugo. (N.T.)

a pele com as unhas. "É nojento, mas a culpa não é dela, Lulu não sabe o que é um homem bonito, eu adoro os homens vaidosos, primeiro porque usam coisas tão bonitas, suas camisas, seus sapatos, as belas gravatas coloridas; talvez sejam grosseiros, mas são muito interessantes e fortes, têm uma força doce como o cheiro de tabaco inglês e de água-de-colônia, e a pele deles, quando estão bem-escanhoados, não é... como a pele da mulher, parece couro, seus braços fortes se fecham sobre nós, descansamos a cabeça sobre seu peito, sentimos seu doce e forte cheiro de homens limpos, murmuram palavras suaves; eles têm belas coisas, belos e ásperos sapatos de couro grosso; eles nos chamam: 'Minha querida, minha queridinha' e a gente se sente desfalecer." Rirette pensou em Louis, que a abandonara no ano anterior, e seu coração se apertou: "Um homem que gosta de si mesmo e possui uma porção de objetozinhos: um anel, uma cigarreira de ouro e pequenas manias... como podem ser canalhas, algumas vezes são piores do que as mulheres. O melhor seria um homem de quarenta anos, alguém que ainda se cuidasse, com cabelos grisalhos nas têmporas, penteados para trás, enxuto de carnes, com ombros largos, bem esportivo, mas que conhecesse a vida e fosse bom, por já ter sofrido. Lulu não passa de uma menina, ela tem sorte de ter uma amiga como eu, porque Pierre começa a se cansar. Outra, em meu lugar, se aproveitaria disso, mas eu sempre lhe digo para ter paciência, e quando ele fica um pouco afetuoso comigo, finjo não compreender e começo a falar de Lulu, encontrando sempre uma palavra para valorizá-la, mas ela não merece a sorte que tem; não se dá conta disso; eu só desejava que ela vivesse sozinha como eu desde que Louis foi embora, ela veria o que é a gente voltar sozinha à noite para o quarto, depois de ter trabalhado o dia todo, morrendo de vontade de repousar a cabeça sobre um ombro, e encontrar o quarto vazio. Que coragem é preciso para se levantar no dia seguinte, voltar ao trabalho, ser sedutora e alegre, animando todo o mundo, quando melhor seria morrer do que continuar vivendo assim."

O relógio bateu 11h30. Rirette pensava na felicidade, no pássaro azul, no pássaro da felicidade, no pássaro rebelde do amor. Sobressaltou-se: "Lulu está meia hora atrasada, é normal. Ela jamais deixará o marido, não tem vontade o bastante para isso. No fundo, é sobretudo para manter as aparências que ela continua com Henri; ela o engana, mas, desde que a tratem de senhora, imagina que não tem importância. Fala muito mal dele, mas não lhe repitam no dia seguinte o que ela disse, pois fica vermelha de raiva. Já fiz tudo o que podia, já lhe disse o que tinha de dizer, tanto pior para ela."

Um táxi parou diante do Dôme e Lulu saltou. Trazia uma maleta grande e tinha a fisionomia um pouco solene.

— Abandonei Henri — gritou de longe. — Aproximou-se, curvada sob o peso da maleta. Sorria.

— Como? — perguntou Rirette surpresa. — Você não quer dizer...

— Sim — disse Lulu —, acabou-se, dei-lhe o fora. — Rirette continuava incrédula:

— Ele sabe? Você lhe disse?

Os olhos de Lulu ficaram raivosos:

— E de que jeito! — exclamou.

— Muito bem, minha Luluzinha!

Rirette não sabia o que pensar, mas em todo caso supôs que Lulu tivesse necessidade de encorajamento:

— Assim, sim — disse ela —, como você foi corajosa.

Teve vontade de acrescentar: "Agora você viu que a coisa não era tão difícil", mas não disse nada. Lulu deixava-se admirar: tinha as faces afogueadas e os olhos brilhantes. Sentou-se e manteve a maleta perto. Vestia um casaco de lã cinzento com um cinto de couro e um pulôver amarelo-claro com gola rulê. Estava sem chapéu. Rirette não gostava que Lulu andasse sem chapéu; reconheceu, de repente, a curiosa mistura de raiva e alegria em que estava mergulhada; Lulu sempre lhe produzia aquela sensação. "O que aprecio nela", concluiu Rirette, "é a sua vitalidade."

— Sem mais nem menos, lhe disse tudo que tinha no coração. Ele ficou besta.

— Não quero mais falar nisso — disse Rirette. — Mas o que deu em você, Lulu? Comeu cobra? Ontem à noite, teria apostado minha cabeça como você não o abandonaria.

— Foi por causa de meu irmãozinho. Comigo não me importo que ele banque o superior, mas não posso consentir que toque na minha família.

— Mas que foi que houve?

— Onde está o garçom? — perguntou Lulu agitando-se na cadeira.
— Os garçons do Dôme nunca aparecem quando a gente chama. É o moreninho que está servindo?

— É — disse Rirette. — Você sabe que eu o conquistei?

— Não diga... Então, preste atenção na mulher do lavatório, ele passa todo o tempo com ela. Ele lhe faz a corte, mas creio que é um pretexto para ver as mulheres entrando no banheiro; quando elas saem, ele as olha bem dentro dos olhos para fazê-las corar. A propósito, vou deixá-la um minuto, preciso descer e telefonar a Pierre, ele vai fazer uma cara! Se o garçom aparecer peça um café com creme; daqui a um minuto lhe contarei tudo.

Levantou-se, deu alguns passos e voltou.

— Sinto-me feliz, minha Rirette.

— Querida Lulu — disse Rirette, tomando-lhe as mãos.

Lulu desvencilhou-se e atravessou o terraço a passos rápidos. Rirette olhou-a enquanto se afastava. "Nunca supus que fosse capaz disso. Como ela está alegre!", pensou, um pouco escandalizada. "Ter abandonado o marido lhe fez bem. Se ela tivesse me ouvido, teria feito isso há mais tempo. De qualquer modo, deve dar graças a mim; no fundo, tenho muita influência sobre ela."

Lulu voltou depois de alguns instantes:

— Pierre estava tranquilo. Queria saber dos detalhes, mas eu lhe direi daqui a pouco, vamos almoçar juntos. Disse que poderíamos partir talvez amanhã à noite.

— Como estou feliz, Lulu — disse Rirette. — Conte-me depressa. Foi nessa noite que você se decidiu?

— Na verdade, eu não decidi nada — disse Lulu modestamente —, a coisa se decidiu por si mesma. — Bateu nervosamente na mesa:

— Garçom, garçom! Esse garçom me enerva, eu queria um café com creme.

Rirette estava chocada; no lugar de Lulu, e em circunstâncias assim tão graves, não teria perdido tempo correndo atrás de um café com creme. Lulu é uma criatura do tipo encantador, mas é espantoso como pode ser fútil. É uma avoada.

Lulu rebentava de rir:

— Se você visse a cara do Henri!

— Nem quero pensar no que a tua mãe vai dizer — volveu Rirette, séria.

— Minha mãe? Ela ficará en-can-ta-da — respondeu Lulu com segurança. — Ele era indelicado com ela, você sabe, ela estava com ele por aqui. Sempre a censurá-la por me haver educado mal, que eu era isso, que eu era aquilo, que se via bem que eu havia recebido uma educação de cortiço. Você sabe, o que eu fiz foi um pouco por causa dela.

— Mas o que aconteceu?

— Ele esbofeteou Robert.

— Mas Robert estava na sua casa?

— Estava de passagem, esta manhã, porque mamãe desejava pô-lo como aprendiz na loja do Gomez. Creio que já lhe disse isso. Passou lá em casa quando nós tomávamos o café e Henri o esbofeteou.

— Mas por quê? — perguntou Rirette, irritada. Ela detestava o modo de Lulu contar as coisas.

— Eles discutiram — disse Lulu vagamente —, e o garoto não se conteve, encarou-o. Chamou-o de "bundão", porque Henri o chamou de mal-educado. Naturalmente, ele só sabe dizer isso; eu me torcia. Henri então se levantou, nós tomávamos café na sala, e lhe deu uma bofetada; eu o teria matado!

— Você, então, fugiu!

— Fugi? — perguntou Lulu, espantada. — Para onde?

— Pensei que o tivesse abandonado nesse momento. Escute, minha cara Lulu, você precisa me contar tudo na ordem, porque senão não compreendo nada. Diga-me — acrescentou, tomada de uma suspeita —, você o abandonou mesmo, não é verdade?

— Mas é claro, há uma hora que estou lhe explicando.

— Bem. Então Henri esbofeteou Robert. E depois?

— Depois — disse Lulu — eu o tranquei na sacada, foi muito engraçado! Ele ainda estava de pijama, batia na porta mas não ousava quebrar os vidros porque é um mão de vaca. Eu, no lugar dele, teria quebrado tudo, mesmo que ficasse com as mãos cheias de sangue. Depois os Texiers chegaram e ele então começou a dar risadinhas atrás do vidro, fingindo que tudo aquilo era uma brincadeira.

O garçom passava e Lulu pegou-o pelo braço.

— Finalmente, hem? Seria muito incômodo me servir um café com creme?

Rirette ficou constrangida e deu ao garçom um sorriso meio cúmplice, mas ele continuou sombrio, inclinando-se com uma reverência cheia de censura. Rirette estava magoada com Lulu; ela nunca sabia se dirigir aos inferiores, era ou muito familiar ou muito exigente e seca.

Lulu recomeçou a rir.

— Estou rindo porque me lembro de Henri de pijama na sacada; ele tremia de frio. Sabe como fiz para prendê-lo? Ele estava no fundo da sala dando um sermão em Robert, que chorava. Abri a porta e lhe disse: "Venha ver, Henri! Um táxi atropelou a vendedora de flores." Ele correu para o meu lado. Ele adora a vendedora de flores, porque ela lhe disse que era suíça e ele pensa que ela está apaixonada por ele. "Onde, onde?" Eu me retirei devagarinho, entrei no quarto e fechei a porta, e gritei através do vidro: "Isto é para você aprender a não ser estúpido com o meu irmão." Deixei-o mais de uma hora na sacada; ele nos olhava com os olhos arregalados e estava azul de raiva. Eu lhe mostrava a língua enquanto dava balas a Robert; depois disso, trouxe minhas coisas para a sala e me vesti diante de Robert, porque sei que Henri detesta isso; Robert me beijava os braços e o pescoço como um rapaz, ele é encantador; agíamos como se Henri não estivesse ali. E tanto fiz que esqueci de me lavar.

— E o outro atrás da porta... é muito engraçado — disse Rirette às gargalhadas. Lulu parou de rir.

— Receio que ele se tenha resfriado — disse, séria. — Na hora da raiva a gente não pensa.

Recomeçou depois, alegre:

— Ele nos ameaçava com os punhos, falava o tempo todo, mas eu não compreendia a metade do que dizia. Depois Robert saiu, os Texiers tocaram a campainha e eu os fiz entrar. Quando ele os viu, ficou todo sorridente, fazia reverências, e eu dizia: "Olhem meu marido, o meu queridinho, não se parece mesmo com um peixe no aquário?" Os Texiers saudaram-no através do vidro, estavam um pouco espantados mas souberam se dominar.

— Estou imaginando tudo isso — disse Rirette, rindo. — Ha, ha! Seu marido na sacada e os Texiers na sala! Repetiu diversas vezes:

— Seu marido na sacada e os Texiers na sala!...

Ela queria encontrar palavras engraçadas e pitorescas para descrever a cena para Lulu, pois achava que Lulu não tinha senso de comédia, mas as palavras não vinham.

— Abri a porta — disse Lulu — e Henri entrou. Beijou-me diante dos Texiers, chamando-me de pequena tratante. "Esta tratante quis me pregar uma peça." Eu sorria, os Texiers sorriam polidamente, todo o mundo sorria, mas quando eles partiram ele me deu um soco. Peguei então uma escova e atirei-a nele, foi bater no canto da boca e partiu-lhe os lábios.

— Minha pobre Lulu — disse Rirette com ternura.

Lulu, porém, com um gesto, recusou a compaixão. Conservava-se empertigada, sacudindo os cachos escuros com um ar combativo. Seus olhos lançavam faíscas.

— Foi aí que a gente se explicou. Limpei os lábios dele com uma toalha e disse que estava cheia, que não o amava mais e que ia partir. Ele começou a chorar e disse que se mataria. Isso, porém, não cola mais. Você se lembra, Rirette, no ano passado, por ocasião daquelas histórias com a Renânia, ele me dizia todos os dias: "Vai haver guerra, Lulu, eu vou partir e serei morto, você chorará por mim, terá remorsos por tudo o que me fez." "Não tem perigo", respondia-lhe eu, "você é impotente, é um caso de reforma." Assim mesmo resolvi acalmá-lo, porque ele ameaçava me fechar a chave no apartamento e eu lhe jurei que não partiria antes de um mês. Depois disso foi para o escritório com os olhos vermelhos e um esparadrapo no beiço, não estava nada bonito. Eu arrumei a casa, botei as lentilhas no fogo e fiz minha mala, deixando-lhe um bilhete na mesa da cozinha.

— O que foi que você escreveu?

— Eu lhe disse: "A lentilha está no fogo, sirva-se e apague o gás. Tem presunto na geladeira. Não suporto mais esta vida e vou embora. Adeus."

As duas caíram na risada, atraindo a atenção de alguns transeuntes. Rirette imaginou que elas estavam dando um espetáculo interessante e lastimou não estar sentada no terraço do Viel ou do café De la Paix. Quando acabaram de rir, emudeceram, e Rirette percebeu que não tinham mais nada a dizer uma para a outra. Sentia-se um pouco desiludida.

— Preciso ir — disse Lulu, levantando-se. — Vou me encontrar com Pierre ao meio-dia. Que é que eu faço com esta maleta?

— Deixe comigo — disse Rirette —, eu a entregarei daqui a pouco à mulher do lavatório. Quando a verei de novo?

— Pegarei você em casa às duas, tenho um monte de coisas para fazer; não trouxe nem a metade das minhas coisas, é preciso que Pierre me dê dinheiro.

Lulu partiu e Rirette chamou o garçom. Ela se sentia grave e triste pelas duas. O garçom acorreu: Rirette já tinha notado que ele se apressava sempre que ela o chamava.

— São cinco francos — disse ele, acrescentando, um pouco seco: — As senhoras estavam bem alegres, de lá de baixo ouviam-se as risadas.

Lulu o tinha magoado, pensou Rirette com despeito. Disse, ruborizada:

— Minha amiga está um pouco nervosa esta manhã.

— Ela é encantadora — disse o garçom, espirituoso. — Muito obrigado, senhorita.

Embolsou os seis francos e foi embora. Rirette estava um pouco aturdida, mas bateu meio-dia e ela pensou que Henri ia voltar e encontrar o bilhete de Lulu, e isso lhe fez bem.

— Eu queria que enviassem tudo isso *antes de amanhã à noite* ao hotel do Teatro, na rua Vandamme — disse Lulu à mulher da caixa, com um ar de distinção. Virou-se para Rirette.

— Acabou-se, Rirette, vão despachá-las.

— Em nome de quem? — perguntou a caixa.

— Sra. Lucienne Crispin.

Lulu jogou o casaco no braço e pôs-se a correr. Desceu correndo a grande escada da Samaritaine. Rirette a seguia, por vezes quase caindo porque não olhava para os pés: só tinha olhos para a magra silhueta azul e amarelo-canário que dançava à sua frente! "Que corpo obsceno ela tem..." Cada vez que Rirette via Lulu de costas ou de perfil ficava chocada com a obscenidade daquelas formas, mas não sabia explicar por quê — era uma impressão. "Ela é flexível e magra mas tem alguma coisa de indecente, não consigo me livrar dessa ideia. Faz tudo o que pode para mostrar as formas, deve ser isso. Diz que tem vergonha do traseiro, e veste umas saias que se colam às nádegas. O seu traseiro é pequeno, bem menor do que o meu, mas é mais saliente, redondo, abaixo dos rins magros, enche bem a saia, parece que foi moldado por dentro e, além disso, dança."

Lulu voltou-se e elas trocaram um sorriso. Rirette pensava no corpo indiscreto da amiga, com uma mistura de reprovação e langor;

pequenos seios arrebitados, uma carne polida e amarelada — quando se tocava nela parecia borracha —, coxas compridas, um longo corpo provocador, de membros longos: "Um corpo de negra", pensou Rirette, "ela tem o jeito de uma negra dançando rumba." Perto da porta giratória um espelho reenviou a Rirette o reflexo de suas formas cheias: "Eu sou mais esportiva", pensou, enquanto tomava Lulu pelo braço, "ela causa mais impressão do que eu quando estamos vestidas, mas, nua, eu sou sem dúvida melhor do que ela."

Permaneceram um momento silenciosas, depois Lulu disse:

— Pierre foi encantador. Você também, Rirette, foi encantadora, estou muito agradecida a ambos.

Ela dissera isso meio sem jeito, mas Rirette não prestou atenção: Lulu jamais soubera fazer um agradecimento, sempre fora muito tímida.

— Que droga! — disse Lulu de repente. — Preciso comprar um sutiã.

— Aqui? — perguntou Rirette. Passavam justamente diante de uma loja de *lingerie*.

— Não. Pensei nisso porque vi um. Sutiãs eu compro na Fischer.

— Bulevar Montparnasse? — perguntou Rirette. — Cuidado, Lulu — acrescentou gravemente —, é melhor não passarmos pelo bulevar Montparnasse, sobretudo a esta hora; poderíamos encontrar Henri e isso seria muito desagradável.

— Henri? — disse Lulu dando de ombros. — Por quê? — A indignação ruborizou as faces e as têmporas de Rirette.

— Você não muda, minha Lulu, quando uma coisa a desagrada você a nega, pura e simplesmente. Como tem vontade de ir à Fischer, você sustenta que Henri não passa pelo bulevar Montparnasse. Você sabe muito bem que ele passa lá todos os dias às seis horas, é o caminho dele. Você mesma me disse que ele sobe a rua de Rennes e vai esperar o ônibus na esquina do bulevar Raspail.

— Primeiro, são apenas cinco horas — disse Lulu —, e depois, ele não deve ter ido ao escritório; depois do bilhete que eu lhe escrevi ele deve ter ficado arrasado.

— Mas, Lulu — volveu Rirette —, há outra Fischer perto da Ópera, na rua Quatre-Septembre.

— Sim — disse Lulu sem convicção —, mas preciso ir à outra.

— Você é um encanto, minha cara Lulu! Preciso ir à outra! Mas fica logo ali, muito mais perto do que o *carrefour* Montparnasse.

— Eu não gosto do que eles vendem.

Rirette lembrou-se divertida de que todas as lojas Fischer vendiam as mesmas mercadorias. Lulu, porém, tinha umas teimosias incompreensíveis; incontestavelmente, Henri era a pessoa que ela menos desejaria encontrar naquele momento, no entanto dava a impressão de querer esbarrar nele.

— Pois bem — disse com indulgência —, vamos a Montparnasse. Aliás, Henri é tão alto que nós o avistaremos antes que ele nos veja.

— E que tem isso? — indagou Lulu. — Se o encontrarmos, encontramos, pronto. Ele não vai comer a gente.

Lulu desejava alcançar Montparnasse a pé, pois dizia ter necessidade de ar. Tomaram a rua do Sena, depois a de Odéon e a rua de Vaugirard. Rirette elogiou Pierre, fazendo ver a Lulu o quanto ele fora perfeito naquelas circunstâncias.

— Como gosto de Paris — disse Lulu —, como vou sentir saudades!

— Não diga mais nada, Lulu. Quando eu penso que você tem a sorte de ir a Nice e diz ter saudades de Paris...

Lulu não respondeu, pondo-se a olhar à esquerda e à direita, com um ar triste e perscrutador.

Assim que saíram da Fischer ouviram bater seis horas. Rirette tomou Lulu pelo cotovelo com o intuito de fazê-la andar mais depressa, mas Lulu parou diante de Baumann, o florista.

— Olhe estas azaleias, Rirette. Se eu tivesse uma bela sala, eu a encheria com elas.

— Não gosto de flores em vasos — disse Rirette.

Ela estava exasperada. Volveu a cabeça para o lado da rua de Rennes e, naturalmente, viu aparecer, ao fim de um minuto, a grande e estúpida silhueta de Henri. Ele estava sem chapéu e usava um paletó esporte de *tweed* marrom. Rirette detestava essa cor.

— Olha ele, Lulu, olha ele ali — disse precipitadamente.

— Onde? Onde está?

Ela não estava muito mais calma do que Rirette.

— Atrás de nós, na outra calçada. Vamos embora e não olhe para trás.

Mesmo assim Lulu se voltou.

— Estou vendo — disse ela.

Rirette tentou arrastá-la, mas Lulu estacou, olhou fixamente Henri e disse:

— Acho que ele nos viu.

Parecia aterrorizada e deixou-se levar docilmente por Rirette.

— E agora, pelo amor de Deus, Lulu, não olhe para trás — disse Rirette um pouco esbaforida. — Vamos virar na primeira rua à direita; é a rua Delambre.

Elas andavam muito depressa, dando encontrões nos transeuntes. Às vezes Lulu deixava-se levar, depois era ela que puxava Rirette. Não tinham ainda alcançado a esquina da rua Delambre quando Rirette viu uma grande sombra morena um pouco atrás de Lulu; compreendeu que era Henri e começou a tremer de raiva. Lulu com as pálpebras baixadas tinha um ar sonso e obstinado. "Ela se arrependeu da imprudência, mas agora é tarde demais, pior para ela."

Apressaram o passo; Henri as seguia sem dizer nada. Passaram pela rua Delambre, continuando a andar na direção do Observatório. Rirette ouvia o ranger dos sapatos de Henri; havia também uma espécie de estertor rápido e regular que marcava seus passos; era a respiração de Henri (Henri sempre teve a respiração forte, mas nunca daquele jeito: deve ter corrido para alcançá-las ou estava emocionado).

"Vamos agir como se ele não estivesse aqui", pensou Rirette. "Fazer de conta que não percebemos sua existência." Ela, porém, não podia deixar de olhá-lo de soslaio. Ele estava branco como papel e cerrava tanto as pálpebras que seus olhos pareciam fechados. "Parece um sonâmbulo", pensou Rirette com uma espécie de horror. Os lábios de Henri tremiam e, sobre o lábio inferior, um resto de esparadrapo meio descolado também tremia. E a respiração, sempre a respiração igual e rouca, agora terminando numa musiquinha fanhosa. Rirette sentia-se mal — não tinha medo de Henri, mas a doença e a paixão sempre lhe infundiam um pouco de medo. Por fim, Henri esticou delicadamente a mão, sem olhar, e agarrou o braço de Lulu. Lulu torceu a boca como se fosse chorar e desvencilhou-se arrepiada.

— Ufa! — fez Henri.

Rirette tinha uma vontade louca de parar. Sentia uma pontada e suas orelhas queimavam. Mas Lulu quase corria; ela também parecia uma sonâmbula. Rirette teve a impressão de que, se largasse o braço de Lulu e parasse, os outros dois continuariam a andar lado a lado, mudos, pálidos como defuntos e de olhos fechados.

Henri começou a falar e disse com voz engrolada:

— Volte para casa comigo.

Lulu não respondeu. Henri repetiu com a mesma voz rouca e sem entonação:

— Você é minha mulher, volte para casa.

— Você bem vê que ela não quer voltar — respondeu Rirette com os dentes cerrados. — Deixe-a em paz. — Ele pareceu não compreender e repetiu:

— Eu sou seu marido, quero que você volte comigo.

— Peço-lhe o favor de deixá-la em paz — disse Rirette com voz estridente. — Você não ganha nada em aborrecê-la assim, deixe-nos em paz.

Ele voltou para Rirette um rosto espantado:

— É minha mulher — disse ele. — Ela é minha, quero que volte para casa comigo.

Agarrou o braço de Lulu e desta vez ela não se desvencilhou.

— Vá embora — disse Rirette.

— Não irei e a seguirei por toda parte, quero que ela volte para casa.

Falava com esforço, mas de repente fez uma careta que deixou os dentes à mostra e gritou com toda a força:

— Você é minha!

Alguns transeuntes voltaram-se, rindo. Henri sacudia o braço de Lulu e rosnava como um animal, repuxando os lábios. Felizmente, passava um táxi vazio. Rirette fez sinal e ele parou. Henri parou também. Lulu queria prosseguir, mas eles, cada um por um braço, fizeram-na parar.

— Você deveria compreender — disse Rirette, puxando Lulu para a calçada — que não a recuperará com essas violências.

— Deixe-a, deixe minha mulher — disse Henri, puxando-a na direção inversa.

Lulu estava mole como um pedaço de pano.

— Vão entrar ou não? — gritou o chofer impaciente.

Rirette largou o braço de Lulu e fez chover uma saraivada de pancadas nas mãos de Henri. Ele, porém, parecia não sentir nada. Por fim, soltou-a e pôs-se a olhar Rirette, com ar estúpido. Rirette também o olhou. Ela tinha dificuldade em organizar suas ideias; a angústia a invadira. Ficaram assim, olhos nos olhos, durante alguns segundos, arquejantes. Rirette dominou-se, afinal, pegou Lulu pela cintura e a levou até o táxi.

— Para onde vamos? — perguntou o motorista.

Henri, que as havia seguido, quis também subir, mas Rirette, repelindo-o com todas as suas forças, fechou a porta precipitadamente.

— Ande, ande! — disse ela ao motorista. — Diremos o endereço depois.

O carro partiu e Rirette deixou-se cair no fundo do veículo. "Como tudo isto é vulgar", pensava, odiando Lulu.

— Aonde você quer ir, minha cara Lulu? — perguntou delicadamente.

Lulu não respondeu. Rirette abraçou-a, fazendo-se persuasiva:

— É preciso que me diga. Quer que a deixe na casa de Pierre?

Lulu fez um movimento que Rirette interpretou como aquiescência. Virou-se para frente:

— Rua de Messine, número 11.

Quando Rirette se voltou, Lulu a olhava com ar espantado.

— O que é que... — começou Rirette.

— Eu te detesto — gritou Lulu. — Detesto Pierre, detesto Henri. Que é que vocês querem de mim? Vocês me torturam.

Ela parou e seu rosto se descompôs.

— Chore — disse Rirette com calma e dignidade —, chore que isso lhe fará bem.

Lulu curvou-se e começou a soluçar. Rirette a tomou em seus braços, apertando-a contra si. De vez em quando acariciava-lhe os cabelos. No íntimo, porém, sentia-se fria e indiferente. Quando o carro parou, Lulu tinha se acalmado. Enxugou os olhos e passou pó de arroz.

— Desculpe-me — disse ela —, eu estava nervosa. Não pude suportar vê-lo naquele estado, ele me fez mal.

— Ele parecia um orangotango — respondeu Rirette, mais calma.

Lulu sorriu.

— Quando verei você de novo? — perguntou Rirette.

— Ah, só amanhã. Você não sabe que não posso ficar na casa de Pierre por causa da mãe dele? Estou no hotel do Teatro. Você poderia vir cedinho, lá pelas nove horas, se isso não te atrapalhar, depois irei ver mamãe.

Ela estava pálida, e Rirette pensou com tristeza com que terrível facilidade Lulu se descompunha.

— Não abuse esta noite — disse ela.

— Estou terrivelmente cansada — volveu Lulu —, espero que Pierre me deixe ir embora cedo, mas ele nunca entende essas coisas.

Rirette continuou no táxi e mandou tocar para casa. Pensou um instante em ir ao cinema, mas não tinha vontade. Jogou o chapéu sobre uma cadeira e encaminhou-se para a janela. Mas a cama branquinha, macia e aconchegante, na sombra, a atraía. Teve vontade de se deitar para sentir a carícia do travesseiro nas faces ardentes. "Eu sou forte; fiz tudo por Lulu e no entanto eis-me sozinha, ninguém faz nada por mim." Tinha tanta piedade de si mesma que sentiu uma onda de soluços subir até a garganta. "Eles vão partir para Nice, não os verei mais. Fui eu quem fez sua felicidade, e eles nunca mais pensarão em mim. Eu continuarei aqui trabalhando oito horas por dia, vendendo pérolas falsas na Burma." Quando as primeiras lágrimas rolaram sobre seu rosto, ela deixou-se cair mansamente na cama. "Nice...", repetia chorando amargamente, "Nice... ao sol... na Riviera..."

III

— Caramba!

Noite escura. Parecia que alguém andava no quarto. Um homem de chinelos. Ele avançava cautelosamente com um pé, depois com o outro, sem poder evitar um leve ruído do soalho. Quando parava, fazia-se silêncio; depois, transportado de repente para o outro lado do quarto, ele recomeçava, como um maníaco, a sua caminhada sem propósito. Lulu sentia frio, as cobertas eram muito finas. Ela havia dito "Caramba!" em voz alta, e o tom da sua voz lhe dera medo.

Caramba! Tenho certeza de que neste momento ele olha para o céu e as estrelas, acende um cigarro, está lá fora, disse uma vez que gostava da cor violeta do céu de Paris. Passo a passo volta para sua casa, passo a passo; ele já me disse que se sente poético quando acaba de fazer aquilo e, leve como uma vaca que foi ordenhada, não pensa mais nisso — e eu aqui emporcalhada. Não me espanto que ele se sinta puro neste momento, pois deixou aqui no escuro a sua imundície, na toalha, no lençol úmido no meio da cama, e não posso esticar minhas pernas porque sentiria o molhado na minha pele — que imundície! Enquanto isto, ele já está enxuto; ouvi-o assobiar sob a janela enquanto saía; estava lá embaixo, seco e limpo no seu belo terno, no seu sobretudo de meia-estação, é preciso reconhecer que ele sabe se vestir, uma mulher pode se orgulhar de sair em sua companhia, ele já estava sob minha janela e eu continuava nua aqui no escuro, sentindo frio, esfregando o ventre com as mãos e ainda me sentia toda molhada. "Vou subir um minuto", disse ele, "só para ver o seu quarto", mas ficou duas horas e a cama gemia — esta pequena e imunda cama de ferro. Fico pensando como foi descobrir este hotel; ele me disse que tinha passado 15 dias aqui há algum tempo, que eu ia ficar muito bem, são uns quartos esquisitos, ainda não vi outro igual, nunca tinha visto quarto tão pequeno e tão atravancado de móveis, de banquetas, canapés e mesinhas; isso rebaixa o amor, não sei se ele passou 15 dias aqui, mas certamente não os passou sozinho; deve me respeitar pouco para ter me trazido para cá. O porteiro se divertiu quando nós subimos, é um argelino. Tenho horror a esses tipos, tenho medo, Ele olhou minhas pernas e depois entrou para o escritório, deve ter dito: "Estão fazendo aquilo", e imaginou coisas sujas, dizem que é assustador o que eles fazem com as mulheres lá: se uma lhes cai nas mãos, fica manca para o resto da vida; durante todo o tempo em que Pierre me chateava eu pensava no argelino que imaginava o que eu estava fazendo, idealizando sujeiras piores ainda do que aquilo. Há alguém no quarto!

Lulu prendeu a respiração, mas os ruídos no soalho cessaram quase imediatamente. Como me doem as coxas, aquilo me devora, me queima; sinto vontade de chorar e assim será todas as noites, exceto pela de amanhã, quando estaremos no trem. Lulu mordeu os lábios e estremeceu ao lembrar-se de que havia gemido. Não é verdade, não gemi, só respirei um pouco forte porque ele é pesado, e quando está em cima de mim quase me sufoca. Ele me disse: "Você está gemendo, está gozando." Tenho horror dos que falam enquanto fazem isso; eu queria que as pessoas se esquecessem. Ele, porém, não para de dizer sacanagens. Eu não gemi, primeiro porque não consigo sentir prazer, é um fato, o médico já me disse, só mesmo eu posso me dar prazer. Ele não quis acreditar, eles nunca querem acreditar, todos dizem: "É porque você foi mal-iniciada, eu te ensinarei o prazer"; sempre os deixei falar, sei bem como é, é uma doença; isso, porém, os envergonha.

Alguém estava subindo a escada. É alguém que chega da rua. Será que é ele, meu Deus, que está voltando? Ele é bem capaz disso, se o desejo o assaltar. Mas não é ele, porque os passos são pesados — ou então — o coração de Lulu saltou-lhe no peito —, se for o argelino, ele sabe que estou sozinha, virá forçar a porta, eu não posso mais, não posso suportar isto; não, é a porta de baixo, é alguém que chega, enfia a chave na fechadura, precisa de tempo, está bêbado, fico imaginando quem mora neste hotel, só pode ser gente à toa; encontrei uma ruiva esta tarde, na escada, tinha os olhos de viciada em drogas. Eu não gemi! Mas naturalmente ele acabou por me excitar com todas as suas habilidades, ele sabe fazer a coisa; tenho horror a esses sujeitos que se orgulham de saber; gostaria muito mais de me deitar com um homem virgem. Essas mãos que vão direto aonde é preciso, que esfregam, que apertam um pouco, não muito... eles nos tomam por um instrumento que se orgulham de saber tocar. Detesto que me excitem, estou com a garganta seca, sinto medo e tenho na boca um gosto estranho, e me sinto humilhada porque eles pensam que me dominam, ainda esbofetearei Pierre quando ele orgulhosamente me disser: "Eu conheço a técnica." Meu Deus, dizer que a vida é isto, que é por isto que a gente se veste, se lava, se enfeita e que todos os romances são escritos por causa disto, e que sobre isto se pensa o tempo todo e finalmente eis a que se reduz: a gente vai para o quarto com um homem que quase sufoca a gente e que no fim nos deixa com a barriga molhada. Quero dormir, oh, se eu pudesse dormir, um pouco que fosse, amanhã terei de viajar a noite toda, ficarei quebrada. Queria pelo menos estar um pouco disposta para passear em Nice; parece que é tão bonita, há pequenas ruas italianas e roupas coloridas que secam ao sol, eu instalarei meu cavalete e pintarei, e menininhas virão olhar o que estiver pintando. Que porcaria! (Ela chegara um pouco para frente e o quadril tocara o lugar úmido do lençol.) É para fazer isto que ele vai me levar. Ninguém, ninguém me ama. Ele andava a meu lado e eu quase desfalecia, esperando uma palavra de ternura; se ele me dissesse "eu te amo", eu não voltaria para casa, está claro, mas lhe diria alguma gentileza, nos despediríamos como bons amigos, esperei, esperei, ele tomou meu braço e eu lhe dei. Rirette estava furiosa, não é verdade que ele parecesse um orangotango, mas eu sabia que ela pensava alguma coisa parecida com isso, ela o olhava de soslaio, com olhos maus, é espantoso como ela pode ser má. Pois bem, apesar de tudo isso, quando ele segurou meu braço, não resisti; mas não era a *mim* que queria, ele queria *a sua mulher* porque casou comigo e é meu marido; ele sempre me rebaixava, dizia ser mais inteligente do que eu e tudo o que aconteceu foi por culpa sua, se ele não me tratasse com orgulho eu estaria ainda com ele. Estou convencida de que não sente saudades de mim neste momento, que não chora, resmunga, eis o que faz e deve estar bem contente porque tem a cama toda para si e pode estender à vontade suas longas pernas. Eu desejaria morrer. Tenho tanto medo de que ele pense mal de mim; não pude lhe explicar nada porque Rirette se meteu entre nós, falava, falava, como uma histérica. Ela deve estar contente agora, cumprimentando-se pela sua coragem, como ela é má com Henri, que é manso como um carneiro. Eu irei. Eles não podem me obrigar a deixá-lo como um cão. Saltou da cama e acendeu a luz. Meias e combinação, isto basta. Nem mesmo se deu ao trabalho de se pentear, de tanta pressa, as pessoas que me virem não saberão que estou nua debaixo do meu mantô cinza, ele cai até os pés. O argelino — ela parou, o coração batendo forte —, será preciso que o acorde para me abrir a porta. Ela desceu pé ante pé — os degraus rangiam, bateu no vidro do escritório.

— O que é? — perguntou o argelino. — Seus olhos estavam vermelhos e os cabelos em desordem, tinha um ar pouco amável.

— Abra-me a porta — disse Lulu secamente.

Quinze minutos depois, tocava a campainha de Henri.

— Quem está aí? — perguntou Henri atrás da porta.

— Sou eu.

Ele não respondeu, não quer me deixar entrar. Mas eu baterei na porta até que ele abra, acabará cedendo por causa da vizinhança. Passado um minuto a porta se entreabriu e Henri apareceu, de pijama, pálido, com uma espinha no nariz. "Ele não dormiu", pensou Lulu com ternura.

— Não quis partir assim, desejava revê-lo.

Henri não disse nada. Lulu entrou, afastando-o um pouco. Como é trapalhão, a gente sempre esbarra nele no meio do caminho, ele me olha com uns olhos espantados, os braços pendidos, não sabe o que fazer do corpo. Não diga nada, não diga nada, bem vejo que você está emocionado e não pode falar. Ele fazia esforços para engolir a saliva e foi Lulu quem precisou fechar a porta.

— Quero que nos separemos como bons amigos — disse ela.

Ele abriu a boca como *se* desejasse falar, rodopiou precipitadamente sobre si mesmo e se foi. O que é que ele está fazendo? Ela não ousou segui-lo. Ele está chorando? Ouviu-o, de repente, tossir; está no banheiro. Quando ele voltou, ela se atirou ao seu pescoço, beijou-o na boca, sentindo um cheiro de vômito. Lulu desandou a chorar.

— Estou com frio — disse Henri.

— Vamos nos deitar — propôs ela chorando —, eu posso ficar até amanhã de manhã.

Deitaram-se e Lulu foi balançada pelo choro, porque tornava a encontrar seu quarto e sua bonita cama limpa e a luz avermelhada na vidraça. Ela pensava que Henri fosse torná-la nos braços, mas ele não fez o menor movimento; estava deitado ao comprido, como se alguém o tivesse estaqueado na cama. Estava reto e duro como quando falava com um suíço. Ela segurou-lhe a cabeça entre as mãos e o olhou fixamente.

— Você é puro, você é puro. — Ele se pôs a chorar.

— Como estou infeliz — disse ele —, nunca estive tão infeliz.

— Nem eu...

Choraram por bastante tempo. Por fim ela se acalmou, descansando a cabeça no ombro dele. Se pudéssemos continuar assim, puros e tristes como dois órfãos; mas isto não é possível, isto nunca acontece na vida. A vida era uma grande onda que se quebrava sobre Lulu, arrancando-a dos braços de Henri. Tua mão, tuas grandes mãos. Ele se orgulha delas, porque são grandes, sempre disse que os descendentes de antigas famílias têm as extremidades grandes. Nunca mais ele envolverá minha cintura com suas mãos — ele me fazia um pouco de cócegas, mas eu me sentia orgulhosa porque ele quase conseguia juntar os dedos. Não é verdade que ele seja impotente, ele é puro, puro é o que ele é — e um pouco preguiçoso. Ela sorriu por entre suas lágrimas e beijou-o embaixo do queixo.

— Que é que eu vou dizer a meus pais? — indagou Henri. — Mamãe morrerá.

A sra. Crispin não morreria. Pelo contrário, ficaria alegre. Falarão de mim, às refeições, os cinco, com ar encolerizado, como essas pessoas que sabem muito mas não o dizem, por causa da menina de 16 anos que é jovem demais para ouvir certas coisas. Ela há de rir porque no íntimo sabe de tudo, ela sempre sabe de tudo e me detesta. Essa lama toda! E as aparências são contra mim.

— Não lhes diga tudo logo — suspirou ela —, diga-lhes que fui para Nice, por causa da saúde.

— Eles não acreditarão em mim.
Ela beijou Henri repetidas vezes.
— Henri, você não tem sido bom comigo.
— É verdade, não tenho sido bom. Mas você também não — disse ele refletindo —, você também não tem sido boa.
— Eu também não. Oh! — disse Lulu. — Como somos infelizes!
Ela chorava tanto que pensou que ia ficar sufocada. Dali a pouco o dia ia nascer e ela partiria. Nunca, nunca fazemos o que desejamos, somos sempre induzidos.
— Você não devia partir desse jeito — disse Henri, Lulu suspirou.
— Eu te amava, Henri.
— E agora, não me ama mais?
— Não é a mesma coisa.
— Com quem você vai?
— Com pessoas que você não conhece.
— Como conhece pessoas que eu não conheço? — perguntou Henri, encolerizado. — Onde as conheceu?
— Deixe disso, meu querido, meu pequeno Gulliver, você não vai bancar o marido agora, vai?
— Você vai partir com um homem! — disse Henri, chorando.
— Escute, Henri, eu te juro que não, juro pela vida de mamãe, os homens só me causam nojo agora. Vou com um casal, amigos de Rirette, gente idosa. Quero viver sozinha, eles me arranjarão trabalho. Oh! Henri, se você soubesse como tenho necessidade de viver só, como tudo isso me desgosta.
— O quê? — perguntou Henri. — O que é que te desgosta?
— Tudo! — ela o beijou. — Só você não me desgosta, meu querido.
Correu as mãos sob o pijama de Henri e acariciou-lhe longamente todo o corpo. Ele se arrepiou sob aquelas mãos geladas, mas continuou imóvel; disse apenas:
— Vou ficar doente.
Havia nele, certamente, algo despedaçado.
Às sete horas Lulu se levantou, os olhos cheios de lágrimas, e disse com lassidão:
— Preciso voltar.
— Para onde?
— Estou no hotel do Teatro, na rua Vandamme. É um hotel sujo.

— Fique comigo.

— Não, Henri, eu lhe suplico, não insista, já lhe disse que é impossível.

"É a caudal que nos arrasta, é a vida; não se pode julgar nem compreender, é preciso deixar a coisa correr. Amanhã estarei em Nice." Ela foi ao banheiro para lavar os olhos com água morna. Vestiu o mantô tremendo de frio. "É uma fatalidade. Espero poder dormir no trem esta noite, senão chegarei a Nice quebrada. Espero que ele tenha comprado passagem de primeira classe; será a primeira vez que viajarei em primeira classe. É sempre assim; há anos que eu desejo fazer uma longa viagem em primeira classe e, no dia em que isso me acontece, as coisas se arranjam de tal modo que quase não acho mais graça." Agora, tinha pressa de partir, porque aqueles últimos momentos estavam ficando insuportáveis.

— Que é que você vai fazer com Gallois? — perguntou Lulu.

Gallois encomendara um cartaz a Henri, este o havia feito e agora Gallois não o queria mais.

— Não sei — respondeu Henri.

Ele estava mergulhado debaixo das cobertas, só se viam seus cabelos e uma ponta da orelha. Disse com uma voz lenta e mole:

— Eu queria dormir durante oito dias.

— Adeus, meu querido.

— Adeus.

Ela se debruçou sobre ele, afastou um pouco as cobertas e o beijou na testa. Ficou, depois, um longo tempo no patamar da escada, sem coragem de fechar a porta do apartamento. Por fim, desviou o olhar e puxou violentamente a maçaneta da porta. Ouviu um barulho seco e teve a impressão de que ia desmaiar; sentira algo semelhante quando jogaram a primeira pá de terra sobre o caixão de seu pai.

"Henri não foi gentil. Ele bem podia se levantar para me acompanhar até a porta. Creio que ficaria menos triste se fosse ele quem tivesse fechado a porta."

IV

"Ela fez isso!", pensou Rirette olhando sem ver. "Ela fez isso!" Era noite. Pelas seis horas Pierre telefonara a Rirette e ela viera encontrá-lo no Dôme.

— Mas você — disse Pierre —, você não ficou de encontrá-la esta manhã às nove horas?

— Eu a vi.

— Ela não estava com uma cara estranha?

— Não — respondeu Rirette —, não notei nada. Estava um pouco cansada, mas me disse que tinha dormido mal depois que você a deixou, porque estava muito excitada com a ideia de ver Nice, e também porque sentia um pouco de medo do porteiro argelino... Veja, ela até me perguntou se eu achava que você tinha comprado bilhete de primeira classe, me disse que viajar de primeira classe sempre fora o sonho da sua vida. Não — concluiu Rirette —, estou certa de que ela não tinha nada na cabeça, pelo menos enquanto estivemos juntas. Fiquei duas horas com ela e para essas coisas sou bastante observadora, eu me espantaria se algo me escapasse. Você pode dizer que ela é muito dissimulada, mas eu a conheço há quatro anos e a vi nas mais variadas circunstâncias, conheço Lulu como a palma da minha mão.

— Então foram os Texiers que decidiram tudo. É estranho... — Ficou pensativo por um instante e de repente voltou à carga:

— Fico pensando: quem lhes teria dado o endereço de Lulu? Fui eu quem escolheu o hotel e ela nunca tinha ouvido falar nele.

Ele brincava distraidamente com a carta de Lulu, e Rirette estava agastada porque queria lê-la e ele não lhe dava oportunidade.

— Quando você a recebeu? — perguntou por fim.

— A carta?... — Ele a entregou com simplicidade. — Tome-a, leia. Deram à porteira à uma hora da tarde.

Era um papel fino e violeta, desses que se compram nas tabacarias:

Meu querido,

Os Texiers apareceram por aqui (não sei quem lhes deu o endereço), sei que vou aborrecê-lo bastante, mas não vou mais com você, meu amor, meu Pierre querido; continuo com Henri porque ele está muito infeliz. Eles foram vê-lo esta manhã, ele não queria nem abrir a porta e a sra. Texier me disse que ele já nem tinha uma aparência humana. Eles foram muito amáveis, compreenderam minhas razões, ela disse que ele era o culpado de tudo, que era um urso, mas que no fundo não era mau. Disse que precisou acontecer isso para que ele compreendesse o quanto gostava de mim. Eu não sei quem lhes deu meu endereço, eles não disseram, talvez me tivessem visto

por acaso esta manhã, quando saí do hotel com Rirette. A sra. Texier me disse que ela bem sabia que estava me pedindo um enorme sacrifício, mas que me conhecia o bastante para saber que eu não me furtaria a ele. Sinto muito pela nossa bela viagem a Nice, meu amor, mas penso que você será o menos infeliz porque você sempre me terá. Sou sua de todo o coração, meu corpo é seu e nós nos veremos tantas vezes como no passado. Henri, porém, se mataria se não me tivesse mais, eu sou indispensável a ele; asseguro-te que semelhante responsabilidade não me agrada nem um pouco. Espero que você não faça a sua famosa cara feia que tanto medo me dá, você não há de querer que eu sinta remorsos. Volto para Henri agora mesmo, fico um pouco sem jeito quando penso que vou revê-lo nesse estado, mas terei coragem para impor minhas condições. Primeiro, exigirei mais liberdade porque eu amo você, quero que ele deixe Robert tranquilo e nunca fale mal de mamãe. 'Meu querido, sinto-me bem triste, queria que você estivesse aqui, te desejo, agarro-me a você e sinto suas carícias por todo o corpo. Estarei amanhã às cinco horas no Dôme.
Lulu.

— Meu pobre Pierre. — Rirette pegou-lhe a mão.
— É por ela sobretudo que sinto — disse Pierre. — Ela necessitava de ar e de sol. Mas já que decidiu assim... Minha mãe ia fazer cenas incríveis. A casa é dela, não deseja que eu leve mulheres para lá.
— É? — disse Rirette com a voz entrecortada. — É? Então está tudo muito bem, todo o mundo está satisfeito!
Deixou cair a mão de Pierre: sentia-se, sem saber por quê, envolvida por um amargo arrependimento...

A INFÂNCIA DE UM CHEFE

"Estou adorável na minha roupinha de anjo." A sra. Portier dissera a mamãe:
— Seu filho é uma gracinha. Está adorável na sua roupinha de anjo.
O sr. Bouffardier pôs Lucien entre os joelhos e acariciou-lhe os braços:
— É uma verdadeira menininha — disse sorrindo. — Como é que você se chama? Jacqueline, Lucienne, Margot?
Lucien ficou todo vermelho e respondeu:
— Eu me chamo Lucien.
Ele não estava mais inteiramente certo de não ser uma menininha; muitas pessoas haviam-no beijado chamando-o senhorita, todos achavam que ele estava encantador com suas asas de gaze, seu longo vestido azul, seus bracinhos nus e seus cachos louros; tinha medo de que as pessoas decidissem de repente que ele não era mais um menino; por mais que ele protestasse, ninguém o ouviria, não lhe permitiriam mais tirar o vestido a não ser para dormir, e, pela manhã, ao acordar, ele o encontraria ao pé da cama, e quando quisesse fazer pipi, durante o dia, precisaria levantá-lo e ficar de cócoras, como Nénette. Todos o chamariam minha belezinha querida; talvez isso já esteja acontecendo, e eu *seja* uma menina; sentia-se interiormente tão terno, era um pouquinho enjoativo, e sua voz saía aflautada dos lábios, e ele oferecia flores a todas as pessoas com gestos redondos, tinha ganas de beijar o próprio braço. Pensou: "Não é de verdade." Gostava quando não era de verdade, mas divertira-se mais na terça-feira de Carnaval; vestiram-no de pierrô, correra e saltara aos gritos com Riri e tinham-se escondido debaixo das mesas. Sua mãe bateu-lhe com o lornhão. "Estou orgulhosa do meu filhinho." Ela era imponente e bela. Era a

mais gorda e a maior de todas aquelas senhoras. Quando ele passou diante do comprido aparador coberto com toalha branca, o pai, que bebia uma taça de champanhe, levantou-o do chão, dizendo-lhe:

— Rapagão!

Lucien teve vontade de chorar e de mostrar a língua; pediu laranjada porque além de ser gelada estava proibido de tomá-la. Puseram-lhe somente dois dedos em um copinho. Tinha um gosto pegajoso e não estava assim tão gelada, não; Lucien pôs-se a pensar nas laranjadas com óleo de rícino que engolia quando estava doente. Explodiu em soluços e achou muito consolador estar sentado entre papai e mamãe no automóvel. Mamãe estreitava Lucien contra si, estava quente e perfumada, toda de seda. De vez em quando o interior do carro tornava-se branco como giz, Lucien piscava os olhos, as violetas que mamãe trazia ao peito saíam da sombra e ele aspirava de repente seu perfume. Soluçava ainda um pouco, mas sentia a pele úmida e coceguenta, ligeiramente viscosa, como a laranjada; gostaria de patinhar na pequena banheira, ser lavado por mamãe com a esponja de borracha. Permitiriam que se deitasse no quarto de papai e mamãe, como quando era pequenino; riu, fazendo ranger as molas de sua caminha, e papai disse:

— Esta criança está superexcitada.

Ele bebeu um pouco de água de flor de laranjeira e viu papai em mangas de camisa.

No dia seguinte Lucien estava certo de ter esquecido alguma coisa. Lembrava-se muito bem do sonho que tivera: papai e mamãe estavam vestidos de anjo; ele, nuzinho, sentado no urinol tocando tambor, enquanto papai e mamãe adejavam à sua volta; era um pesadelo. Mas, antes do sonho, acontecera alguma coisa. Lucien devia ter acordado. Quando procurava lembrar-se, via um longo túnel escuro iluminado por uma lampadazinha azul muito parecida com a que acendiam à noite no quarto de seus pais. No fundo dessa noite sombria e azul alguma coisa se passara — uma coisa branca. Sentou-se no chão, perto da mamãe, e pegou o tambor. Mamãe lhe perguntou:

— Por que você me olha assim, meu benzinho? — Baixou os olhos e bateu o tambor, gritando:

— Rum, bum, tararabum.

Mas quando ela voltou a cabeça, ele pôs-se a olhá-la minuciosamente, como se a visse pela primeira vez. O vestido azul com a rosa de pano ele reconhecia, o rosto também. Entretanto já não era igual. De repente acreditou que ia ser; se pensasse ainda um pouquinho, encontraria o que procurava. O túnel se aclarou como um pálido dia cinzento e via-se alguma coisa se movendo. Lucien teve medo e deu um grito: o túnel desapareceu.

— Que é que você tem, benzinho? — inquiriu mamãe. Ela se ajoelhara perto dele, preocupada.

— Estou brincando — respondeu Lucien.

Mamãe estava perfumada, mas ele teve medo de que ela não o tocasse: ela parecia diferente, papai também, de resto. Decidiu que não iria mais dormir no quarto deles.

Nos dias seguintes mamãe nada percebeu, Lucien estava sempre agarrado às suas saias, como de costume, e tagarelava com ela como um homenzinho. Pediu-lhe que contasse a história da *Chapeuzinho vermelho* e mamãe o colocou nos joelhos. Falou-lhe do lobo e da avó da Chapeuzinho vermelho, com o dedo levantado, sorridente e grave. Lucien olhava-a e perguntava-lhe:

— E depois? — e, às vezes, tocava nos cabelinhos crespos que a mãe tinha no pescoço; mas não a escutava, perguntava-se se era mesmo sua verdadeira mamãe.

Quando ela terminou a história, pediu:

— Mamãe, me conte quando você era menina.

E mamãe contou; mas talvez mentisse. Talvez ela tivesse sido outrora um menino e lhe tivessem posto vestidos — como nele, aquela tarde — e ela houvesse continuado a vesti-los para parecer uma moça. Apalpou carinhosamente seus belos braços, que, sob a seda, eram macios como manteiga. Que aconteceria se alguém tirasse o vestido de mamãe e ela pusesse as calças de papai? Talvez lhe nascesse, de repente, um bigode preto. Apertou os braços de mamãe com toda a força; tinha a impressão de que ela ia se transformar sob seus olhos em um animal horrível — ou talvez tornar-se uma mulher de barba como aquela da feira. Ela riu abrindo bem a boca e Lucien viu sua língua rosada e o fundo da garganta: era sujo, sentiu vontade de cuspir dentro.

— Ha, ha, ha! — dizia mamãe. — Como você me aperta, meu homenzinho! Aperte-me bem forte. Tão forte como você me ama.

Lucien pegou uma das belas mãos com anéis de prata e cobriu-a de beijos. Mas, no dia seguinte, estando ela sentada perto dele, pegando-lhe nas mãos, enquanto ele estava no urinol, e dizendo: "Faça força, Lucien, faça força, meu bem", ele parou um pouco de fazer força e perguntou-lhe um pouco ofegante:

— Mas você é mesmo minha verdadeira mamãe?

— Bobinho — respondeu ela, e perguntou-lhe se não ia acabar logo.

A partir desse dia Lucien convenceu-se de que ela representava uma comédia, e nunca mais lhe disse que se casaria com ela quando fosse grande. Mas ele não sabia qual era a comédia; podia ser que ladrões, na noite do túnel, tivessem vindo pegar papai e mamãe na cama deles e posto estes dois no lugar. Ou então eram, de fato, papai e mamãe, mas durante o dia desempenhavam um papel e, de noite, eram muito diferentes. Lucien quase não se espantou na noite de Natal, quando acordou em sobressalto e os viu colocar brinquedos na lareira. No dia seguinte eles falaram de Papai Noel, e Lucien fingiu acreditar: pensava que era o papel deles; deviam ter roubado os brinquedos. Em fevereiro, teve escarlatina e se divertiu muito.

Quando sarou, pegou o hábito de brincar de órfão. Sentava-se no meio da relva, debaixo do castanheiro, enchia as mãos de terra e pensava: "Sou órfão, me chamo Louis. Não como há seis dias." A criada, Germaine, chamou-o para almoçar: à mesa, continuou fingindo; papai e mamãe não perceberam nada. Ele havia sido recolhido por ladrões que queriam fazer dele um batedor de carteiras. Depois do almoço, ele fugiria e iria denunciá-los. Comeu e bebeu muito pouco; tinha lido num livro, *A morada do anjo da guarda*, que a primeira refeição de um homem faminto devia ser leve. Era divertido, porque todo mundo brincava. Papai e mamãe brincavam de papai e mamãe; mamãe fingia se atormentar porque o filhinho comia tão pouco, papai fingia ler o jornal e agitava de vez em quando o dedo diante do rosto de Lucien, dizendo:

— Seu rapagão!

E Lucien brincava também, mas acabou que não sabia mais muito bem de quê. De órfão? Ou de Lucien? Olhou a garrafa. Havia uma luzinha vermelha que dançava no fundo da água, e a gente teria jurado que a mão de papai estava dentro da garrafa, enorme e luminosa, com pelinhos pretos nos dedos. Lucien teve, de repente, a impressão de que a garrafa também brincava de garrafa. Finalmente, apenas tocou nos pratos, e teve tal fome, à tarde, que precisou roubar uma dúzia de ameixas e esteve a ponto de ter uma indigestão. Pensou que chegava de brincar de Lucien.

Não podia, entretanto, evitá-lo, e parecia-lhe que estava sempre brincando. Quisera ser como o sr. Bouffardier, que era tão feio e tão sério. O sr. Bouffardier, quando vinha jantar, debruçava-se sobre a mão de mamãe, dizendo:

— Minhas homenagens, prezada senhora.

Lucien plantava-se no meio do salão e olhava-o admirado. Mas nada do que acontecia a Lucien era sério. Quando caía e fazia um galo, parava às vezes de chorar e se perguntava: "Será que estou mesmo machucado?" Então, sentia-se ainda mais triste e o choro recomeçava cada vez mais forte. Quando beijou a mão de mamãe dizendo-lhe: "Minhas homenagens, prezada senhora", mamãe desmanchou-lhe os cabelos, retrucando: "Isto não é bonito, meu ratinho, você não deve caçoar dos mais velhos", e ele sentiu-se desanimado. Só conseguia se achar importante na primeira e na terceira sextas-feiras do mês. Nesses dias muitas senhoras vinham ver mamãe e havia sempre duas ou três de luto. Lucien gostava das senhoras de luto, principalmente quando tinham pés grandes. De um modo geral divertia-se com os adultos, porque eram tão respeitáveis — e nunca a gente tem vontade de pensar que fazem pipi na cama nem todas essas coisas que fazem os meninos, porque têm tantas roupas no corpo, e tão sombrias, que não se pode imaginar o que há por baixo delas. Quando estão juntos comem de tudo, gesticulam e até seus risos são graves, como na missa. Tratavam Lucien como um personagem. A sra. Couffin punha Lucien nos joelhos e afagava-lhe a barriga das pernas, declarando:

— É o menininho mais bonito que já vi.

Depois interrogava-o a respeito de seus gostos, beijava-o e perguntava-lhe o que faria quando crescesse. E ele ora respondia que seria um grande general como Joana d'Arc e que retomaria a Alsácia-Lorena aos alemães, ora que queria ser missionário. Durante todo o tempo em que falava acreditava no que dizia. A sra. Besse era uma mulher grande, forte e tinha buço. Ela virava Lucien, fazia-lhe cócegas, chamando-o de "minha bonequinha". Lucien ficava encantado, ria de felicidade e torcia-se de cócegas; pensava que era uma bonequinha, uma encantadora bonequinha de gente grande, e gostaria que a sra.

Besse o despisse, lhe desse banho e o fizesse dormir em um bercinho como um bebê de borracha. Às vezes a sra. Besse dizia:

— Será que minha bonequinha fala? — e apertava-lhe, de supetão, o estômago. Lucien então fingia ser uma boneca mecânica que fazia: "Cuíque", com uma voz de falsete, e ambos riam.

O sr. Vigário, que aparecia todos os sábados para almoçar, perguntou-lhe se gostava muito da mamãe. Lucien adorava sua linda mamãe e seu papai, tão forte e tão bom. Respondeu que "sim", olhando o padre nos olhos com um ar atrevido, que fez todos rirem. A cabeça do padre parecia uma framboesa, vermelha e empelotada, com um pelo em cada pelota. Disse a Lucien que estava muito bem, que era preciso amar sempre sua mãe, e depois perguntou quem Lucien preferia: a mamãe ou Nosso Senhor? Lucien não pôde adivinhar imediatamente a resposta e pôs-se a sacudir os cachos e a dar pontapés no ar, gritando: "Bum, tararabum", e os grandes retomaram a conversação como se ele não existisse. Correu para o jardim deslizando para fora pela porta de trás; tinha levado sua bengalinha de junco. Naturalmente, Lucien não devia jamais sair do jardim, era proibido; em geral era um menino bem-comportado, mas nesse dia sentia desejos de desobedecer. Olhou a espessa moita de urtigas com desconfiança; via-se bem que era um lugar proibido; o muro estava enegrecido, as urtigas eram plantas más e nocivas, um cão fizera suas necessidades bem junto delas; sentia-se o cheiro da planta, da porcaria do cachorro e do vinho quente. Lucien chicoteou as urtigas com a bengala, gritando: "Eu gosto da mamãe, eu gosto da mamãe!" Via as urtigas quebradas, pendendo tristemente, uma seiva branca escorrendo, seus colos esbranquiçados e penugentos desfiavam-se quando quebravam; ouvia uma vozinha solitária gritando: "Eu gosto da mamãe, eu gosto da mamãe"; zumbia uma grande mosca azul: era uma varejeira, Lucien tinha medo dela — e um cheiro do proibido, poderoso, pútrido e tranquilo lhe enchia as narinas. Repetiu: "Eu gosto da mamãe!", mas sua voz pareceu-lhe estranha, sentiu um medo terrível e correu sem parar até o salão. Desde esse dia compreendeu que não gostava da mamãe. Embora sem se sentir culpado, redobrou de carinhos, porque pensava que a gente devia fingir toda a vida amar os pais, senão seria um menino ruim. A sra. Fleurier achava Lucien cada vez mais terno, e justamente nesse verão rebentou a guerra, papai partiu para combater e mamãe sentia-se feliz no seu desgosto que Lucien fosse tão atencioso. À tarde, quando ela repousava no jardim na sua espreguiçadeira, porque se sentia muito triste, ele corria a lhe procurar uma almofada e a punha debaixo da cabeça dela, ou então colocava-lhe uma manta sobre as pernas e ela se defendia rindo:

— Mas ficarei com muito calor, meu homenzinho, como você é gentil!

Ele beijava-a fogosamente, ofegante, dizendo-lhe:

— Minha mamãe, só minha! — e ia sentar-se junto ao castanheiro.

Disse "castanheiro" e esperou. Mas nada aconteceu. Mamãe estava deitada na varanda, pequenina ao fundo de um pesado e sufocante silêncio. Sentia-se o odor de erva quente, seria possível brincar de explorador na floresta virgem, mas Lucien não tinha mais vontade de brincar. O ar tremia acima da crista vermelha do muro e o sol punha manchas ardentes na terra e nas mãos de Lucien. "Castanheiro!" Era chocante: quando Lucien dizia à mãe: "Minha linda mamãe, só minha", mamãe sorria, e quando chamou Germaine de arcabuz, Germaine chorou e foi se queixar à mamãe. Mas quando dizia castanheiro não acontecia absolutamente nada. Resmungou entre os dentes: "Árvore burra", e não ficou tranquilo, mas como a árvore não se mexesse, repetiu mais forte: "Árvore burra, castanheiro sujo, espere só para ver, espere um pouco", e deu-lhe pontapés. Mas a árvore permaneceu tranquila, tranquila como se fosse de pau. À noite, no jantar, Lucien disse à mamãe:

— Você sabe, mamãe, as árvores são de pau — fazendo uma cara assustada que muito a divertia.

A sra. Fleurier, porém, não tinha recebido carta pelo correio do meio-dia e por isso respondeu secamente:

— Não seja bobo.

Lucien tornou-se um pequeno estouvado. Quebrava todos os brinquedos para ver como eram feitos; cortou os braços de uma poltrona com uma velha navalha de papai; fez cair a tânagra do salão, para ver se ela era oca ou se havia coisa dentro; quando passeava, decapitava as plantas e as flores com a bengalinha; cada vez mais sentia-se profundamente enganado, as coisas eram estúpidas, não existiam de verdade. Mamãe perguntava-lhe sempre, mostrando-lhe as flores ou as árvores:

— Como se chama esta?

Ele sacudia a cabeça, respondendo:

— Isso não é nada, não tem nome.

Nada daquilo merecia atenção. Era muito mais divertido arrancar as patas de um gafanhoto, porque este vibrava entre os dedos como um pião e, quando lhe apertavam o ventre, saía um creme amarelo. Mas, afinal, os gafanhotos não gritavam, e Lucien teria desejado fazer sofrer um desses animais que gritam quando sentem dor, uma galinha, por exemplo; mas não ousava aproximar-se delas. O sr. Fleurier voltou em março porque era um chefe e o general lhe havia dito que ele seria mais útil no comando da sua fábrica do que nas trincheiras como qualquer um. Achou Lucien muito mudado e disse que não reconhecia mais o seu homenzinho. Lucien caíra numa espécie de sonolência; respondia molemente, tinha sempre um dedo no nariz, ou soprava nos dedos e punha-se a cheirá-los, e era preciso suplicar-lhe que fizesse suas necessidades. Agora já ia sozinho à privada; bastava que deixassem a porta entreaberta e que de vez em quando mamãe ou Germaine fossem encorajá-lo. Permanecia horas inteiras no "trono" e, uma vez, enfadou-se tanto que adormeceu. O médico disse que ele crescia depressa demais e receitou um reconstituinte. Mamãe quis lhe ensinar novas brincadeiras, mas ele achava que já brincara demais e que, afinal, todas as brincadeiras se equivaliam, eram sempre a mesma coisa. Emburrava com muita frequência: era também uma brincadeira, a mais divertida, até. Era coisa de fazer a mamãe sentir pena, depois a gente se sente triste e rancoroso, faz-se de surdo, com a boca cosida e os olhos brumosos. Por dentro é tépido e suave como quando se está debaixo das cobertas à noite e se sente o próprio cheiro; sozinho no mundo. Lucien não conseguia mais sair de seus amuos e, quando papai fazia sua voz zombeteira para dizer-lhe: "Você está emburradinho", Lucien rolava pelo chão, soluçando. Ia ainda muitas vezes ao salão quando mamãe recebia, mas, desde que lhe haviam cortado os cachos, os adultos ocupavam-se menos com ele ou então lhe davam lições de moral e contavam-lhe histórias instrutivas. Quando seu primo Riri veio a Férolles, por causa dos bombardeios, com a tia Berthe, sua linda mamãe, Lucien ficou muito contente e tentou ensiná-lo a brincar. Mas Riri estava muito ocupado em detestar os boches, e, além disso, cheirava ainda a bebê, embora fosse seis meses mais velho que Lucien. Tinha sardas no rosto e custava a compreender as coisas. Foi a ele, entretanto, que Lucien contou que era sonâmbulo. Certas pessoas levantam-se à noite, falam e andam dormindo; Lucien havia lido no *Petit Explorateur* e pensou que devia haver um verdadeiro Lucien que caminhava, falava e amava seus pais de verdade durante a noite; só que pela manhã esquecia tudo e recomeçava a fingir de Lucien. A princípio ele acreditava nessa história só pela metade, mas, um dia, aproximou-se das urtigas e Riri mostrou o pintinho a ele, dizendo-lhe:

— Olhe como ele é grande, eu sou um garotão, quando ele for bem grande eu serei um homem e irei lutar contra os boches nas trincheiras.

Lucien achou Riri muito engraçado e teve um ataque de riso.

— Mostre o seu — disse Riri.

Eles compararam e o de Lucien era menor, mas Riri trapaceava, puxando o seu para alongá-lo:

— Eu é que tenho o maior — disse Riri.

— Sim, mas eu sou sonâmbulo — respondeu Lucien tranquilamente.

Riri não sabia o que era um sonâmbulo e Lucien precisou lhe explicar. Quando terminou, pensou: "É verdade então que eu sou sonâmbulo", e teve um terrível desejo de chorar. Como dormiam na mesma cama, combinaram que Riri ficaria acordado na noite seguinte e observaria bem Lucien quando este se levantasse, e reteria tudo que Lucien dissesse.

— Você me acordará depois — disse Lucien —, para ver se me lembrarei de tudo o que fiz.

À noite, Lucien, que não podia dormir, ouviu roncos agudos e precisou acordar Riri.

— Zanzibar! — disse o dorminhoco.

— Acorde, Riri, você deve me olhar quando eu me levantar.

— Deixe-me dormir — disse o outro com uma voz pastosa.

Lucien sacudiu-o e beliscou-o sob a camisa, e Riri se pôs a espernear e ficou acordado, de olhos abertos, com um sorriso engraçado. Lucien pensou na bicicleta que papai devia lhe comprar, ouviu o apito de uma locomotiva e depois, de súbito, a criada entrou e puxou as cortinas, eram oito da manhã. Nunca soube o que fizera durante a noite. Nosso Senhor sabia, porque Nosso Senhor via tudo. Curvava-se no genuflexório e esforçava-se por ser bem-comportado para que mamãe o felicitasse à saída da missa, mas ele detestava Nosso Senhor: Nosso Senhor era mais informado sobre Lucien do que o próprio Lucien. Sabia que Lucien não gostava da mamãe nem do papai e que fingia ser comportado e que pegava no pintinho à noite, na cama. Felizmente, Nosso Senhor não podia lembrar-se de tudo, porque havia muitos meninos no mundo. Quando Lucien batia na testa dizendo: *"Picotin"*, Nosso Senhor esquecia imediatamente o que havia visto. Lucien experimentou também persuadir Nosso Senhor de que gostava muito da mamãe. De vez em quando dizia mentalmente: "Como eu gosto da minha mamãezinha!" Havia sempre um cantinho nele que não estava persuadido disso e Nosso Senhor naturalmente o via. Nesse caso era Ele quem ganhava. Mas às vezes a gente podia ficar completamente absorvido no que dizia. Pronunciava bem depressa "oh! como eu gosto de minha mãezinha!", articulando bem, revia o rosto da mãe, sentia-se enternecido, pensava vagamente, vagamente, que Nosso Senhor o olhava e depois nem pensava mais nisso, ficava mole de ternura e as palavras dançavam nos ouvidos: mamãe, *mamãe*, MAMÃE. Isso não durava senão um instante, naturalmente, era como quando Lucien experimentava fazer uma cadeira ficar em equilíbrio sobre dois pés. Mas se, justamente nessa hora, pronunciasse *"Pacota"*, Nosso Senhor era enganado: não tinha visto senão o Bem, e o que havia visto ficaria gravado para sempre na Sua memória. Lucien, porém, abandonou essa brincadeira porque era preciso fazer grandes esforços. E depois, afinal, nunca se sabia se Nosso Senhor ganhara ou perdera. Lucien não se ocupou mais com Deus. Quando fez a primeira comunhão, o padre disse que ele era o menino mais comportado e mais piedoso de todo o catecismo. Lucien compreendia depressa e tinha uma boa memória, mas sua cabeça andava cheia de nevoeiro.

O domingo era uma estiagem. O nevoeiro se desfazia quando Lucien passeava com papai na estrada de Paris. Vestia seu belo terninho de marinheiro e encontravam operários de papai que os saudavam. Papai aproximava-se e eles diziam:

— Bom dia, sr. Fleurier. — E também: — Bom dia, mocinho.

Lucien gostava muito dos operários, porque eram grandes, mas não como os outros. Além disso, eles o chamavam: senhor. Usavam bonés e tinham mãos grandes de unhas rentes que pareciam doentes e feridas. Eram responsáveis e respeitosos. Esteve a ponto de puxar o bigode de Bouligaud; papai teria ralhado. Bouligaud, para falar com papai, tirava seu boné, e papai e Lucien conservavam seus chapéus e papai falava com uma voz grossa, sorridente e rude:

— Então, Bouligaud, estamos esperando o seu filho, quando é que ele terá licença?

— No fim do mês, sr. Fleurier, obrigado, sr. Fleurier.

Bouligaud tinha um aspecto feliz e jamais teria ousado dar uma palmada em Lucien chamando-o de sapo, como o sr. Bouffardier. Lucien detestava o sr. Bouffardier porque era muito feio. Mas, quando via Bouligaud, sentia-se terno e tinha vontade de ser bom. Uma vez, de volta do passeio, papai pôs Lucien nos joelhos e explicou-lhe o que era um chefe. Lucien quis saber como papai falava aos operários quando estava na fábrica e papai mostrou-lhe como precisava fazer e sua voz mudava inteiramente.

— Será que me tornarei também um chefe? — perguntou Lucien.

— Mas certamente, meu rapagão, foi para isso que você nasceu.

— E em quem eu mandarei?

— Bem, quando eu tiver morrido, você será o dono da fábrica e mandará nos operários.

— Mas eles estarão mortos também.

— Então, você mandará nos filhos deles e será preciso que você saiba fazer-se obedecer e amar.

— E como me farei amar, papai? — Papai refletiu um pouco e disse:

— Em primeiro lugar, terá de conhecer a todos pelos seus nomes.

Lucien ficou profundamente excitado, e quando o filho do contramestre Morel veio em casa anunciar que o pai tivera dois dedos cortados, Lucien falou-lhe séria e suavemente, olhando-o bem nos olhos e chamando-o de Morel. Mamãe disse que estava orgulhosa de ter um menino tão bom e tão sensível. Depois veio o armistício. Papai lia o jornal em voz alta todas as noites, todos falavam dos russos, do governo alemão e das reparações e papai mostrava a Lucien alguns países num mapa; Lucien passou o ano mais aborrecido de sua vida, gostava mais quando havia guerra; agora todos pareciam desocupados e as luzes que se viam nos olhos da sra. Couffin estavam apagadas. Em outubro de 1919, a sra. Fleurier o fez seguir os cursos da École Saint--Joseph como externo.

Fazia calor no gabinete do padre Gerromet. Lucien estava de pé, junto à poltrona do padre; cruzara as mãos nas costas e se aborrecia muito. "Será que mamãe não vai embora?" Mas a sra. Fleurier não pensava ainda em partir. Estava sentada na ponta de uma poltrona verde e apontava seu amplo busto na direção do padre; falava muito depressa e tinha a voz musical, como quando estava com raiva e não queria que os outros percebessem. O padre falava lentamente e as palavras pareciam mais longas na sua boca do que na das outras pessoas; parecia que ele as chupava um pouco, como balas de cevada, antes de deixá-las passar. Ele explicava à mamãe que Lucien era um bom menino, polido e trabalhador, mas terrivelmente indiferente a tudo, e a sra. Fleurier disse que estava muito desapontada, porque pensara que a mudança de ambiente lhe faria bem. Perguntou se ele brincava, ao menos, durante os recreios.

— Infelizmente, minha senhora — respondeu o bom padre —, nem as brincadeiras parecem interessá-lo muito. Ele é às vezes turbulento e mesmo violento, mas cansa-se depressa. Creio que lhe falta perseverança.

Lucien pensou: "É de mim que eles falam."

Eram dois adultos e ele era o objeto de sua conversa, como a guerra, o governo alemão ou o sr. Poincaré; tinham o ar grave e discorriam sobre seu caso. Mas nem esse pensamento lhe deu prazer. Seus ouvidos estavam cheios das palavrinhas cantantes de sua mãe, das palavras chupadas e colantes do padre, sentia vontade de chorar. Felizmente o sino tocou e deram-lhe liberdade. Mas durante a aula de geografia permaneceu muito nervoso e pediu ao padre Jacquin permissão para ir ao banheiro, porque precisava se movimentar.

Imediatamente o frescor, a solidão e o bom odor do banheiro acalmaram-no. Acocorou-se por desencargo de consciência mas não tinha vontade; levantou a cabeça e pôs-se a ler as inscrições que cobriam a porta. Haviam escrito a lápis azul: "Barataud é um percevejo." Lucien sorriu — era verdade. Barataud era um percevejo, era minúsculo e dizia-se que cresceria um pouco mas quase nada, porque seu pai era muito pequeno, quase um anão. Lucien perguntou a si mesmo se Barataud havia lido aquela inscrição e concluiu que não; de outro modo ela teria sido apagada. Barataud teria molhado o dedo com cuspe e esfregado as letras até que desaparecessem. Lucien regozijou-se um pouco, imaginando que Barataud iria à privada às quatro horas, baixaria a calça de veludo e leria. "Barataud é um percevejo." Talvez ele nunca tivesse pensado que era tão pequeno. Prometeu a si mesmo chamá-lo de percevejo da manhã seguinte em diante no recreio. Levantou-se e leu na parede da direita outra inscrição traçada com o mesmo lápis azul: "Lucien Fleurier é um grande *aspárago*." Apagou cuidadosamente o escrito e voltou para a sala. "É verdade", pensou, olhando seus colegas, "eles são todos menores do que eu." E sentia-se pouco à vontade. *"Grande aspárago."* Estava sentado na pequena escrivaninha feita de madeira das Ilhas. Germaine estava na cozinha, mamãe ainda não tinha voltado. Escreveu "grande aspargo" numa folha branca de papel para restabelecer a ortografia. Mas as palavras lhe pareceram muito conhecidas, não lhe causaram nenhum efeito. Chamou:

— Germaine, minha boa Germaine!

— Que é que o senhor quer agora? — perguntou a criada.

— Germaine, eu queria que você escrevesse neste papel: "Lucien Fleurier é um grande aspargo."

— O senhor está maluco, sr. Lucien?

Ele envolveu-lhe o pescoço com os braços.

— Germaine, minha pequena Germaine, seja boazinha.

Germaine pôs-se a rir e limpou os dedos gordos no avental. Enquanto ela escrevia, ele não a olhava, mas, em seguida, levou a folha ao seu quarto e a contemplou longamente. A letra de Germaine era pontuda e Lucien acreditava ouvir uma voz seca que lhe dizia ao ouvido: "Grande aspargo." Pensou: "Sou grande." Ele estava aniquilado de vergonha: tão grande quanto Barataud era pequeno — e os outros caçoavam pelas costas. Era como se lhe houvessem jogado um sortilégio: até então, parecia-lhe natural ver seus colegas do alto. Mas, agora, era como se o houvessem condenado, de repente, a ser grande pelo resto da vida. À noite, ele perguntou ao pai se a gente podia diminuir se o desejasse com muita força. O sr. Fleurier disse que não: todos os Fleuriers haviam sido grandes e fortes e Lucien cresceria ainda mais. Lucien ficou desesperado. Quando sua mãe o pôs na cama, ele se levantou e foi se olhar ao espelho. "Eu sou grande." Mas era inútil, isso não se notava, não parecia nem grande nem pequeno. Levantou um pouco a camisa e viu as próprias pernas; então imaginou que Costil dizia a Hébrard: "Olhe as longas pernas do aspargo", o que o tornava ridículo. Fazia frio, Lucien. estremeceu e alguém disse: "O aspargo está arrepiado!" Levantou muito alto a ponta da camisa e todos eles viram seu umbigo e todas as suas "coisas", e depois correu para a cama e nela se meteu. Quando pôs a mão debaixo da camisa pensou que Costil o via e dizia: "Olhem só um pouco o que faz o grande aspargo!" Agitou-se e virou-se na cama, ofegante: "Grande aspargo! Grande aspargo!", até que fez nascer sob os dedos uma comichão acidulada.

Nos dias seguintes pensou em pedir ao padre permissão para se sentar no fundo da sala. Era por causa de Boisset, de Winckelmann e de Costil, que ficavam atrás dele e podiam olhar sua nuca. Lucien sentia sua nuca, mas não a via e até a esquecia frequentemente. Mas, enquanto respondia o melhor que podia ao padre e recitava a tirada de Don Diègue,* os outros estavam atrás dele olhando sua nuca, e podiam caçoar, pensando: "Que nuca magra; ele até parece que tem duas cordas no pescoço." Lucien esforçava-se por aumentar o volume de sua voz e exprimir a humilhação de Don Diègue. Com a voz ele fazia o que queria; mas a nuca estava sempre ali, plácida e inexpressiva, como alguém que repousa, e Basset a via. Não ousou mudar de lugar, porque o último banco era reservado aos desprezíveis, mas a nuca e as omoplatas não paravam de comichar e ele era obrigado a ficar se coçando. Lucien inventou uma nova brincadeira: quando tomava sua chuveirada sozinho, no banheiro, como uma pessoa grande, imaginava que alguém olhava pelo buraco da fechadura, ora Costil, ora Bouligaud, ora Germaine. Virava-se então de todos os lados para que o vissem de todos os ângulos, e às vezes virava o traseiro para a porta e punha-se de quatro para que ficasse bem curvo e bem ridículo; o sr. Bouffardier aproximava-se cautelosamente para lhe fazer uma lavagem. Num dia em que ele estava na privada, ouviu estalos de madeira; era Germaine que lustrava o guarda-louças do corredor. Seu coração parou de bater, ele abriu suavemente a porta e saiu, com a calça nos calcanhares e a camisa enrolada em torno dos rins. Era obrigado a dar pequenos saltos, para avançar sem perder o equilíbrio. Germaine olhou-o tranquilamente:

— Será que o senhor está fazendo corrida de saco? — perguntou.

Ele levantou raivosamente a calça e correu a atirar-se à cama. A sra. Fleurier estava desolada, dizia sempre ao marido:

---

* Personagem de *Le Cid*, tragédia de Corneille. (N.T.)

— Ele que era tão gracioso quando pequeno, veja como está esquisito; é uma pena!

O sr. Fleurier lançava um olhar distraído a Lucien e respondia:

— É a idade!

Lucien não sabia o que fazer de seu corpo. Por mais que tentasse controlar, tinha sempre a impressão de que esse corpo estava a existir de todos os lados ao mesmo tempo, sem lhe pedir opinião. Deleitou-se a imaginar que era invisível, depois tomou o hábito de olhar pelos buracos das fechaduras para se vingar e para ver como os outros eram feitos sem o saber. Viu sua mãe enquanto ela se lavava. Estava sentada no bidê, tinha o ar adormecido e seguramente esquecera seu corpo e mesmo seu rosto, porque pensava que ninguém a via. A esponja ia e vinha absolutamente só sobre a carne abandonada; tinha uns movimentos preguiçosos que davam a impressão de que ia parar no meio do caminho. Mamãe esfregou um pano com um pedaço de sabonete, e sua mão desapareceu entre as pernas. Seu rosto estava repousado, quase triste, seguramente ela pensava em outra coisa, na educação de Lucien ou no sr. Poincaré. Mas durante aquele momento ela *era* essa gorda massa rósea, esse corpo volumoso que se comprimia sobre a louça do bidê. Lucien, outra vez, tirou os sapatos e subiu até a mansarda. Viu Germaine. Ela estava com uma longa camisola verde que lhe caía até os pés, penteava-se diante de um espelhinho redondo e sorria molemente à própria imagem. Lucien foi presa de um riso louco e precisou descer precipitadamente. Depois disso, sorria e fazia caretas diante do espelho do salão e ao fim de algum tempo sentia-se tomado por um medo espantoso.

Lucien acabou por adormecer logo, mas ninguém o percebeu, salvo a sra. Couffin, que o chamava de seu belo adormecido no bosque; uma grande bola de ar que ele não podia engolir nem fazer cuspir obrigava-o sempre a manter a boca entreaberta: era seu *bocejo*; quando ele estava só, a bola engrossava acariciando-lhe docemente o céu da boca e a língua; a boca se abria toda e lágrimas rolavam-lhe sobre as faces — eram momentos muito agradáveis. Já não se divertia tanto quando estava na privada, mas, em compensação, gostava muito de espirrar, isso o despertava e durante algum tempo ele ficava olhando em volta com um ar vivo e depois adormecia de novo. Aprendeu a discernir as diversas espécies de sono: no inverno, sentava-se diante da lareira e estendia a cabeça para o fogo; quando ela estava vermelha e bem quente esvaziava-se de súbito; a isso chamava "adormecer pela cabeça". Domingo de manhã, ao contrário, ele adormecia pelos pés: entrava no banho, baixava-se lentamente e o sono subia-lhe pelas pernas e pelos flancos, marulhando. Acima do corpo adormecido, todo branco e cheio de ar no fundo da água, e que parecia uma galinha cozida, uma cabecinha loura dominava, cheia de palavras sábias: *templum, templi, templo,* sismo, iconoclastas. Na sala de aula, o sono era branco, furado de clarões: "O que vocês queriam que ele fizesse contra três?"* Primeiro: Lucien Fleurier. "Que é o Terceiro Estado: nada."** Primeiro Lucien Fleurier, segundo Winckelmann. Pellereau foi o primeiro em álgebra; ele só tinha um testículo, o outro não descera ainda; cobrava dois soldos para mostrar e dez para deixar-se tocar. Lucien deu os dez soldos, hesitou, estendeu a mão e foi-se embora sem pegar, mas seu arrependimento foi tão grande que o manteve, por vezes, acordado mais de uma hora.

Ele era pior em geologia do que em história; primeiro Winckelmann, segundo Fleurier. No domingo ia passear de bicicleta, com Costil e Winckelmann. Através de campinas ruivas que o calor crestava, as bicicletas deslizavam sobre o pó macio; as pernas de Lucien eram ágeis e musculosas, mas o cheiro adormecedor da estrada lhe subia à cabeça, ele curvava-se sobre o guidão, seus olhos tornavam-se rosados e meio fechados. Recebeu três vezes seguidas o primeiro prêmio. Deram-lhe *Fabiola ou l'Église des Catacombes, Le Génie du Christianisme* e *La Vie du Cardinal Lavigerie.* Costil, de volta das férias, fez conhecer a todos o *De Profundis Morpionibus e L'Artilleur de Metz.* Lucien decidiu fazer melhor e consultou o *Larousse* médico de seu pai no verbete "útero"; em seguida, explicou-lhes como as mulheres eram feitas, fez-lhes, mesmo, um desenho no quadro e Costil declarou que aquilo era repugnante; mas, depois disso, não podiam mais ouvir falar de trompas sem rebentar de rir, e Lucien pensava com satisfação que não se encontraria em toda a França um aluno de segundo ano e talvez mesmo de retórica que conhecesse tão bem quanto ele os órgãos femininos.

Quando os Fleuriers se instalaram em Paris, foi como um clarão. Lucien não conseguia mais dormir por causa dos cinemas, dos

---

* Alusão ao verso do *Cid*, de Corneille: "Que vouliez-vous qu'il fît contre trois?" (N.T.)

** Fórmula de Sieyès no seu panfleto: "Qu'est-ce que le Tiers État" (janeiro de 1789). (N.T.)

automóveis e das ruas. Aprendeu a distinguir um Voisin de um Packard, um Hispano-Suiza de um Rolls, e discursava como um profundo conhecedor de carros; há mais de um ano vestia calças compridas. Para recompensá-lo pelo êxito na primeira parte do bacharelado, seu pai enviou-o à Inglaterra; Lucien *viu* prados cheios de água e rochedos brancos, lutou boxe com John Latimer e aprendeu o *over-arm-stroke*, mas uma bela manhã levantou-se estonteado, a coisa tomou-o de novo; voltou sonolento a Paris. A turma de matemática elementar do liceu Condorcet tinha 37 alunos. Oito desses alunos diziam-se sabidos e chamavam os outros de virgens. Os sabidos desprezaram Lucien até 1 de novembro, mas no dia da festa de Todos os Santos Lucien foi passear com Garry, o mais sabido de todos, e, displicentemente, demonstrou conhecimentos anatômicos tão precisos que Garry ficou encantado. Lucien só não entrou para o grupo dos sabidos porque seus pais não o deixavam sair à noite, mas teve com eles relações de igual para igual.

Na quinta-feira, tia Berthe veio com Riri almoçar na rua Raynouard. Ela tornara-se enorme e triste e passava o tempo a suspirar; como, porém, sua pele continuava muito fina e muito branca, Lucien gostaria de vê-la toda nua. Pensava nisso, à noite, na cama: seria num dia de inverno, no bosque de Boulogne, alguém a descobriria nua no mato, os braços cruzados sobre o peito, tremendo e toda arrepiada. Imaginava que um transeunte míope a tocava com a ponta da bengala, dizendo: "Mas que é isto aqui?" Lucien não se entendia bem com seu primo: Riri tinha se tornado um belo rapaz, um pouco elegante demais, cursava sua filosofia em Lakanal e não entendia nada de matemática. Lucien não podia deixar de pensar que Riri, sete anos antes, ainda sujava as calças e depois caminhava com as pernas apartadas como um pato e olhava para a mãe com uns olhos cândidos, dizendo: "Não, mamãe, não fiz, eu juro." Sentia certa repugnância em tocar a mão de Riri. Entretanto, era muito amável com ele e explicava-lhe seus pontos de matemática; precisava sempre fazer um grande esforço para não se impacientar, porque Riri não era muito inteligente. Mas conseguia dominar-se, e conservava a voz grave e muito calma. A sra. Fleurier achava que Lucien tinha muito tato, mas tia Berthe não lhe demonstrava gratidão. Quando Lucien propunha a Riri dar-lhe uma aula, ela corava um pouco agitando-se na cadeira, e dizia:

— Não, você é muito amável, Lucien, mas Riri já é grande, ele aprenderá por si, não deve se habituar a contar com os outros. — Uma tarde, a sra. Fleurier disse bruscamente a Lucien:

— Você talvez pense que Riri lhe é reconhecido pelo que você faz por ele, não? Pois bem, desiluda-se, meu menino: diz que você gosta é de se gabar, foi sua tia Berthe quem me contou.

Ela adotara a sua voz musical e assumira um ar descuidado. Lucien compreendeu que ela estava louca de raiva. Sentia-se vagamente intrigado, não sabendo o que responder. No dia seguinte e no outro ele teve muito trabalho e toda essa história foi esquecida.

Domingo de manhã Lucien largou bruscamente a pena e pensou: "Será mesmo para me gabar?" Eram 11 horas; Lucien, sentado à sua escrivaninha, olhava as figuras róseas do cretone que atapetava as paredes, sentia na face esquerda o calor seco e poeirento do primeiro sol de abril, na face direita o pesado calor espesso do radiador. "Será mesmo para me gabar?" Era difícil responder. Lucien tentou primeiro lembrar-se da sua última conversa com Riri e julgar imparcialmente sua própria atitude. Estava inclinado sobre Riri e havia-lhe sorrido, dizendo: "Manjou? Se não manjou, meu velho Riri, não tenha medo de dizer: fica para outra vez." Um pouco mais tarde, ele cometera um erro num raciocínio delicado e dissera alegremente: "De novo, de novo." Era uma expressão que ouvira do sr. Fleurier e que o divertia. Não era lá tão importante assim, uma bobagem. "Mas será que eu me gabava, ao dizer isso?" A força de procurar, fez, de repente, reaparecer algo branco, redondo, delicado como um pedaço de nuvem — era seu pensamento do outro dia; ele perguntara: "Manjou?" e houvera "isso" na sua cabeça, isso que não se podia descrever. Lucien fez esforços desesperados para *olhar* esse pedaço de nuvem e sentiu, de repente, que caía dentro da coisa, mergulhava nela de cabeça, encontrou-se em pleno vapor e tornou-se ele próprio o vapor, já não passava de um calor branco e úmido que cheirava a roupa branca. Quis arrancar-se a esse vapor e recuar, mas ele vinha junto. Pensou: "Sou eu, Lucien Fleurier, estou no meu quarto, resolvendo um problema de física, é domingo." Mas seus pensamentos fundiam-se em nevoeiro, branco sobre branco. Ele sacudiu-se e pôs-se a distinguir as figuras do cretone, duas pastoras, dois pastores e o Amor. Depois, de súbito, disse com seus botões: "Eu sou...", ouviu um barulhinho de interruptor desligando e despertou de sua longa sonolência.

Isso não era agradável — os pastores tinham saltado para trás, parecia a Lucien que ele os olhava pela extremidade mais larga de um binóculo. Em lugar desse estupor, que lhe era tão doce e que se perdia voluptuosamente em seu próprio íntimo, havia agora uma pequena perplexidade muito viva que se interrogava: "Quem sou eu?"

— Quem sou eu? Eu olho a escrivaninha, olho o caderno. Chamo-me Lucien Fleurier, mas isso não é senão um nome. Eu me gabo. Eu não me gabo. Não sei, isso não tem sentido.

— Sou um bom aluno. Não. É mentira; um bom aluno gosta de estudar; eu, não. Tenho boas notas, mas não gosto de estudar. Não detesto o estudo tampouco, não lhe dou importância. Não dou importância a nada. Nunca serei um chefe. Pensou com angústia: "Mas que vou ser?" Passou um momento; coçou a cara e piscou o olho esquerdo porque o sol o ofuscava. "Que sou *eu*?" Havia a bruma, enrolada sobre si mesma, indefinida. "Eu!" Olhou ao longe; a palavra soava na sua cabeça, talvez se pudesse adivinhar alguma coisa como a ponta sombria de uma pirâmide cujos lados fugiam, longe, na bruma. Lucien estremeceu e suas mãos tremeram: "É isso", pensou, "é isso. Eu tinha certeza: *eu não existo.*"

Durante os meses que se seguiram, Lucien procurou de novo o entorpecimento, muitas vezes, mas não o encontrou — dormia regularmente nove horas por noite e o resto do tempo estava bem vivo e cada vez mais perplexo; seus pais diziam que ele nunca se portara tão bem. Quando começava a pensar que não tinha o estofo de um chefe, sentia-se romântico e tinha vontade de andar durante horas ao luar; mas seus pais ainda não o deixavam sair à noite. Então, frequentemente, deitava-se na cama e tomava a própria temperatura; o termômetro marcava 37,5° ou 37,6° e Lucien pensava com um prazer amargo que seus pais o achavam com bom aspecto. "Eu não existo." Fechava os olhos e se abandonava: a existência é uma ilusão; como eu *sei* que não existo, não tenho coisa a fazer senão tapar os ouvidos, não mais pensar em nada para me anular. Mas a ilusão era tenaz. Ao menos ele tinha sobre os outros a superioridade muito maliciosa de possuir um segredo: Garry, por exemplo, não existia mais do que Lucien. Mas era suficiente vê-lo arrufar-se tumultuosamente no meio dos seus admiradores para compreender logo que ele acreditava ferreamente na própria existência. O sr. Fleurier também não existia — nem Riri nem ninguém —, o mundo era uma comédia sem atores. Lucien, que obtivera nota 15 pela sua dissertação sobre "A moral e a ciência", pensou em escrever um *Tratado do nada* e imaginava que as pessoas, quando o lessem, se dissolveriam umas após as outras, como os vampiros ao canto do galo. Antes de começar a redação de seu tratado, quis saber a opinião de Babouin, seu professor de filosofia.

— Perdão, senhor — disse-lhe no fim de uma aula —, pode-se sustentar que não existimos? — Babouin disse que não.

— *Gogito* — disse ele —, *ergo sum*. O senhor existe, pois duvida da sua existência.

Lucien não estava convencido, mas renunciou a escrever a obra. Em julho, foi admitido sem brilhantismo no curso de matemática e partiu para Férolles com os pais. A perplexidade não passava: era como um desejo de espirrar.

Bouligaud morrera e a mentalidade dos operários do sr. Fleurier havia mudado muito. Ganhavam, agora, grandes salários, e suas mulheres compravam meias de seda. A sra. Bouffardier citava pormenores assustadores à sra. Fleurier:

— Minha empregada contou-me que viu ontem no açougue a pequena Ansiaume, que é a filha de um bom operário de seu marido e de quem estamos cuidando desde que perdeu a mãe: casou-se com um ajustador de Beaupertuis. Bem, ela encomendou um frango de vinte francos! E com uma arrogância! Não se contentam com pouco; querem ter tudo o que nós temos.

Agora, quando Lucien dava, no domingo, um pequeno giro com o pai, os operários apenas tocavam nos bonés, quando os viam, e havia mesmo os que atravessavam a rua para não ter de cumprimentá-los. Um dia Lucien encontrou-se com o Bouligaud filho, que não pareceu sequer reconhecê-lo. Lucien ficou um pouco excitado com isso — era a oportunidade de provar que era um chefe. Fez pesar sobre Jules Bouligaud um olhar de águia e avançou para ele, com as mãos nas costas. Mas Bouligaud não pareceu intimidado: encarou Lucien com um olhar vago e passou por ele assobiando. "Não me reconheceu", disse Lucien com seus botões. Mas estava profundamente aborrecido e, nos dias que se seguiram, pensou, mais do que nunca, que o mundo não existia.

O pequeno revólver da sra. Fleurier estava guardado na gaveta esquerda da cômoda. Seu marido o dera de presente a ela em setembro de 1914, antes de partir para frente de batalha. Lucien pegou-o, virou-o muito tempo entre os dedos: era uma pequena joia com um cano dourado e uma coronha de madrepérola. Não era possível valer-se de um tratado de filosofia para persuadir as pessoas de que elas não existiam. O que era preciso era um ato, um ato verdadeiramente desesperado que dissipasse as aparências e mostrasse em plena luz o nada do mundo. Uma detonação, um corpo jovem sangrando sobre um tapete, algumas palavras rabiscadas num papel: "Eu me mato porque não existo. E vocês também, meus irmãos, vocês não são nada!" As pessoas leriam o jornal, pela manhã; veriam: "Um adolescente ousou!" E todos se sentiriam terrivelmente perturbados e se perguntariam: "E eu? Será que existo?" Já houve na história, por ocasião da publicação de *Werther*, por exemplo, semelhantes epidemias de suicídios; Lucien lembrou-se de que "mártir" em grego queria dizer "testemunha". Ele era muito sensível para desempenhar o papel de chefe, mas não o de mártir. Depois, sempre que entrava no quarto da mãe, olhava o revólver e ficava agoniado. Aconteceu-lhe mesmo morder o cano dourado, apertando fortemente os dedos na coronha. Em geral, porém, mostrava-se mais alegre do que triste, porque pensava que todos os verdadeiros chefes tinham conhecido a tentação do suicídio. Napoleão, por exemplo. Lucien não dissimulava ter tocado o fundo do desespero, mas esperava sair dessa crise com uma alma temperada, e leu com interesse o *Mémorial de Sainte-Hélène*. Era preciso, entretanto, tomar uma decisão. Marcou o dia 30 de setembro como termo de suas hesitações. Os últimos dias foram extremamente penosos: sem dúvida a crise era salutar, mas exigia de Lucien uma tensão tão forte que ele temia quebrar-se, um dia, como vidro. Não ousava tocar mais no revólver; contentava-se com abrir a gaveta, levantava um pouco as combinações da mãe e contemplava longamente o pequeno monstro glacial e cabeçudo que dormia no meio da seda cor-de-rosa. Entretanto, logo que ele aceitou viver, sentiu um vivo desapontamento e achou-se completamente desocupado. Felizmente, os múltiplos cuidados da volta às aulas o absorveram; seus pais enviaram-no ao liceu Saint-Louis para seguir os cursos preparatórios da École Centrale. Usava um bonezinho debruado de vermelho com uma insígnia e cantava:

É o pistão que faz andar as máquinas
É o pistão que faz andar os vagões...

Essa nova dignidade de "pistão"* enchia Lucien de orgulho; e, depois, sua turma não se parecia com as outras; tinha tradições e um cerimonial; era uma força. Por exemplo, era costume que uma voz perguntasse, 15 minutos antes de acabar a aula de francês:
— Que é um cadete?
E todos respondiam em surdina:
— É um trouxa!
Ao que a voz tornava:
— Que é um estudante de agronomia?
E a resposta soava um pouco mais forte:
— É um trouxa!
Então, o sr. Béthune, que era quase cego e usava óculos escuros, dizia com lassidão:
— Por favor, senhores!
Havia alguns instantes de silêncio absoluto e os alunos entreolhavam-se com sorrisos inteligentes, depois alguém gritava:
— Que é um "pistão"?
E a turma rugia:
— É um sujeito formidável!
Nesses momentos Lucien sentia-se galvanizado. À noite, contava minuciosamente a seus pais os diversos incidentes do dia, e quando dizia: "Então toda a turma se pôs a rir", ou então: "Toda a turma decidiu pôr Meyrinez no ridículo", as palavras, saindo, aqueciam-lhe a boca, como um gole de álcool. Entretanto, os primeiros meses foram bem duros: Lucien falhou nos trabalhos de matemática e de física, e, além disso, seus colegas, individualmente, não eram muito simpáticos; eram bolsistas e, na maioria, esforçados, sujos e sem educação.
— Não há um só — disse a seu pai — que eu deseje tornar meu amigo.
— Os bolsistas — disse sonhadoramente o sr. Fleurier — representam uma elite intelectual; entretanto, dão maus chefes; pularam uma etapa.

---

* Em francês, *piston*: aluno da École Centrale, ou candidato a ela. (N.E.)

Lucien, ouvindo falar de "maus chefes", sentiu um aperto desagradável no coração e pensou, de novo, em matar-se durante as semanas que se seguiram; mas não sentia o mesmo entusiasmo das férias. No mês de janeiro, um novo aluno chamado Berliac escandalizou toda a turma; vestia roupas cintadas de cor verde ou malva, na última moda, pequenos colarinhos redondos e calças como se viam nas gravuras dos alfaiates, tão estreitas que era de imaginar como conseguia enfiá-las. Para começar, se classificou em último lugar em matemática. "Pouco me importo", declarou, "sou um literato, estudo matemática para me mortificar." No fim de um mês tinha seduzido todo mundo; distribuía cigarros contrabandeados, dizia que tinha mulheres e mostrava as cartas que elas lhe enviavam. Toda a turma decidiu que ele era um "cara legal", e que era preciso deixá-lo em paz. Lucien admirava muito sua elegância e suas maneiras, mas Berliac o tratava com condescendência, chamando-o de "filhinho de papai rico".

— Afinal — disse um dia Lucien —, é melhor do que se eu fosse filho de pobres.

Berliac sorriu.

— Você é um pequeno cínico! — disse-lhe, e, no outro dia, o fez ler um de seus poemas: "Caruso engolia olhos crus todas as noites, mas fora isso era sóbrio como um camelo. Uma senhora fez um ramalhete com os olhos de sua família e lançou-os ao palco. Todos se inclinaram diante desse gesto exemplar. Mas não se esqueçam de que sua hora de glória durou 37 minutos; exatamente desde o primeiro bravo até o apagar do grande lustre da Ópera (daí em diante foi preciso que ela trouxesse na trela o marido, laureado de muitos concursos e que tapava com duas cruzes de guerra as cavidades róseas de suas órbitas). E notem bem isto: todos aqueles dentre nós que comerem muita carne humana em conserva perecerão de escorbuto."

— Muito bem — disse Lucien, perturbado.

— Eu os faço — disse Berliac, indolente — com uma nova técnica, isso se chama escrita automática.

Algum tempo depois, Lucien teve uma violenta vontade de se matar e decidiu pedir conselho a Berliac.

— Que é que devo fazer? — perguntou ele quando expôs seu caso.

Berliac ouvira-o com atenção; tinha o hábito de chupar os dedos e molhar com saliva as espinhas que tinha no rosto, de modo que sua pele brilhava aqui e ali, como um caminho após a chuva.

— Faça como quiser — disse enfim —, isso não tem nenhuma importância.

Refletiu um pouco e ajuntou, acentuando as palavras:

— *Nada* tem *jamais* nenhuma importância.

Lucien ficou um pouco desiludido, mas compreendeu que Berliac se impressionara profundamente quando este o convidou, na quinta-feira seguinte, a tomar lanche na casa de sua mãe. A sra. Berliac, que tinha verrugas e uma mancha carmesim na face esquerda, foi amabilíssima:

— Veja — disse Berliac a Lucien —, as verdadeiras vítimas da guerra somos nós.

Essa era a opinião de Lucien e eles convieram em que pertenciam, os dois, a uma geração sacrificada. O dia caía, Berliac estava deitado na cama, com as mãos atrás da nuca. Fumaram cigarros ingleses, tocaram discos no gramofone e Lucien ouviu a voz de Sophie Tucker e a de Al Johnson. Ficaram muito melancólicos e Lucien pensou que Berliac era seu melhor amigo. Berliac perguntou-lhe se ele conhecia a psicanálise; sua voz era séria e ele olhava Lucien com gravidade.

— Desejei minha mãe até os 15 anos — segredou-lhe.

Lucien sentiu-se pouco à vontade; tinha medo de corar e depois lembrou-se das verrugas da sra. Berliac, e não compreendeu como alguém pudesse desejá-la. Entretanto, quando ela entrou para lhes trazer as torradas, ficou vagamente perturbado e tentou adivinhar seus seios através da suéter amarela que vestia. Quando ela saiu, Berliac disse com uma voz positiva:

— Você também, naturalmente, teve vontade de dormir com sua mãe.

Ele não interrogava, afirmava. Lucien deu de ombros:

— Naturalmente — disse.

No dia seguinte estava inquieto, tinha medo de que Berliac repetisse sua conversa. Mas tranquilizou-se depressa: "Apesar de tudo", pensou, "ele está mais comprometido do que eu." Estava seduzido pelo rumo científico que suas confidências tinham tomado, e na quinta-feira seguinte leu uma obra de Freud sobre o sonho, na biblioteca Sainte-Geneviève. Foi uma revelação. "É isso", repetia-se vagando pelas ruas, "é isso!" Comprou depois a *Introdução à psicanálise* e a

Psicopatologia da vida cotidiana, e tudo se aclarou para ele. Essa impressão estranha de não existir, esse vazio que sentira muito tempo na consciência, sua sonolência, suas perplexidades, seus esforços vãos para se conhecer, que nunca encontravam senão uma cortina de bruma... "Por Deus", pensou ele, "eu tenho um complexo." Contou a Berliac como, na infância, imaginava-se sonâmbulo e como os objetos nunca lhe pareciam completamente reais:

— Devo ter — concluiu — um complexo da melhor qualidade.

— Como eu — disse Berliac. — Nós temos complexos particulares, especiais!

Eles tomaram o hábito de interpretar seus sonhos, e até seus menores gestos; Berliac tinha sempre tantas histórias a contar que Lucien suspeitava um pouco de que ele as inventasse ou, pelo menos, as enfeitasse. Entendiam-se, porém, muito bem e abordavam os assuntos mais delicados com objetividade; reconheceram que usavam uma máscara de jovialidade para enganar os que os rodeavam mas que estavam, no fundo, terrivelmente atormentados. Lucien sentia-se livre de suas inquietações. Atirou-se avidamente à psicanálise porque compreendeu que era o que lhe convinha, e agora sentia-se fortalecido, não tinha mais necessidade de se atormentar e de estar sempre procurando na consciência as manifestações palpáveis de seu caráter. O verdadeiro Lucien encontrava-se profundamente enterrado no inconsciente, era preciso sonhar com ele sem nunca o ver, como um querido ausente. Lucien pensava sempre nos seus complexos e imaginava, com certo orgulho, o mundo obscuro, cruel e violento que se remexia sob os vapores de sua consciência.

— Você compreende — dizia a Berliac —, aparentemente eu era um menino adormecido e indiferente a tudo, alguém desinteressante. E mesmo de dentro, você sabe, parecia de tal modo isso que estive a ponto de me deixar convencer. Mas eu sabia que havia outra coisa.

— Há *sempre* outra coisa — respondia Berliac.

E eles sorriam com orgulho. Lucien compôs um poema intitulado "Quando a bruma se desfizer" e Berliac achou-o excelente, mas observou a Lucien que deveria tê-lo escrito em versos metrificados. Decoraram-no assim mesmo, e quando queriam falar de suas libidos diziam com visível prazer:

"Os grandes caranguejos dissimulados sob o manto de névoa", depois, muito simplesmente, "os caranguejos", piscando o olho. Mas, ao fim de algum tempo, Lucien, quando estava só e principalmente à noite, começou a achar tudo aquilo um pouco assustador. Não ousava mais olhar sua mãe de frente, e, quando a beijava antes de ir se deitar, temia que uma força tenebrosa desviasse seu beijo e o fizesse cair na boca da sra. Fleurier; era como se ele carregasse um vulcão dentro de si. Lucien vigiava-se com precaução, para não violentar a alma suntuosa e sinistra que tinha descoberto. Ele sabia, agora, tudo o que ela comportava, e receava seu terrível despertar. "Tenho medo de mim", dizia consigo. Renunciara, havia seis meses, às práticas solitárias porque elas o aborreciam e ele tinha muito trabalho, mas voltou a elas. Era preciso que cada um seguisse sua inclinação, os livros de Freud estavam cheios do histórias de jovens infelizes que haviam intensificado suas neuroses por terem rompido muito bruscamente com seus hábitos.

— Será que não vamos ficar loucos? — perguntava a Berliac.

De fato, certas quintas-feiras, sentiam-se estranhos; a penumbra tinha se introduzido sorrateiramente no quarto de Berliac, haviam fumado maços inteiros de cigarros opiados, suas mãos tremiam. Então, um deles se levantava sem nada dizer, caminhava cautelosamente até a porta e virava o comutador. Uma luz amarela inundava o quarto e eles se entreolhavam com desconfiança.

Lucien não tardou a verificar que sua amizade por Berliac repousava sobre um mal-entendido: ninguém mais que ele, certamente, era sensível à beleza patética do complexo de Édipo, mas via naquilo sobretudo o sinal de uma força de paixão que ele desejava derivar mais tarde para outros fins. Berliac, ao contrário, parecia se comprazer com seu estado e não queria sair dele.

— Somos fodidos — dizia-lhe com orgulho —, fracassados. Nunca faremos nada.

— Nada — respondeu Lucien como um eco.

Mas estava furioso. Na volta do feriado do Páscoa, Berliac contou-lhe que tinha compartilhado o mesmo quarto de sua mãe num hotel de Dijon: levantara-se de manhãzinha, aproximara-se da cama onde a mãe ainda dormia e erguera vagarosamente as cobertas.

— Sua camisola estava levantada — contou, caçoando.

Ouvindo essas palavras, Lucien não pôde evitar um pouco de desprezo por Berliac, e sentiu-se muito só. Era bonito ter complexos, mas era preciso saber resolvê-los em tempo; poderia ele, homem feito, assumir responsabilidades e aceitar um comando se tivesse conservado uma sexualidade infantil? Lucien começou a se inquietar seriamente: gostaria de pedir o conselho de uma pessoa autorizada, mas não sabia a quem se dirigir. Berliac falava-lhe muitas vezes de um surrealista chamado Bergère, muito versado em psicanálise e que parecia ter grande ascendência sobre ele; mas nunca propôs a Lucien apresentá-lo. Lucien ficou também muito desapontado porque contara com Berliac para conhecer mulheres; julgava que a posse de uma linda amante mudaria naturalmente o curso de suas ideias. Berliac, porém, nunca mais falou de suas belas amigas. Eles iam, às vezes, andar nos grandes bulevares, seguiam mulheres da vida mas não ousavam lhes falar.

— O que você quer, meu velho — dizia Berliac —, não somos da raça dos que agradam. As mulheres sentem em nós alguma coisa que as amedronta.

Lucien não respondia; Berliac começava a irritá-lo. Ele fazia, frequentemente, gracejos de muito mau gosto a respeito dos pais de Lucien, chamava-os de sr. e sra. Dumollet. Lucien compreendia muito bem que um surrealista desprezasse a burguesia em geral, mas Berliac fora muitas vezes convidado pela sra. Fleurier, que o tratara com confiança e amizade: na falta de gratidão, um simples cuidado de decência o teria impedido de falar dela naquele tom. Além disso, Berliac era terrível com sua mania de pedir emprestado dinheiro que não devolvia: no ônibus, nunca tinha trocado e era preciso pagar por ele; nos cafés, não propunha, senão uma vez em cinco, pagar as despesas. Lucien disse-lhe claramente, um dia, que não compreendia aquilo, e que os amigos deviam dividir todos os gastos quando saíam. Berliac olhou-o impenetrável e respondeu:

— Eu já suspeitava, você é um anal. — E explicou-lhe a relação freudiana: fezes=ouro, a teoria freudiana da avareza. — Eu queria saber uma coisa — disse ele —, até que idade sua mãe o limpou?

Estiveram a ponto de brigar.

Desde o princípio de maio, Berliac pôs-se a faltar ao liceu: Lucien ia encontrá-lo, após a aula, num bar da rua dos Petits-Champs, onde bebiam vermutes Crucifix. Uma terça-feira à tarde, Lucien encontrou Berliac sentado diante de um copo vazio.

— Enfim — disse Berliac. — Ouça, preciso me mandar, devo estar às cinco horas no dentista. Espere por mim, ele mora aqui perto e será só uma meia hora.

— O.k. — respondeu Lucien, deixando-se cair sobre uma cadeira, — François, me dê um vermute branco.

Nesse momento um homem entrou no bar e sorriu com um ar admirado ao percebê-los. Berliac corou e levantou-se precipitadamente. "Quem será?", pensou Lucien. Berliac, apertando a mão do desconhecido, tinha-se colocado de modo a ocultar-lhe Lucien; falava com uma voz baixa e rápida, e o outro respondia com uma voz clara:

— Mas não, meu querido, você nunca passará de um palhaço.

Ao mesmo tempo, punha-se nas pontas dos pés e encarava Lucien por sobre a cabeça de Berliac, com uma segurança tranquila. Podia ter 35 anos; tinha um rosto pálido e magníficos cabelos brancos: "É seguramente Bergère", pensou Lucien, com o coração batendo, "como é bonito!"

Berliac pegara o homem de cabelos brancos pelo cotovelo com um gesto timidamente autoritário:

— Venha comigo — disse ele —, eu vou ao dentista, é logo ali.

— Mas você estava com um amigo, creio — respondeu o outro, sem tirar os olhos de Lucien —, você deveria nos apresentar.

Lucien levantou-se sorrindo. "Livre-se desta!", pensou com as faces em fogo. O pescoço de Berliac afundou-se entre os ombros e Lucien acreditou, por um segundo, que ele ia recusar.

— Bem, apresente-me logo — disse, com uma voz prazenteira. — Mal falou, porém, o sangue afluiu-lhe às têmporas; desejou sumir debaixo da terra. Berliac deu meia-volta e resmungou sem olhar ninguém:

— Lucien Fleurier, um colega do liceu, sr. Achile Bergère.

— Senhor, admiro suas obras — disse Lucien, com voz fraca.

Bergère agarrou-lhe a mão com as suas, finas e longas, obrigando-o a sentar-se. Fez-se silêncio; Bergère envolvia Lucien num olhar quente e terno, ainda sem largar-lhe a mão:

— Está nervoso? — perguntou suavemente.

Lucien aclarou a voz e dirigiu a Bergère um olhar firme:

— Estou nervoso — respondeu distintamente.

Parecia-lhe que acabava de se sujeitar às provas de uma iniciação. Berliac hesitou ainda um instante, depois veio raivosamente tomar seu lugar, atirando o chapéu na mesa. Lucien ardia de desejo de contar a Bergère sua tentativa de suicídio; era alguém com quem era preciso falar ab-ruptamente, sem preparação. Não ousou dizer nada por causa de Berliac; odiava Berliac.

— Vocês têm *raki*? — perguntou Bergère ao garçom.

— Não, não têm — disse Berliac com solicitude. — É um barzinho simpático, mas não há nada para beber além de vermute.

— Que é essa coisa amarela que está lá embaixo numa garrafa? — perguntou Bergère com uma desenvoltura cheia de suavidade.

— É o Crucifix branco — explicou o garçom.

— Traga-me um.

Berliac agitava-se na cadeira; parecia dividido entre o desejo de elogiar seus amigos e o receio de fazer brilhar Lucien à sua custa. Acabou por dizer, com voz triste e altiva:

— Ele quis se matar.

— Naturalmente! — disse Bergère. — Eu já imaginava.

Houve novo silêncio: Lucien baixara os olhos com um ar modesto, mas inquietava-se imaginando se Berliac não iria logo embora. Bergère olhou de repente o relógio.

— E o seu dentista? — perguntou. Berliac levantou-se contrafeito.

— Venha comigo, Bergère — suplicou —, é logo ali.

— Não, eu o espero aqui e, enquanto isso, farei companhia ao seu amigo.

Berliac demorou-se ainda um pouco, saltava de um pé a outro.

— Vá embora — disse Bergère com voz imperiosa. — Você nos encontrará aqui.

Logo que Berliac saiu, Bergère levantou-se e foi se sentar, sem cerimônia, ao lado de Lucien. Este contou-lhe longamente sua tentativa de suicídio; explicou-lhe também que havia desejado a mãe e que era um sádico-anal, que no fundo não gostava de nada, e que nele tudo era comédia. Bergère ouvia-o sem dizer nada, olhando-o profundamente, e Lucien achava delicioso ser compreendido. Quando terminou, Bergère pousou-lhe familiarmente o braço no ombro e Lucien sentiu uma mistura de água-de-colônia e fumo inglês.

— Sabe, Lucien, como chamo o seu estado?

Lucien olhou Bergère com esperança e sem desapontamento.

— Eu chamo a isso Desajustamento.

Desajustamento — a palavra havia começado terna e branca como um luar, mas a sílaba final tinha o brilho acobreado de uma trompa.

— Desajustamento — repetiu Lucien.

Sentia-se grave e inquieto como quando dissera a Riri que era sonâmbulo. O bar estava sombrio, mas a porta se abria inteiramente para a rua, para a luminosa névoa loura da primavera. Sob o perfume limpo que se desprendia de Bergère, Lucien percebia o cheiro pesado da sala escura, um cheiro de vinho tinto e madeira úmida. "Desajustamento", pensava ele, "a que me vai conduzir isto?" Não sabia bem se lhe haviam revelado uma glória ou uma nova doença; ele via próximo dos seus olhos os lábios ágeis de Bergère, que velavam e descobriam sem parar o brilho de um dente de ouro.

— Gosto dos que se acham desajustados — dizia Bergère —, e acho que você tem uma sorte extraordinária. Porque, enfim, isso lhe foi dado. Você vê todos esses sujeitos? São uns acomodados. Seria preciso oferecê-los às formigas vermelhas para contrariá-los um pouco. Você sabe o que fazem esses conscienciosos animalejos?

— Comem o homem — respondeu Lucien.

— Sim, eles desembaraçam os esqueletos de sua carne humana.

— Entendo — disse Lucien. E acrescentou: — E eu? Que é preciso que eu faça?

— Nada, pelo amor de Deus — disse Bergère com um medo cômico. — E, sobretudo, não se sentar. A menos — disse rindo — que seja sobre uma estaca. Já leu Rimbaud?

— Nãoooo — respondeu Lucien.

— Eu lhe emprestarei as *Iluminações*. Ouça, precisamos nos ver novamente. Se você estiver livre quinta-feira passe na minha casa, lá pelas três horas; moro em Montparnasse, no número 9 da rua Campagne-Première.

Na quinta-feira seguinte, Lucien foi à casa de Bergère e lá voltou quase todos os dias do mês de maio. Tinham combinado dizer a Berliac que se viam uma vez por semana, porque queriam ser francos com ele, evitando aborrecê-lo. Berliac mostrou-se totalmente inconveniente; perguntou a Lucien, caçoando:

— Então, é um namorico, hem? Ele deu o golpe da inquietude e você o golpe do suicídio: o grande jogo!...

Lucien protestou:

— Não se esqueça — disse ele, corando — que foi você quem falou primeiro do meu suicídio.

— Oh! — disse Berliac. — Foi somente para lhe poupar a vergonha de o fazer você mesmo. Espaçaram seus encontros.

— Tudo o que me agradava nele — disse um dia Lucien a Bergère — é de você que tomava emprestado, percebo-o agora.

— Berliac é um macaco — afirmou Bergère, rindo —, foi o que sempre me atraiu nele. Você sabe que a avó materna dele é judia? Isso explica muita coisa.

— De fato — respondeu Lucien. Ao fim de um instante acrescentou: — Aliás, é uma pessoa encantadora.

O apartamento de Bergère era atravancado de objetos estranhos e cômicos: tamboretes cujo assento de veludo vermelho repousava sobre pernas femininas, de madeira pintada, estatuetas negras, um cinto de castidade de ferro batido com espinhos, seios de gesso, nos quais se enfiavam pequenas colheres; sobre a escrivaninha, um gigantesco piolho de bronze e um crânio de frade roubado a um ossário de Mistra serviam de peso do papel. As paredes eram atapetadas de cartas-convite anunciando a morte do surrealista Bergère. Apesar de tudo isso, o apartamento dava a impressão de conforto inteligente, e Lucien gostava de se esticar no fundo divã da sala de fumar. O que particularmente o assombrava era a enorme quantidade dessas pequenas farsas e armadilhas que Bergère colocara sobre um aparador: fluido glacial, rapé, pó de mico, açúcar flutuante, excremento de plástico, jarreteira de noiva etc. Bergère pegava, sem parar de falar, a imitação de excremento e a considerava gravemente:

— Estas armadilhas — dizia — têm um valor revolucionário, inquietam. Há mais poder destruidor nelas do que nas obras completas de Lenin.

Lucien, surpreendido e encantado, olhava alternadamente aquele belo rosto atormentado de olhos cavos e aqueles longos dedos finos que seguravam com graça uma perfeita imitação de excremento. Bergère falava-lhe frequentemente de Rimbaud e do "desregramento sistemático de todos os sentidos".

— Quando, ao passar pela praça da Concórdia, você puder ver distintamente e à vontade uma negra de joelhos chupando o obelisco, você poderá dizer que se libertou e está salvo.

Emprestou-lhe as *Iluminações,* os *Cantos de Maldoror* e as obras do marquês de Sade. Lucien tentou conscienciosamente compreender, mas muita coisa lhe escapou, e ficou chocado porque Rimbaud era pederasta. Disse-o Bergère, que se pôs a rir:

— Mas por quê, minha criança?

Lucien ficou muito embaraçado. Corou e durante um minuto odiou Bergère com todas as suas forças; dominou-se, porém, levantou a cabeça e disse com uma franqueza simples:

— Eu disse uma besteira.

Bergère afagou-lhe os cabelos, parecendo comovido:

— Esses grandes olhos cheios de perturbação — disse ele —, esses olhos de corça... Sim, Lucien, você disse uma besteira. A pederastia de Rimbaud é o primeiro e genial desregramento de sua sensibilidade. É a ela que devemos seus poemas. Acreditar que há objetos específicos do desejo sexual e que esses objetos são as mulheres, porque elas têm um buraco entre as pernas, é o hediondo e voluntário erro dos acomodados. Veja!

Ele tirou de sua mesa uma dúzia de fotografias amareladas e jogou-as no colo de Lucien. Eram horríveis prostitutas nuas, rindo com as bocas desdentadas, abrindo as pernas como lábios e dardejando entre as coxas algo como uma língua escamosa.

— Comprei a coleção de Bou-Saada por três francos — disse Bergère. — Se você beijar o traseiro dessas mulheres você é um rapaz de família, e todos dirão que leva uma vida de rapaz. Porque são mulheres, compreende? Eu lhe digo que a primeira coisa a fazer é persuadir-se de que *tudo* pode ser objeto de desejo sexual, uma máquina de costura, uma proveta, um cavalo ou um sapato. Eu — disse sorrindo — faço amor com as moscas. Conheci um fuzileiro naval que se satisfazia com patos. Metia-lhes a cabeça numa gaveta, prendia-os solidamente pelas patas e pronto!

Bergère beliscou distraidamente a orelha de Lucien e concluiu:

— O pato morria e o batalhão o comia.

Lucien saía dessas entrevistas com a cabeça em fogo, pensava que Bergère era um gênio, mas acontecia-lhe despertar à noite molhado de suor, a cabeça cheia de visões monstruosas e obscenas, e ele se perguntava se a influência exercida por Bergère era boa ou má: "Ser só!", gemia, torcendo as mãos, "não ter ninguém para me aconselhar, para me dizer se estou no caminho certo!" Se fosse até o fim, se praticasse a valer o desregramento de todos os sentidos, não iria perder pé e naufragar? Um dia em que Bergère lhe falara longamente de André Breton, Lucien murmurou como num sonho:

— Sim, mas e se depois disso eu não puder voltar atrás? — Bergère se sobressaltou:

— Voltar atrás? Quem está falando um voltar atrás? Se você ficar louco, tanto melhor. Depois, como disse Rimbaud, "virão outros horríveis trabalhadores".

— É bem o que eu pensava — disse Lucien tristemente.

Reparou que essas longas conversas tinham um resultado oposto ao que desejava Bergère: desde que Lucien se surpreendia a experimentar uma sensação um pouco fina, uma impressão original, punha-se a tremer: "Está começando", pensava. De bom grado desejara ter apenas as percepções mais vulgares e espessas; não se sentia bem senão à noite com seus pais — era o seu refúgio. Eles falavam de Briand, da má vontade dos alemães, dos partos da prima Jeanne, do custo de vida. Lucien trocava voluptuosamente com eles opiniões de um grosseiro bom senso. Um dia, como entrasse no seu quarto depois de haver deixado Bergère, fechou maquinalmente a porta a chave. Quando percebeu o gesto, esforçou-se para rir, mas não pôde dormir à noite: compreendeu que estava com medo.

Entretanto, por nada deste mundo deixaria de frequentar Bergère. "Ele me fascina", dizia com seus botões. Além disso, apreciava vivamente a camaradagem tão delicada e de um gênero tão particular que Bergère soube estabelecer entre ambos. Sem abandonar um tom viril e quase rude, Bergère tinha a arte de transmitir e, por assim dizer, fazer Lucien tocar na sua ternura; refazia-lhe, por exemplo, o laço da gravata, dizendo-lhe que não devia ser tão desleixado no vestir, penteava-o com um pente de ouro que viera do Camboja. Revelou a Lucien seu próprio corpo e explicou-lhe a áspera e patética beleza da juventude:

— Você é Rimbaud — dizia-lhe —, ele tinha mãos grandes como as suas quando veio a Paris ver Verlaine, tinha esse rosto corado de jovem camponês saudável e esse corpo longo e franzino de menina loura.

Obrigava Lucien a desfazer o colarinho e abrir a camisa, depois conduzia-o, muito confuso, à frente de um espelho e fazia-o admirar a harmonia encantadora de suas faces vermelhas e do sou peito branco; roçava então, com mão leve os quadris de Lucien e acrescentava com tristeza:

— A gente devia se matar aos vinte anos.

Frequentemente, agora, Lucien olhava-se nos espelhos e aprendia a admirar sua jovem graça cheia de timidez. "Eu sou Rimbaud", pensava ele, à noite, tirando a roupa com gestos suaves, e começava a crer que teria a vida breve e trágica de uma flor belíssima. Nesses momentos, parecia-lhe que havia conhecido, muito tempo antes, impressões análogas, e uma imagem absurda voltava-lhe ao espírito; revia-se pequenino, com um longo vestido azul e asas de anjo, distribuindo flores num bazar de caridade. Olhava suas longas pernas. "Será verdade que tenho a pele tão macia?", pensava divertido. E uma vez passeou os lábios sobre o antebraço, do pulso ao cotovelo, subindo ao longo de uma encantadora veiazinha azul.

Um dia, ao entrar na casa de Bergère, teve uma surpresa desagradável: Berliac estava lá, ocupava-se em destacar com uma faca fragmentos de uma substância enegrecida que tinha o aspecto de um torrão. Os dois jovens não se viam há dez dias; apertaram-se as mãos com frieza.

— Veja isso — disse Berliac —, é haxixe. Vamos colocá-lo nestes cachimbos entre duas camadas de tabaco, tem um efeito admirável. Dá para você também — acrescentou ele.

— Obrigado — disse Lucien —, não quero. — Os outros dois começaram a rir e Berliac insistiu, de cara fechada:

— Mas você é idiota, meu velho, você vai aceitar: não pode imaginar como é agradável.

— Eu lhe disse que não! — volveu Lucien.

Berliac não respondeu mais nada, limitou-se a sorrir com um ar superior e Lucien viu que Bergère também sorria. Bateu o pé e disse:

— Não quero isso, não quero me destruir, acho idiota tomar essa coisa que embrutece.

Tinha falado sem querer, mas quando compreendeu o alcance do que dissera e imaginou o que Bergère podia pensar dele, teve vontade de matar Berliac, e as lágrimas vieram-lhe aos olhos.

— Você é um burguês — disse Berliac levantando os ombros —, você finge nadar, mas tem muito medo de perder o pé.

— Eu não quero me viciar — disse Lucien com uma voz mais calma. — É uma escravidão como outra qualquer e eu quero ficar disponível.

— Diga que tem medo de se comprometer — respondeu violentamente Berliac.

Lucien ia lhe dar umas bofetadas quando ouviu a voz imperiosa de Bergère:

— Deixe-o, Charles — dizia a Berliac. — É ele quem tem razão. Seu medo de se comprometer faz parte do desajustamento.

Fumaram os dois, deitados no divã, e um cheiro de papel da Armênia espalhou-se pelo aposento. Lucien estava sentado num tamborete de veludo vermelho e contemplava-os em silêncio. Berliac, depois de algum tempo, deixou cair a cabeça para trás e bateu as pálpebras com um sorriso molhado. Lucien olhava-o com rancor e sentia-se humilhado. Enfim Berliac levantou-se e deixou a sala com um passo hesitante: havia mantido nos lábios, até o fim, o estranho sorriso adormecido e voluptuoso.

— Dê-me um cachimbo — disse Lucien com voz rouca. Bergère pôs-se a rir.

— Não vale a pena — respondeu. — Não faça isso por causa de Berliac. Você não sabe o que ele está fazendo neste momento!

— Que me importa! — exclamou Lucien.

— Pois bem, saiba assim mesmo: ele está vomitando — disse tranquilamente Bergère. — É o único efeito que o haxixe produz nele. O resto não é mais que uma comédia, mas eu o faço fumar algumas vezes porque ele quer me impressionar e isso me diverte.

No dia seguinte, no liceu, Berliac quis contar vantagem a Lucien.

— Você sobe nos trens — disse ele —, mas escolhe cuidadosamente os que ficam na estação. — Ao que o outro retrucou:

— Você é um fanfarrão, pensa que eu não sei o que fazia ontem no banheiro? Você vomitava, meu velho! — Berliac empalideceu.

— Foi Bergère quem lhe disse?

— Quem pode ter sido?

— Está bem — balbuciou Berliac —, mas eu não acreditava que Bergère fosse o tipo de pessoa capaz de ridicularizar os seus antigos camaradas com os novos.

Lucien estava um pouco preocupado; havia prometido a Bergère não contar nada.

— Não seja bobo, ele não ridicularizou você, simplesmente quis me mostrar que aquilo era para causar impressão.

Mas Berliac virou-lhe as costas e partiu sem lhe apertar a mão. Lucien estava sem graça quando encontrou Bergère.

— Que foi que você disse a Berliac? — perguntou Bergère com ar neutro.

Lucien baixou a cabeça sem poder responder, estava abatido. Sentiu de repente a mão de Bergère sobre a nuca:

— Isso não é nada, meu querido. De todo jeito, tinha de acabar: os comediantes nunca se divertem muito tempo. — Lucien criou alma nova; levantou a cabeça e sorriu:

— Mas eu também sou um comediante — disse, batendo as pálpebras.

— Sim, mas você é um encanto — respondeu Bergère atraindo-o para si.

Lucien abandonou-se; sentia-se terno como uma moça e tinha lágrimas nos olhos. Bergère beijou-o nas faces e mordeu-lhe a orelha chamando-o ora de "meu safadinho", ora de "meu irmãozinho", e Lucien pensava que era agradável ter um irmão tão indulgente e tão compreensivo.

O sr. e a sra. Fleurier quiseram conhecer esse Bergère, de quem Lucien tanto falava, e convidaram-no para jantar. Todos o acharam encantador, até Germaine, que nunca tinha visto um homem tão bonito; o sr. Fleurier havia conhecido o general Nizan, que era tio de Bergère, e falou nele longamente. Também a sra. Fleurier sentiu-se feliz por confiar Lucien a Bergère no feriado de Pentecostes. Eles foram a Rouen de automóvel; Lucien queria ver a catedral, o prédio da prefeitura, mas Bergère recusou-se terminantemente:

— Essas imundícies? — perguntou com insolência.

Finalmente foram passar duas horas num bordel da rua dos Cordeliers, e Bergère foi engraçado: chamava todas as putas de "senhorita", batendo nos joelhos de Lucien por baixo da mesa, depois subiu com uma delas, mas voltou ao fim de cinco minutos:

— Vamos dar o fora — segredou ele —, a coisa vai feder.

Pagaram rapidamente e saíram. Na rua, Bergère contou o que se tinha passado; ele aproveitara a ocasião em que a mulher virara as costas para atirar na cama um grande punhado de pó de mico, depois disse que era impotente e tornou a descer. Lucien tinha bebido dois uísques e estava um pouco alto; cantava o *Artilleur de Metz* e o *De Profundis Morfrionibus,* achava admirável que Bergère fosse ao mesmo tempo tão profundo e tão gaiato.

— Eu só reservei um quarto — disse Bergère quando chegaram ao hotel —, mas com um grande banheiro.

Lucien não se surpreendeu: tinha pensado vagamente durante a viagem que partilharia o quarto com Bergère, mas não se detivera muito tempo nessa ideia. Agora que não podia mais recuar, achava a coisa um pouco desagradável, principalmente porque não estava com os pés limpos. Imaginou, enquanto subiam as malas, que Bergère lhe diria: "Como você está imundo; você vai sujar os lençóis", e ele responderia com insolência: "Você tem ideias bem burguesas sobre o asseio." Mas Bergère empurrou-o para o banheiro com sua maleta, dizendo-lhe:

— Arranje-se aí dentro, eu vou me despir no quarto. — Lucien lavou os pés e tomou um banho de assento. Tinha vontade de ir à privada mas não teve coragem, contentou-se em urinar no lavatório; depois, vestiu uma camisola, calçou os chinelos que sua mãe lhe emprestara (os seus estavam inteiramente furados) e bateu na porta:

— Está pronto? — perguntou.

— Estou, sim. Pode entrar. — Bergère enfiara um roupão preto sobre um pijama azul-celeste. O quarto cheirava a água-de-colônia.

— Só há uma cama? — perguntou Lucien.

Bergère não respondeu: olhava Lucien com um assombro que terminou numa formidável gargalhada:

Mas você está em fraldas de camisa! — disse. — Que fez de seu gorro de noite? Ah! Você está gozadíssimo, eu queria que você se visse.

— Há dois anos — disse Lucien muito envergonhado — que eu peço à minha mãe que me compre pijamas. — Bergère aproximou-se dele:

— Vamos, tire isso — disse em tom que não admitia réplica —, vou lhe dar um dos meus. Vai ficar um pouco grande, mas certamente melhor do que isso.

Lucien, pregado no meio do quarto, fixou os olhos nos losangos vermelhos e verdes da tapeçaria. Preferia voltar ao banheiro, mas teve medo de passar por imbecil, e com um movimento seco tirou a camisola pela cabeça. Houve um instante de silêncio: Bergère sorrindo olhava Lucien, e este compreendeu de repente que estava nu no meio do quarto e que trazia nos pés os chinelos de pompom da sua mãe.

Olhou as mãos — as grandes mãos de Rimbaud —, quis usá-las para esconder ao menos aquilo, mas se conteve e colocou-as corajosamente atrás das costas. Nas paredes, entre duas filas de losangos, havia de longe em longe um quadradinho violeta.

— Palavra de honra — disse Bergère —, você é casto como uma donzela: olhe-se num espelho, Lucien, você ficou vermelho até o peito. No entanto, você está melhor assim do que em fraldas de camisa.

— Sim — disse Lucien com esforço —, mas a gente nunca tem um aspecto distinto quando está pelado. Passe-me depressa o pijama.

Bergère atirou-lhe um pijama de seda que cheirava a lavanda e eles se deitaram. Houve um pesado silêncio:

— Não me sinto bem — disse Lucien. — Tenho vontade de vomitar.

Bergère não respondeu e Lucien arrotou uísque. "Ele vai dormir comigo", disse com seus botões. E os losangos da tapeçaria começaram a girar enquanto o odor sufocante de água-de-colônia lhe apertava a garganta. "Não deveria ter feito esta viagem." Falta de sorte. Vinte vezes, nestes últimos tempos, tinha estado a ponto de descobrir o que Bergère queria dele, e depois de cada vez, como que de propósito, um incidente sobrevinha, desviando seu pensamento. E agora estava ali, na cama desse sujeito, e aguardava, à disposição dele: "Vou pegar meu travesseiro e me deitar no banheiro." Mas não se mexeu, pensando no olhar irônico de Bergère. Pôs-se a rir:

— Estou pensando na puta de agora há pouco — disse —, ela já deve estar se coçando.

Bergère não respondeu; Lucien olhou-o com o canto dos olhos: o outro estava deitado, de costas, com um ar inocente, as mãos sob a nuca. Então um violento furor apoderou-se de Lucien; apoiou-se sobre um cotovelo e disse-lhe:

— Bem, que é que espera? Foi para perder tempo com futilidades que me trouxe aqui?

Era tarde demais para se arrepender — Bergère tinha se virado para ele e o considerava com um olhar divertido:

— Ora, vejam só essa femeazinha com cara de anjo... Muito bem, menino, não fui eu quem falou, pois então é comigo que você conta para desregrar seus sentimentozinhos, hem?

Olhou-o ainda um instante, seus rostos quase se tocavam; depois pegou Lucien nos braços e acariciou-lhe o peito debaixo do pijama. Isso não era desagradável, só dava um pouco de cócegas; Bergère, porém, estava medonho: tinha um ar idiota e repetia com esforço: "Você não tem vergonha, porquinho, você não tem vergonha, porquinho!", como as vozes que, nas estações, anunciam a partida dos trens.

A mão de Bergère, ao contrário, viva e ligeira, parecia uma pessoa. Roçava suavemente os mamilos de Lucien, cariciosa como a água morna quando se entra no banho. Lucien quis pegar aquela mão, arrancá-la de sobre seu corpo, torcê-la, mas Bergère teria rido: "Vejam só a donzelinha." A mão deslizava lentamente ao longo da sua barriga e parou para desfazer o nó do cordão que prendia a calça. Lucien deixou. Sentia-se pesado e mole como uma esponja molhada e tinha um medo espantoso. Bergère afastou as cobertas e pousou a cabeça sobre o seu peito, como para auscultá-lo. Lucien teve, um atrás do outro, dois regurgitamentos azedos e sentiu medo de vomitar nos cabelos prateados que eram tão dignos.

— Está me apertando o estômago — disse ele. — Bergère levantou-se um pouco e passou uma das mãos nos rins de Lucien; a outra não acariciava mais, apertava.

— Você tem uma bela bundinha — disse de súbito. — Lucien pensava estar num pesadelo.

— Ela lhe apetece? — perguntou, provocante. Mas Bergère largou-o de repente e levantou a cabeça, despeitado.

— Maldito blefador — disse raivosamente —, quer se fingir de Rimbaud e há mais de uma hora que faço tudo e não consigo excitá-lo.

Lágrimas nervosas apareceram nos olhos de Lucien, que empurrou Bergère com toda a força:

— Não é minha culpa — disse com voz sibilante. — Fez-me beber demais, estou com vontade de vomitar.

— Bem, vomite, vá! — exclamou Bergère. — E bom proveito!

Acrescentou entre os dentes:

— Que noitada maravilhosa!

Lucien vestiu de novo as calças, enfiou o roupão preto e saiu. Quando fechou a porta do banheiro, sentiu-se tão só e tão desamparado que explodiu em soluços. Não havia lenços nos bolsos do roupão e precisou enxugar os olhos e o nariz no papel higiênico.

Tentou inutilmente meter dois dedos na garganta, não conseguiu vomitar. Então, deixando maquinalmente as calças caírem, sentou-se na privada tremendo. "Que porco!", pensava, "que porco!" Estava terrivelmente humilhado, mas não sabia se sentia vergonha de se ter sujeitado às carícias de Bergère ou de não ter se excitado. O corredor rangia do outro lado da porta e Lucien sobressaltava-se a cada rangido, mas não podia decidir-se a voltar para o quarto: "Entretanto, é preciso que eu vá", pensava, "é preciso, porque do contrário ele zombará de mim com Berliac!" Soergueu-se um pouco, mas, lembrando-se do rosto de Bergère e do seu ar idiota, ouvindo-o dizer: "Você não tem vergonha, porquinho!", tornou a se sentar, desesperado. Após um momento foi presa de uma violenta diarreia que o aliviou um pouco. "Sai por baixo", pensou, "prefiro assim." De fato, não tinha mais vontade de vomitar. "Vou ficar doente", pensou bruscamente e acreditou que ia desmaiar. Sentia tanto frio que começou a bater os dentes; pensou que ia ficar doente e levantou-se de súbito. Quando voltou, Bergère olhou-o contrafeito; fumava um cigarro, seu pijama estava aberto e via-se seu tronco magro. Lucien tirou lentamente os chinelos e o roupão e, sem nada dizer, meteu-se sob as cobertas.

— Está melhor? — indagou Bergère. — Lucien deu de ombros:

— Estou com frio!

— Quer que o aqueça?

— Experimente — respondeu Lucien.

Imediatamente sentiu-se esmagado por um peso enorme. Uma boca morna e mole colou-se à sua, parecia um bife cru. Lucien não compreendia mais nada, não sabia mais onde se achava e sufocava um pouco, mas estava contente porque sentia calor. Lembrou-se da sra. Besse, que lhe apoiava a mão na barriga chamando-o "minha bonequinha", e de Hébrard, que o apelidara de "grande aspargo", e do banho de chuveiro que tomara de manhã imaginando que o sr. Bouffardier entraria para lhe dar uma lavagem, e pensou: "Eu sou sua bonequinha!" Nesse momento, Bergère soltou um grito de triunfo.

— Enfim! — disse —, você se decide. Ainda bem — acrescentou resfolegante —, faremos alguma coisa de você.

Lucien fez questão de tirar, ele mesmo, o pijama.

No dia seguinte, despertaram ao meio-dia. O garçom serviu-lhes o café na cama e Lucien achou que ele tinha um ar arrogante.

"Ele me toma por um veado", pensou com um estremecimento de desgosto. Bergère foi muito gentil, vestiu-se primeiro e foi fumar um cigarro na praça do Vieux-Marché, enquanto Lucien tomava seu banho. "Em suma, é aborrecido", pensou ele, esfregando-se cuidadosamente com uma luva de crina. Passado o primeiro momento de terror, quando percebera que não era tão doloroso como supunha, caíra num tédio sombrio. Esperava que aquilo terminasse para poder dormir, mas Bergère não o deixara tranquilo antes das quatro da manhã. "Preciso terminar meu problema de trigonometria", pensou. E esforçou-se para não pensar senão no seu trabalho. O dia foi longo. Bergère contou-lhe a vida de Lautréamont, mas Lucien não o ouviu com muita atenção; Bergère o aborrecia um pouco. À noite, dormiram em Caudebec e naturalmente Bergère atormentou Lucien durante um bom tempo, mas à uma hora da manhã Lucien disse-lhe claramente que tinha sono, e Bergère, sem se incomodar, deixou-o em paz. Voltaram a Paris pelo fim da tarde. Em resumo, Lucien não estava insatisfeito consigo mesmo.

Seus pais acolheram-no de braços abertos.

— Você, pelo menos, agradeceu ao sr. Bergère? — perguntou a mãe.

Permaneceu um momento a tagarelar com eles sobre os campos normandos e deitou-se cedo. Dormiu como um anjo, mas, no dia seguinte, ao acordar, pareceu-lhe sentir um frio interno. Levantou-se e contemplou-se longamente ao espelho: "Eu sou um pederasta", disse para si mesmo, e abateu-se.

— Levante-se, Lucien — gritou sua mãe através da porta —, você vai ao liceu esta manhã!

— Sim, mamãe — respondeu docilmente, mas deixou-se cair sobre a cama e pôs-se a olhar os dedos do pé. "Não é justo, eu não fazia ideia, não tenho experiência." Aqueles dedos, um homem os havia chupado um por um. Lucien virou a cabeça com violência. "Ele sabia. Isso que ele me fez fazer tem um nome, chama-se satisfazer-se com um homem, e ele sabia disso." Era engraçado, Lucien sorriu com amargura, podia se perguntar durante dias inteiros: "Sou inteligente? Será somente para me gabar?", e nunca chegava a uma conclusão. Mas havia etiquetas que se colavam à gente uma bela manhã e que era preciso carregar pela vida inteira; por exemplo: Lucien era alto e louro, parecia com o pai, era filho único e, desde a véspera, pederasta. Diriam dele: "Fleurier, você sabe quem é, aquele lourão que gosta de homens." E os outros responderiam: "Ali, sim, o veado grandão, sim, sei quem é."

Vestiu-se e saiu, sem ânimo de ir ao *liceu*. Desceu a avenida de Lamballe até o Sena e seguiu ao longo do cais. O céu estava puro, as ruas cheiravam a folha verde, alcatrão e tabaco inglês. Lindo tempo para sentir roupas limpas sobre um corpo bem-lavado com uma alma nova. Todo o mundo tinha um aspecto de moralidade; só Lucien se sentia turvo e insólito nessa primavera. "É a tendência fatal", refletia ele, "comecei, pelo complexo de Édipo, depois me tornei sádico-anal, e agora é o fim, sou pederasta; aonde irei parar?" Evidentemente, seu caso não era ainda muito grave; não tinha tido muito prazer com as carícias de Bergère. "Mas se adquirir o hábito", pensou com angústia, "não poderei viver sem aquilo, será como a morfina!" Resultaria num homem tarado, ninguém mais iria querer recebê-lo, os operários de seu pai lhe fariam troça quando ele lhes desse uma ordem. Lucien imaginou com complacência seu pavoroso destino. Via-se aos 35 anos, delicado e pintado, e um senhor de bigode da Legião da Honra a levantar-lhe a bengala com ar terrível. "Sua presença aqui, senhor, é um insulto às minhas filhas." De repente vacilou e bruscamente cessou de brincar; lembrava-se de uma frase de Bergère. Foi em Caudebec, durante a noite. Bergère tinha dito: "Escute, você está gostando!" Que quisera dizer? Naturalmente, Lucien não era de ferro, e à força de ser excitado... "Isso não prova nada", repetia com inquietação. Mas diziam que essas pessoas eram extraordinárias para descobrir seus semelhantes, tinham como que um sexto sentido. Lucien olhou longamente um guarda que orientava o trânsito diante da ponte de Sena. "Esse aí poderia me excitar?" Olhou as calças azuis do guarda e imaginou coxas musculosas e peludas: "Será que isso me produz algum efeito?" E tornou a andar, aliviado. "Não é tão grave", pensou, "ainda posso me salvar. Ele abusou do meu desajustamento, mas não sou *realmente* pederasta." Recomeçou a experiência com todos os homens que cruzavam seu caminho, e o resultado era sempre negativo. "Ufa", pensou, "estou com calor!" Era um aviso. Era preciso não recomeçar porque o mau hábito é adquirido rapidamente e depois era necessário com toda a urgência curar-se de seus complexos. Resolveu consultar um psicanalista, sem nada dizer a seus pais. Em seguida, arranjaria uma amante e então seria um homem como os outros.

Lucien começou a se animar quando de repente pensou em Bergère: nesse exato momento, Bergère estava em algum lugar de Paris, satisfeito consigo mesmo, a cabeça cheia de lembranças: "Ele sabe como sou, conhece minha boca, ele me disse: 'Você tem um cheiro que não esquecerei'; irá se gabar perante os amigos, dizendo: 'Eu o comi' — como se eu fosse uma mulherzinha." Naquele exato momento talvez estivesse relatando suas noites a... — o coração de Lucien parou de bater — a Berliac! Se ele fizer isso eu o mato. Berliac me detesta, contará a toda a turma, serei mal-afamado, os colegas recusarão apertar-me a mão. "Direi que não é verdade"; disse Lucien consigo mesmo loucamente, "eu me queixarei, direi que ele me violentou!" Lucien odiava Bergère com todas as forças: sem ele, sem essa consciência escandalosa e irremediável, tudo teria podido se arranjar, ninguém teria sabido nada e ele mesmo teria acabado por esquecer. "Se Bergère pudesse morrer subitamente! Meu Deus, eu Vos peço, fazei com que ele morra esta noite antes de haver dito qualquer coisa a alguém. Meu Deus, fazei com que esta história seja enterrada, Vós não podeis querer que eu me torne um pederasta! Em todo caso, ele conhece o meu segredo!", pensou Lucien com raiva. "Vai ser preciso que eu volte à sua casa e faça tudo o que ele quer, e que diga que gosto disto, senão estou perdido!" Deu ainda alguns passos e acrescentou, por medida de precaução: "Meu Deus, fazei com que Berliac morra também."

Lucien não conseguiu se forçar a voltar à casa de Bergère. Durante as semanas seguintes, acreditava encontrá-lo a cada passo e, quando trabalhava no seu quarto, sobressaltava-se aos toques da campainha; à noite, tinha pesadelos pavorosos: Bergère possuía-o à força no meio do pátio do liceu Saint-Louis, todos os "pistões" estavam lá e o olhavam zombeteiros. Mas Bergère não fez nenhuma tentativa para revê-lo e não deu sinal de vida. "Ele só queria o meu corpo", pensou Lucien, envergonhado. Berliac também desaparecera, e Guigard, que às vezes ia às corridas com ele aos domingos, afirmou que Berliac deixara Paris em seguida a uma depressão nervosa. Lucien acalmou-se pouco a pouco: sua viagem a Rouen parecia-lhe um sonho obscuro e grotesco que não tinha ligação com coisa alguma; havia quase esquecido todos os pormenores, guardava somente a impressão de um triste cheiro de carne e água-de-colônia e de um intolerável enfado. O sr. Fleurier perguntou muitas vezes o que acontecera ao amigo Bergère:

— Precisamos convidá-lo a Férolles para lhe agradecer.

— Ele partiu para Nova York — acabou por responder Lucien.

Começou a andar de barco no Marne com Guigard e sua irmã, e Guigard ensinou-o a dançar. "Estou despertando", pensava, "estou renascendo." Sentia, porém, ainda muito frequentemente, alguma coisa que lhe pesava sobre o dorso como um alforje: eram os seus complexos; ele se perguntava se não deveria ir procurar Freud em Viena: "Partirei sem dinheiro, a pé se for preciso, direi a ele: não tenho dinheiro mas sou um caso." Numa tarde quente de junho, encontrou, no bulevar Saint-Michel, Babouin, seu antigo professor de filosofia.

— Então, Fleurier — perguntou Babouin —, está se preparando para a École Centrale?

— Sim, senhor — respondeu Lucien.

— Ora, o senhor poderia ter se orientado — disse Babouin — para os estudos literários. Era bom em filosofia.

— Não abandonei a filosofia — disse Lucien. — Tenho feito algumas leituras este ano. Freud, por exemplo. A propósito — continuou ele, tomado de uma inspiração —, eu queria lhe perguntar, senhor: que pensa da psicanálise?

Babouin pôs-se a rir.

— É uma moda — disse — que passará. O que há de melhor em Freud já se encontra em Platão. De resto — continuou peremptório —, eu lhe direi que não perco tempo com essas coisas. O senhor faria melhor se lesse Spinoza.

Lucien sentiu-se livre de um fardo enorme e voltou para casa a pé, assobiando: "Era um pesadelo", pensou, "mas não resta mais nada!" O sol estava forte e quente aquele dia, mas Lucien levantou a cabeça e fixou-o sem fechar os olhos: era o sol de todos e Lucien tinha o direito de olhá-lo de frente; estava salvo! "Ninharias!", pensava. "Ninharias! Procuraram me perverter mas não conseguiram."

De fato, não cessara a resistência: Bergère havia-o enredado em seus raciocínios, mas Lucien sentira bem, por exemplo, que a pederastia de Rimbaud era uma tara, e quando o camarãozinho do Berliac quis fazê-lo fumar haxixe, com muita razão o mandara passear. "Estive a ponto de me perder", pensou, "mas o que me protegeu foi minha saúde moral!" À noite, no jantar, olhou o pai com simpatia. O sr. Fleurier tinha ombros quadrados, os gestos pesados e lentos de um camponês, com alguma coisa de nobre, e os olhos pardos, metálicos e frios de um chefe. "Sou parecido com ele", pensou Lucien. Lembrou-se de que os Fleuriers, de pai a filho, eram industriais há quatro gerações: "Por mais que se diga o contrário, a família existe!" E pensou com orgulho na saúde moral dos Fleuriers.

Lucien não se apresentou, nesse ano, para o concurso da École Centrale, e os Fleuriers partiram muito cedo para Férolles. Ficou encantado em encontrar de novo a casa, o jardim, a fábrica, a cidadezinha calma e equilibrada. Era outro mundo. Decidiu se levantar bem cedo para fazer grandes passeios na região.

— Quero — disse ao pai — encher os pulmões de ar puro e resguardar minha saúde para o próximo ano, antes da grande arrancada.

Acompanhou a mãe à casa dos Bouffardiers e dos Besses, e todos acharam que ele se tornara um rapagão equilibrado e sério; Hébrard e Winckelmann, que seguiam cursos de direito em Paris, tinham vindo a Férolles nas férias. Lucien saiu muitas vezes com eles e falaram das peças que pregavam ao padre Jacquemart, dos bons passeios de bicicleta, e cantaram o *Artilleur de Metz* a três vozes. Lucien apreciava vivamente a franqueza rude e a solidez de seus antigos colegas, e censurou-se por havê-los desprezado. Confessou a Hébrard que não gostava nada de Paris, mas Hébrard não podia compreendê-lo: seus pais haviam-no confiado a um padre e ele vivia muito confinado; emocionava-se ainda com as visitas ao Louvre e com as noites passadas na Ópera. Lucien ficou enternecido com essa simplicidade; sentia-se como um irmão mais velho de Hébrard e de Winckelmann, e começou a confessar a si próprio que não lastimava ter tido uma vida tão atormentada: ganhara experiência. Falou-lhes de Freud e da psicanálise e divertiu-se um pouco em escandalizá-los. Eles criticaram violentamente a teoria dos complexos, mas suas objeções eram ingênuas e Lucien os fez ver isso, depois aduziu que, do ponto de vista filosófico, era perfeitamente possível refutar os erros de Freud. Eles admiraram-no muito, mas Lucien fingiu não perceber.

O sr. Fleurier explicou a Lucien a estrutura da fábrica. Levou-o para visitar os edifícios centrais e Lucien observou longamente o trabalho dos operários.

— Se eu morrer — disse o sr. Fleurier —, é preciso que você possa assumir de um dia para o outro a inteira direção da fábrica.

Lucien repreendeu-o:

— Mas, velho, não fale nisso!

Mas ficou sério muitos dias seguidos pensando nas responsabilidades que lhe caberiam cedo ou tarde. Tiveram longas conversas sobre os deveres do patrão e o sr. Fleurier mostrou-lhe que a propriedade não era um direito e sim um dever:

— E eles vêm nos aborrecer com suas lutas de classes — disse —, como se os interesses dos patrões e dos operários fossem opostos! Tome o meu caso, Lucien. Sou um pequeno patrão, o que se chama tubarãozinho, na gíria parisiense! Pois bem! Eu sustento cem operários com suas famílias. Se realizo bons negócios, eles são os primeiros a aproveitar. Mas se sou obrigado a fechar, eles acabam na rua. *Eu não tenho o direito* — disse com força — de fazer maus negócios. Eis aí o que eu chamo a solidariedade de classes.

Durante mais de três semanas tudo correu bem; Lucien quase não pensava mais em Bergère, o perdoara: esperava simplesmente não revê-lo nunca mais. Às vezes, quando trocava de camisa, aproximava-se do espelho e se olhava com admiração: "Um homem desejou este corpo", pensava. Passeava lentamente as mãos pelas pernas e repetia: "Um homem se perturbou com estas pernas." Tocava os rins e lamentava não ser uma outra pessoa para poder acariciar sua própria carne como a um tecido de seda. Acontecia-lhe às vezes lamentar seus complexos: eram sólidos, pesavam, sua enorme massa sombria era um lastro. Agora estava acabado, Lucien não acreditava mais neles e sentia-se de uma leveza penosa. Não era tão desagradável assim, era mais uma espécie de desencantamento bastante suportável, um pouco enjoativo, que podia, a rigor, passar por tédio. "Eu não sou nada", pensava, "mas é porque nada me maculou. Berliac, ao contrário, está terrivelmente comprometido. Bem posso suportar um pouco de dúvida: é o preço que se tem de pagar pela pureza."

Durante um passeio, Lucien sentou-se sobre uma escarpa e pensou: "Dormi seis anos e, depois, um belo dia, saí do meu casulo." Sentia-se animado e olhou a paisagem com um ar afável: "Sou feito para a ação!", disse a si mesmo. No mesmo instante, porém, seus pensamentos de glória tornaram-se insípidos. Murmurou: "Esperem um pouco e verão o que eu valho." Tinha falado com força, mas as palavras rolaram para fora da boca como conchas vazias. "Que é que eu tenho?" Aquela ridícula inquietação, ele não a *queria* reconhecer, maltratara-o muito, outrora. Pensou: "E o silêncio... este país..." Nem uma viv'alma, a não ser por uns grilos que arrastavam penosamente no pó o abdômen amarelo e negro. Lucien detestava os grilos porque tinham aspecto de coisa quebrada. Do outro lado da estrada, a charneca pardacenta, opressiva e gretada estendia-se até o rio. Ninguém via Lucien, ninguém o ouvia; saltou e teve a impressão de que seus movimentos não encontravam nenhuma resistência, nem mesmo a da gravidade. Agora estava de pé, sob uma cortina de nuvens cinzentas; era como se existisse no vácuo. "Este silêncio...", pensou. Era mais que silêncio, era o nada. Em torno de Lucien a campina estava extraordinariamente tranquila e mole, inumana: parecia fazer-se pequenina e reter seu fôlego para não perturbá-lo. "Quando o artilheiro de Metz voltou à guarnição..." O som extinguiu-se nos lábios como uma chama no vácuo: Lucien estava só, sem sombra, sem eco, no meio da natureza demasiadamente discreta, que não pesava. Sacudiu-se e tentou retomar o fio de seus pensamentos. "Sou feito para a ação. Tenho iniciativa: posso fazer asneiras mas elas não duram muito, porque eu me corrijo", pensou. "Tenho saúde moral." Mas deteve-se fazendo uma careta de desgosto, tanto lhe parecia absurdo falar em "saúde moral" naquela estrada branca que animais agonizantes atravessavam. De raiva, pisou num grilo; sentiu debaixo da sola uma bolinha elástica, e, quando levantou o pé, o inseto ainda vivia; cuspiu-lhe em cima. "Estou perplexo. Estou perplexo. É como no ano passado." Pôs-se a pensar em Winckelmann, que o chamava "o ás dos ases", no sr. Fleurier, que o tratava como homem, na sra. Besse, que lhe havia dito: "É esse rapagão que eu chamava de minha bonequinha? Não ousaria mais brincar com ele agora, ele me intimida." Mas eles estavam longe, muito longe, e pareceu-lhe que o verdadeiro Lucien se perdera, não era mais que uma larva branca e perplexa. "Que é que *eu* sou?" Quilômetros e quilômetros de charneca, uma terra lisa e gretada, sem ervas, sem odores, e depois, de repente, saindo direto dessa crosta parda, o aspargo, de tal modo insólito que nem fazia sombra. "Que é que eu sou?" A pergunta continuava, mesmo após as férias precedentes; parecia esperar Lucien no mesmo lugar onde ele a havia deixado; mais ainda: não era uma pergunta, era um estado. Lucien deu de ombros. "Sou muito escrupuloso", pensou, "eu me analiso demais".

Nos dias seguintes, esforçou-se por não mais se analisar; procurava fascinar-se pelas coisas, contemplava longamente os oveiros, as argolas de guardanapo, as árvores, as fachadas; adulou muito sua mãe, perguntando-lhe se queria lhe mostrar a prataria, mas atrás de seu olhar um pequeno nevoeiro vivo palpitava. E por mais que Lucien se absorvesse numa conversa com o sr. Fleurier, o nevoeiro abundante e tênue, cuja inconsistência opaca parecia falsamente com a da luz, deslizava *atrás* da atenção que prestava às palavras do pai; esse nevoeiro era ele próprio. Por vezes, irritado, Lucien deixava de ouvir, voltava-se, tentava agarrar a névoa e olhá-la de frente: só encontrava o vácuo, e a névoa ainda estava *atrás*.

Germaine foi procurar, chorando, a sra. Fleurier; seu irmão estava com broncopneumonia.

— Minha pobre Germaine — disse a sra. Fleurier —, você que sempre dizia que ele era tão forte!

Deu-lhe um mês de férias e fez vir, para substituí-la, a filha de um operário da fábrica, a pequena Berthe Mozelle, que tinha 17 anos. Era pequena, com tranças louras enroladas em torno da cabeça, e mancava ligeiramente. Como vinha de Concarneau, a sra. Fleurier pediu-lhe que usasse uma touca de rendas:

— Ficará mais elegante.

Desde os primeiros dias, seus grandes olhos azuis, cada vez que ela encontrava Lucien, refletiam uma admiração humilde e apaixonada, e ele compreendeu que ela o adorava. Falou-lhe familiarmente, perguntou-lhe muitas vezes:

— Você está gostando daqui?

Nos corredores, divertia-se roçando-lhe o corpo para ver se a perturbava. Mas ela o enternecia e ele extraiu desse amor um precioso reconforto; pensava sempre com uma ponta de emoção na imagem que Berthe devia fazer dele. "Eu não me pareço nada com os jovens operários que ela conhece." Fez Winckelmann entrar na copa sob um pretexto qualquer e Winckelmann achou que ela era bom jeitosa:

— Você é um felizardo — concluiu —, eu em seu lugar já teria aproveitado.

Mas Lucien hesitava: ela cheirava a suor e sua combinação preta estava roída debaixo dos braços. Por uma chuvosa tarde de setembro, a sra. Fleurier foi a Paris de automóvel e Lucien ficou sozinho em seu quarto. Deitou-se e começou a bocejar. Parecia-lhe ser uma nuvem caprichosa e fugaz, sempre o mesmo e sempre outro, sempre a ponto de diluir-se no ar pelos bordos. "Eu me pergunto: por que existo?" Estava ali, digeria, bocejava, ouvia a chuva que batia contra a vidraça, havia essa bruma branca que se esgarçava na sua cabeça: e depois? Sua existência era um escândalo, e as responsabilidades que assumiria mais tarde serviriam apenas para justificá-la. "Afinal, não pedi para nascer", disse com seus botões, e teve piedade de si mesmo. Lembrou-se de suas inquietações de criança, de sua longa sonolência, e elas apareceram-lhe sob um novo aspecto: no fundo ele não cessara de ser desconcertado pela vida, esse presente volumoso e inútil que carregava em seus braços sem saber que fazer dele nem onde depositar. "Tenho passado o meu tempo lamentando ter nascido." Mas estava muito deprimido para levar mais longe os seus pensamentos; levantou-se, acendeu um cigarro e desceu à cozinha para pedir a Berthe que fizesse um pouco de chá.

Ela não o viu entrar. Tocou-lhe o ombro e ela estremeceu violentamente.

— Assustei você? — perguntou.

Ela olhou-o com uma fisionomia espantada, apoiando-se à mesa, os seios arfando; afinal, sorriu:

— Sim, me assustei, pensava que não houvesse ninguém. — Lucien devolveu-lhe o sorriso com indulgência:

— Gostaria muito que você me preparasse um pouco de chá.

— Pois não, sr. Lucien — respondeu ela correndo para o fogão: a presença de Lucien parecia embaraçá-la. Ele parou, indeciso, no limiar da porta.

— Então — perguntou paternalmente —, está se dando bem conosco?

Berthe estava de costas e enchia a chaleira na torneira. O ruído da água abafou sua resposta. Lucien esperou um instante e, depois que ela colocou a chaleira no fogão, prosseguiu:

— Você já fumou?

— Algumas vezes — respondeu a pequena com desconfiança.

Ele abriu seu maço de Craven e lhe ofereceu um cigarro. Não se sentia muito contente: parecia-lhe comprometer-se; não deveria fazê-la fumar.

— O senhor quer... que eu fume? — disse ela surpresa.

— Por que não?

— A patroa não vai gostar.

Lucien sentiu uma desagradável impressão de cumplicidade. Começou a rir e disse:

— Não diremos nada.

Berthe corou, pegou um cigarro com a ponta dos dedos e colocou-o na boca. "Devo oferecer-lhe fogo? Seria incorreto." Perguntou:

— Você não o acende?

Ela o irritava; permanecia com os braços rígidos, vermelha e dócil, os lábios em forma de cloaca em torno do cigarro; parecia ter um termômetro na boca. Ela acabou por pegar um fósforo numa caixinha de alumínio, riscou-o, deu algumas baforadas piscando e disse:

— É gostoso — depois tirou precipitadamente o cigarro da boca e apertou-o sem jeito entre os cinco dedos. "É uma vítima nata", pensou Lucien. Entretanto, ela se descontraiu um pouco quando ele lhe perguntou se gostava da sua Bretanha. Ela lhe descreveu as diversas espécies de toucas bretãs e até cantou, com uma voz doce e desafinada, uma canção de Rosporden. Lucien buliu amavelmente com ela, mas ela não compreendia a brincadeira e olhava-o assustada: nessas ocasiões parecia um coelho; Lucien estava sentado num banco e sentia-se inteiramente à vontade:

— Sente-se — disse ele.

— Oh! Não, sr. Lucien, não diante do senhor. — Pegou-a pelos braços e a fez se sentar em seu colo.

— E assim? — perguntou a ela. Ela abandonou-se.

— No seu colo! — murmurou, com um ar de êxtase e de reprovação e um sotaque engraçado, o que levou Lucien a pensar com enfado: "Eu me comprometo muito, não devia ter ido tão longe."

Calou-se: ela permanecia em seu colo, quente, tranquila, mas Lucien sentia o coração bater. "Ela é minha", pensou, "posso fazer com ela o que quiser". Deixou-a, pegou o bule de chá e subiu de novo para o quarto: Berthe não fez um só gesto para retê-lo. Antes de beber o chá, Lucien lavou as mãos com o sabonete perfumado de sua mãe, porque elas cheiravam a axilas.

"Devo levá-la para a cama?" Lucien ficou muito absorvido, nos dias seguintes, por esse probleminha; Berthe colocava-se todo o tempo à sua passagem e olhava-o com grandes olhos tristes de cão perdigueiro. A moral triunfou: Lucien compreendeu que haveria o risco de engravidá-la, porque não tinha bastante experiência (impossível comprar preservativos em Férolles, ele era muito conhecido), e que causaria grande desgosto ao sr. Fleurier. Pensou com seus botões que teria, mais tarde, menos autoridade na fábrica se a filha de um de seus operários pudesse se gabar de ter ido para a cama com ele. "Não tenho o direito de tocá-la." Evitou ficar sozinho com Berthe durante os últimos dias de setembro.

— Então — perguntou Winckelmann —, que é que você está esperando?

— Não vai dar em nada — respondeu secamente Lucien —, não gosto de amores ancilares.

Winckelmann, que ouvia falar de amores ancilares pela primeira vez, deu um leve assobio e calou-se.

Lucien estava muito satisfeito consigo mesmo: portara-se elegantemente e isso compensava muitos erros. "Ela estava no ponto", dizia a si mesmo, um pouco arrependido. Refletindo, porém, pensou: "É como se eu a tivesse possuído — ela se ofereceu e eu não a quis." E passou a achar que não era mais virgem. Essas frívolas satisfações ocuparam-no por alguns dias, depois desfizeram-se em brumas, elas também. Com a chegada de outubro ele sentia-se tão melancólico quanto no começo do último ano escolar.

Berliac não voltara e ninguém sabia dele. Lucien notou muitos rostos desconhecidos — seu vizinho da direita, que se chamava Lemordant, tinha feito um ano de matemática especializada em Poitiers. Era ainda mais alto que Lucien e, com seu bigode preto, tinha já o aspecto de um homem. Lucien voltou a encontrar sem prazer os colegas; pareceram-lhe pueris e inocentemente ruidosos: seminaristas. Participava ainda das manifestações coletivas, mas com indolência, como lhe permitia, aliás, sua qualidade de veterano. Lemordant o teria atraído mais porque era maduro, embora não parecesse haver adquirido essa maturidade como Lucien, por meio de múltiplas e penosas experiências: era um adulto de nascença. Lucien contemplava sempre com satisfação essa cabeça volumosa e pensativa, sem pescoço, plantada obliquamente nos ombros. Parecia impossível fazer entrar ali alguma coisa, quer pelos ouvidos, quer pelos pequenos olhos chineses, róseos e vítreos. "É um sujeito de convicções", pensava com respeito; e se perguntava, não sem uma ponta de ciúme, qual podia ser a certeza que dava a Lemordant essa plena consciência de si próprio. "Eis como eu deveria ser: uma rocha." Admirava, entretanto, que Lemordant fosse acessível às razões matemáticas; o sr. Husson, porém, tranquilizou-o quando devolveu as primeiras provas: Lucien era o sétimo e Lemordant tinha obtido a nota cinco e o 78º lugar; estava tudo em ordem. Lemordant não se comoveu; parecia esperar pelo pior, e sua boca minúscula, suas gordas faces amarelas e lisas não eram feitas para exprimir sentimentos; era um Buda. Só uma vez foi visto encolerizado, no dia em que Loewy o empurrara no vestiário. Ele soltou primeiro pequenos grunhidos agudos, batendo as pálpebras:

— Vá para a Polônia! — exclamou enfim. — Para a Polônia, judeu imundo, e não venha nos aborrecer em nossa casa.

Ele era muito maior que Loewy, e seu busto maciço vacilava sobre as longas pernas. Acabou lhe dando um par de bofetadas e o pequeno Loewy pediu desculpas; o caso ficou nisso mesmo.

Nas quintas-feiras Lucien saía com Guigard, que o levava para dançar na casa de amigas da sua irmã. Mas Guigard acabou por confessar que essas reuniõezinhas o aborreciam.

— Tenho uma amiga — confiou ao outro —, é a melhor costureira da casa Plisnier, na rua Royale. Ela tem uma amiguinha que não tem ninguém: você deveria vir conosco sábado à noite.

Lucien discutiu com os pais e obteve permissão para sair todos os sábados; deixariam a chave sob o capacho. Encontrou-se com Guigard às nove horas num bar da rua Saint-Honoré.

— Você verá — disse Guigard —, Fanny é encantadora, e além disso, o que é melhor, sabe se vestir.

— E a minha?

— Não a conheço. Sei apenas que é ajudante de costureira e que acaba de chegar a Paris, é de Angoulême. A propósito — continuou ele —, não se esqueça. Eu sou Pierre Daurat. Você, como é louro, eu disse que tem sangue inglês, é melhor. Você se chama Lucien Bonnières.

— Mas por quê? — perguntou Lucien, intrigado.

— Meu velho — respondeu Guigard —, é um princípio. Você pode fazer o que quiser com elas, mas não deve dizer o seu nome.

— Tudo bem! E o que é que eu faço na vida?

— Você pode dizer que é estudante, é melhor, você compreende, isso as lisonjeia e, além disso, não o obriga a gastar muito. Dividiremos as despesas, naturalmente, mas esta noite você vai me deixar pagar, é um hábito que eu tenho; segunda-feira lhe direi quanto você me deve.

Lucien pensou logo que Guigard estava querendo passá-lo para trás. "Como me tornei desconfiado!", pensou, divertido. Fanny entrou logo depois: era uma morena alta e magra, com longas coxas e rosto muito pintado. Lucien achou-a intimidante.

— Este é Bonnières, de quem lhe falei — disse Guigard.

— Encantada — tornou Fanny com um ar míope. — Esta é Maud, minha amiguinha.

Lucien viu uma mulherzinha sem idade, com um chapéu que mais parecia um vaso de flores emborcado na cabeça. Não estava pintada e parecia cinzenta perto da radiosa Fanny. Lucien ficou amargamente decepcionado, mas notou que ela tinha uma linda boca — e, além disso, com ela não precisava fazer cerimônia. Guigard teve o cuidado de pagar a cerveja adiantado, de modo que pôde aproveitar a confusão da chegada para impelir as jovens ao outro lado da porta sem lhes dar tempo de beber. Lucien ficou grato por isso: o sr. Fleurier não lhe dava mais de 125 francos por semana e, com esse dinheiro, precisava ainda pagar seus telefonemas. A noitada foi muito divertida; foram dançar no Quartier Latin, em uma salinha quente e cor-de-rosa com cantos de sombra e onde a bebida custava barato. Havia muitos estudantes com mulheres do gênero de Fanny, embora menos bonitas. Fanny esteve esplêndida: ela olhou nos olhos de um grande barbudo que fumava cachimbo e exclamou muito alto:

— Tenho horror a pessoas que fumam cachimbo nos *dancings*.

O sujeito corou e guardou o cachimbo aceso no bolso. Ela tratava Guigard e Lucien com um pouco de condescendência e disse-lhes diversas vezes: "Vocês são uns moleques", com um ar maternal e gentil. Lucien sentia-se desenvolto e cheio de ternura: contou a Fanny muitas piadas e sorria ao contá-las. Finalmente o sorriso não deixou mais seu rosto e ele soube arranjar uma voz refinada, com qualquer coisa de abandono e de ternura, matizada de ironia. Mas Fanny falava-lhe pouco — pegava o queixo de Guigard e puxava as bochechas para aumentar-lhe a boca; quando os lábios estavam grossos e um pouco babados, como lesmas ou frutas cheias de suco, ela os lambia com movimentos intermitentes, murmurando "baby". Lucien sentia-se terrivelmente desajeitado e achava Guigard ridículo: este tinha batom ao lado dos lábios e marcas de dedos nas faces. O comportamento dos outros casais, porém, era ainda mais negligente: todos se beijavam; de vez em quando a mulher do vestiário passava com uma pequena cesta e atirava serpentinas e bolas multicores, gritando: "Vamos, crianças, divirtam-se, riam. Olé, olé!", e todos riam. Lucien acabou por se lembrar da existência de Maud e disse-lhe, sorrindo:

— Veja estes pombinhos.

Mostrava Guigard e Fanny, e continuou:

— E nós, velhos respeitáveis...

Não terminou a frase, mas sorriu com tanta graça que Maud acabou por sorrir também. Retirou o chapéu e Lucien viu com prazer que ela era muito melhor que as outras mulheres do salão; convidou-a, então, para dançar e contou-lhe a bagunça que promovera contra os professores, no ano do seu bacharelado. Ela dançava bem, tinha olhos negros e sérios e um ar inteligente. Lucien lhe falou de Berthe e disse que tinha remorsos.

— Mas — continuou — foi melhor para ela.

Maud achou a história de Berthe poética e triste, perguntou quanto Berthe ganhava na casa dos pais dele.

— Nem sempre é engraçado para uma moça — acrescentou ela — ser empregada.

Guigard e Fanny esqueceram-se deles, agarrados e aos beijos, e o rosto de Guigard estava molhado. Lucien repetia, de vez em quando: "Veja estes pombinhos!", e pensava: "Estão me dando vontade de fazer o mesmo." Não ousava, porém, dizer nada, limitando-se a sorrir. Depois fingiu que Maud e ele eram velhos camaradas, desdenhosos do amor, e chamou-lhe "velha irmã" dando-lhe um tapinha nos ombros. Fanny de repente virou a cabeça e olhou-os, surpresa.

— Então, seus trouxas, que é que fazem? Beijem-se, vocês estão mortos de vontade.

Lucien tomou Maud nos braços; estava um pouco sem jeito porque Fanny os observava: quisera que o beijo fosse longo e completo, mas não sabia como deveria fazer para respirar. Finalmente, aquilo não era tão difícil como pensava, bastava beijar de viés, para deixar as narinas livres. Ouvia Guigard contando "um, dois... três... quatro..." e deixou Maud no 52.

— Nada mau para uma estreia — disse Guigard —, mas eu farei melhor.

Lucien olhou seu relógio de pulso e contou por sua vez: Guigard deixou a boca de Fanny aos 159 segundos. Lucien estava furioso e achava esse concurso estúpido. "Larguei Maud por discrição", pensou, "mas isso é sopa, desde que se saiba respirar, pode-se continuar indefinidamente." Propôs uma segunda partida e ganhou-a. Quando terminaram, Maud olhou Lucien e disse-lhe seriamente:

— Você beija gostoso. — Lucien corou de júbilo:

— Às ordens — respondeu, inclinando-se.

Preferiria, porém, beijar Fanny. Separaram-se à meia-noite e meia por causa do último metrô. Lucien era só alegria; pulou e dançou na rua Raynouard, pensando: "Está no papo." Os cantos da boca doíam-lhe de tanto que rira.

Tomou o hábito de ver Maud às quintas-feiras, às seis horas, e aos sábados, à noite. Ela deixava-se beijar mas não queria se entregar. Lucien queixou-se a Guigard, que o tranquilizou:

— Não se incomode, Fanny está certa de que ela cederá; é que ela é jovem e não teve mais que dois amantes; Fanny recomenda-lhe ser muito carinhoso com ela.

— Carinhoso? — perguntou Lucien. — Você imagina? — Ambos riram e Guigard concluiu:

— Faça o que é preciso, meu velho.

Lucien foi muito terno. Beijava Maud intensamente, dizendo-lhe que a amava, mas com o tempo aquilo foi ficando um pouco monótono e, além disso, não se sentia orgulhoso de sair com ela; gostaria de lhe aconselhar sobre seus vestidos, mas ela era cheia de preconceitos e se encolerizava facilmente. Entre um beijo e outro ficavam silenciosos, os olhos fixos, as mãos entrelaçadas. "Deus sabe no que ela pensa, com esses olhos tão severos." Lucien pensava sempre na mesma coisa: na pequena existência triste e vaga que era a sua, dizendo consigo mesmo: "Queria ser Lemordant, aí está um que encontrou seu caminho." Nesses momentos via-se como se fosse outro; sentado perto de uma mulher que o amava, a mão dela na sua, os lábios ainda úmidos dos seus beijos e recusando a humilde felicidade que ela lhe oferecia — sozinho. Então, apertava fortemente os dedos da pequena Maud e as lágrimas vinham-lhe aos olhos — ele tinha vontade de fazê-la feliz.

Uma manhã de dezembro, Lemordant aproximou-se de Lucien; trazia um papel.

— Quer assinar? — perguntou.

— Que é isso?

— É por causa dos judeus da École Normale Supérieure; eles enviaram ao *L'Œuvre* um abaixo-assinado contra o serviço militar obrigatório com duzentas assinaturas. Nós vamos protestar; precisamos pelo menos de mil nomes: os cadetes, os guardas-marinhas, os agrônomos, os politécnicos, toda a gente boa vai assinar.

Lucien sentiu-se lisonjeado; perguntou:

— Isso vai aparecer?

— Na *Action,* seguramente. Talvez também no *Écho de Paris*.

Lucien tinha vontade de assinar imediatamente, mas pensou que não seria correto. Pegou o papel e leu atentamente. Lemordant continuou:

— Creio que você não faz política; isso é com você. Mas você é francês, tem o direito de dar sua opinião.

Quando ouviu: "Você tem o direito de dar sua opinião", Lucien foi atravessado por uma inexplicável e rápida alegria. Assinou. No outro dia comprou a *Action Française,* mas a proclamação não fora publicada. Somente na quinta-feira é que Lucien a encontrou na segunda página, sob o título: "A juventude da França dá um bom direto nos judeus internacionais." Seu nome estava lá, condensado, definitivo, não muito longe do de Lemordant, quase tão estranho como os de Flèche e de Flipot, que o rodeavam. "Lucien Fleurier", pensou ele, "um nome de camponês, um nome bem francês." Leu em voz alta toda a série de nomes que começavam por F, e, quando foi a vez do seu, pronunciou-o fingindo não o reconhecer. Depois enfiou o jornal no bolso e entrou em casa satisfeito.

Alguns dias mais tarde foi ao encontro de Lemordant.

— Você faz política? — perguntou-lhe.

— Sou da liga — disse Lemordant —, você lê algumas vezes a *Action?*

— Muito pouco — confessou Lucien —, até agora não me interessava, mas creio que estou mudando.

Lemordant olhava-o sem curiosidade, com seu ar impermeável. Lucien contou-lhe, em linhas gerais, o que Bergère havia chamado de seu desajustamento.

— De onde você é? — perguntou Lemordant.

— De Férolles. Meu pai tem lá uma fábrica.

— Quanto tempo ficou por lá?

— Até o segundo ano.

— Estou vendo — concluiu Lemordant. — Pois bem, é simples, você é um desarraigado. Leu Barrès?

— Li *Colette Baudoche*.

— Não é isso — volveu Lemordant com impaciência. — Eu vou lhe trazer *Les Déracinés*, esta tarde: é a sua história. Você encontrará lá o mal e o seu remédio.

O livro era encadernado em couro verde. Na primeira página, um "ex-líbris André Lemordant" destacava-se em letras góticas. Lucien ficou surpreendido: jamais imaginara que Lemordant pudesse ter um prenome.

Começou a leitura com muita desconfiança: tantas vezes tinham tentado lhe explicar; tantas vezes emprestaram-lhe livros com a recomendação: "Leia isto, você está inteirinho aqui." Lucien pensou com um sorriso um pouco triste que não era alguém que se pudesse desmontar assim em algumas frases. O complexo de Édipo, o Desajustamento: que infantilidades e como estava longe tudo aquilo! Mas desde as primeiras páginas ele foi seduzido: primeiramente, isso não era psicologia — Lucien estava por aqui de psicologia —, os jovens de que falava Barrès não eram indivíduos abstratos, desclassificados como Rimbaud ou Verlaine, nem doentes como todas essas vienenses ociosas que se faziam psicanalisar por Freud. Barrès começava por colocá-los no seu meio, na sua família: eles tinham sido bem-educados, na província, em sólidas tradições; Lucien achou que Sturel parecia-se com ele. "É verdade", pensou, "sou um desarraigado." Lembrou-se da saúde moral dos Fleuriers — uma saúde que só se adquire no campo —, da sua força física (seu avô dobrava uma moeda de bronze com os dedos); lembrou-se com emoção das auroras em Férolles: ele acordava, descia pé ante pé para não despertar os pais, escarranchava-se na bicicleta e a doce paisagem da Île-de-France envolvia-o com sua discreta carícia. "Sempre detestei Paris", pensou com energia. Leu, depois, *Le Jardin de Bérénice* e, às vezes, interrompia a leitura e punha-se a refletir, os olhos vagando: eis que, de novo, lhe ofereciam um caráter e um destino, um meio de escapar as tagarelices inesgotáveis da sua consciência, um método para se definir e se apreciar. Mas como preferia, às bestas imundas e lúbricas de Freud, o inconsciente cheio de cheiros agrestes com que Barrès o presenteava. Para entendê-lo, Lucien só tinha que se desviar de uma estéril e perigosa contemplação de si mesmo: devia estudar o solo e o subsolo de Férolles, decifrar o sentido das colinas onduladas que descem até Semette, voltar-se para a geografia humana e a história. Numa palavra: cumpria-lhe regressar a Férolles, ali viver; a encontraria a seus pés, inofensiva e fértil, estendida através da campina férolliana, misturada aos bosques, às fontes, às ervas, como um humo nutritivo onde acharia enfim a força para se tornar um chefe. Lucien saía muito exaltado desses sonhos e às vezes tinha mesmo a impressão de haver encontrado seu caminho. Agora, quando ficava silencioso junto de Maud, com um braço passado em torno de sua cintura, palavras, pedaços de frases ressoavam nele: "renovar a tradição", "a terra e os mortos"; palavras profundas e opacas, inesgotáveis. "Como é tentador", pensava. Entretanto, não ousava acreditar: já o haviam decepcionado demais. Abriu-se com Lemordant:

— Acho que seria bom demais para ser verdade.

— Meu caro — respondeu este —, a gente não acredita imediatamente no que quer: é preciso praticar. — Refletiu um pouco e acrescentou: — Você devia ver a turma.

Lucien aceitou com prazer, mas fez questão de frisar que guardava sua liberdade:

— Eu vou — disse —, mas sem me comprometer. Quero ver e refletir.

Lucien ficou encantado com a camaradagem dos jovens *camelots*,* dispensaram-lhe uma acolhida cordial e simples, e imediatamente se sentiu à vontade no meio deles. Conheceu logo a "turma" de Lemordant, uns vinte estudantes que usavam quase todos um gorro de veludo. Reuniam-se no primeiro andar da cervejaria Polder, onde jogavam *bridge* e bilhar. Lucien ia frequentemente encontrá-los ali e logo compreendeu que o haviam adotado, porque era sempre recebido com gritos do: "Chegou o bonitão!" ou "E o nosso Fleurier nacional!" Mas o que sobretudo seduzia Lucien era o bom humor deles: nada de pedante ou de austero; poucas conversas políticas. Ria-se e cantava-se, soltavam-se gritos de guerra, davam-se hurras à juventude estudantil. Mesmo Lemordant, sem desistir de uma autoridade que ninguém ousaria contestar, relaxava um pouco, chegava a sorrir. Lucien ficava calado a maior parte do tempo, o olhar vagando sobre esses jovens barulhentos e musculosos: "É uma Força", pensava. No meio deles descobria pouco a pouco o verdadeiro sentido da juventude, que não residia na graça afetada que Bergère apreciava; a juventude era o futuro da França. Os companheiros de Lemordant, aliás, não tinham o encanto ambíguo da adolescência: eram adultos e muitos usavam barba. Olhando-os bem, encontrava-se em todos eles um ar de parentesco: haviam superado os erros e as incertezas de sua idade, não tinham mais nada a aprender, estavam feitos.

No começo, seus gracejos picantes e ferozes escandalizavam um pouco Lucien: chegava a crer que eles eram inconscientes. Quando Rémy veio anunciar que a sra. Dubus, a mulher do líder radical, tivera as pernas cortadas por um caminhão, Lucien esperava que eles, antes de mais nada, rendessem uma breve homenagem a um adversário infeliz. Mas eles explodiram em risadas e bateram nas coxas, dizendo: "A velha bruaca!" e "Benemérito caminhoneiro!", Lucien ficou um pouco constrangido, mas compreendeu logo que esse grande riso purificador era uma repulsa: eles tinham farejado um perigo, evitavam um enternecimento covarde e se fecharam. Lucien pôs se a rir também. Pouco a pouco, a irreverência deles apareceu-lhe sob seu verdadeiro aspecto: ela não tinha senão aparências de Frivolidade; no fundo

---

* *Camelots:* abreviatura de *Camelots du Roi*, agitadores do partido monarquista francês dirigido por Charles Maurras. (N.T.)

era a afirmação de um direito — sua convicção era tão profunda, tão religiosa, que lhes dava o direito de parecerem frívolos, de mandar passear, com um dito espirituoso, um piparote, tudo o que não fosse essencial. Entre o humor gelado de Charles Maurras e as brincadeiras de Desperreau, por exemplo (trazia no bolso um velho pedaço de preservativo que chamava de prepúcio de Blum), não havia senão uma diferença de grau. No mês de janeiro, a universidade anunciou uma sessão solene durante a qual o grau de doutor *honoris causa* devia ser conferido a dois mineralogistas suecos. "Você vai ver um belo barulho", disse Lemordant a Lucien, entregando-lhe um convite. O grande anfiteatro estava abarrotado. Quando Lucien viu entrar, ao som da *Marselhesa,* o presidente da República e o reitor, seu coração pôs-se a bater, e temeu pelos seus amigos. Quase imediatamente, alguns jovens levantaram-se nas tribunas e puseram-se a gritar. Lucien reconheceu com simpatia Rémy, vermelho como um tomate, debatendo-se entre dois homens que o puxavam pelo paletó, gritando: "A França aos franceses." Mas gostou particularmente de ver um senhor idoso que soprava, com ar de criança travessa, numa pequena corneta. "Como tudo isto é sadio", pensou. Saboreava vivamente essa mistura original de gravidade teimosa e de turbulência que dava aos mais jovens um ar maduro e aos mais velhos um comportamento de diabretes. Lucien, dentro em pouco, tentou também gracejar. Teve alguns êxitos, e quando dizia de Herriot: "Se esse sujeito morrer na cama é porque Deus já não existe", sentia nascer em si um furor sagrado. Então cerrava as mandíbulas e, durante um momento, sentia-se tão convencido, tão rigoroso, tão poderoso como Rémy ou Desperreau. "Lemordant tem razão", pensou, "é preciso prática, só isso." Aprendeu também a evitar discussões: Guigard, que era um republicano, sobrecarregava-o de objeções. Lucien ouvia-o de bom grado, mas, ao fim de um momento, se fechava. Guigard continuava a falar, mas Lucien nem mesmo o olhava; alisava o vinco das calças e divertia-se a fazer círculos com a fumaça do cigarro, encarando provocadoramente as mulheres. Ele pensava um pouco, apesar de tudo, nas objeções de Guigard, mas elas perdiam bruscamente o peso e deslizavam sobre ele, leves e fúteis, Guigard acabava se calando, muito impressionado. Lucien falou aos pais sobre seus novos amigos e o sr. Fleurier perguntou-lhe se ia ser *camelot*. Lucien hesitou e disse gravemente:

— Estou tentado, estou realmente tentado.

— Lucien, estou lhe pedindo, não faça isso — disse sua mãe. — Eles são muito agitados e uma desgraça chega depressa. Você quer ser preso? E, depois, você é jovem demais para se meter em política.

Lucien respondeu-lhe com um sorriso firme, e o sr. Fleurier interveio:

— Deixe-o fazer o que quiser, minha querida — disse com doçura —, deixe-o seguir suas ideias; é preciso passar por isso.

Desde esse dia pareceu a Lucien que seus pais o tratavam com certa consideração. Entretanto, não se decidia; essas poucas semanas lhe haviam ensinado muita coisa: acudiam-lhe alternadamente ao espírito a curiosidade benevolente de seu pai, as inquietações da sra. Fleurier, o respeito nascente de Guigard, a insistência de Lemordant, a impaciência de Rémy, e dizia com seus botões, sacudindo a cabeça: "É um grande movimento." Teve uma longa conversa com Lemordant e este compreendeu muito bem suas razões, disse-lhe que não se apressasse. Lucien ainda tinha crises de tristeza: tinha a impressão de ser apenas uma pequena transparência gelatinosa que tremulava sobre o banquinho de um café, e a agitação ruidosa dos *camelots* lhe parecia absurda. Mas em outros momentos sentia-se duro e pesado como uma pedra e era quase feliz.

Sentia-se cada vez melhor no meio do bando. Cantou-lhes "La Noce à Rebecca", que Hébrard lhe ensinara nas férias precedentes, e todos diziam que ele fora muito divertido. Lucien, brincalhão, fez diversas reflexões mordazes sobre os judeus e falou da avareza de Berliac:

— Sempre me perguntei: "Mas por que ele é tão pão-duro? Não é possível ser assim tão pão-duro." Depois, um belo dia, compreendi: ele era da tribo.

Todos puseram-se a rir e uma espécie de exaltação apoderou-se de Lucien; sentia verdadeira fúria contra os judeus e a lembrança de Berliac era-lhe profundamente desagradável. Lemordant olhou-o nos olhos e disse:

— Você, você é um puro.

Daí por diante pediam frequentemente a Lucien: "Fleurier, conte-nos uma bem boa sobre os judeus", e Lucien contava histórias judias que ouvira do pai; bastava começar com certo sotaque, por exemplo, "um tia Léfi encontra Plum...", para todos darem risadas. Uma tarde Rémy e Patenôtre contaram que haviam cruzado com um judeu argelino às margens do Sena e que lhe deram um susto horroroso avançando sobre ele como se quisessem atirá-lo à água:

— Eu dizia comigo mesmo — concluiu Rémy —, "que pena Fleurier não estar aqui".

— Foi melhor, talvez, ele não ter estado lá — interrompeu Desperreau —, porque ele teria jogado mesmo o judeu na água!

Não havia ninguém como Lucien para reconhecer um judeu de cara! Quando saía com Guigard tocava-lhe o cotovelo:

— Não vire agora: o baixinho, atrás de nós, é da raça!

— Para isso — dizia Guigard — você tem faro!

Fanny também não podia sentir cheiro de judeus; uma quinta-feira, os quatro subiram ao quarto de Maude Lucien cantou "La Noce à Rebecca." Fanny não aguentava de tanto rir, e dizia: "Pare, pare, senão eu faço pipi na calça." Quando ele terminou, lançou-lhe um olhar feliz, quase terno. Na cervejaria Polder, chegaram mesmo a inventar uma farsa para Lucien. Havia sempre alguém para dizer negligentemente: "Fleurier, que gosta tanto dos judeus...", ou então: "Léon Blum, o grande amigo de Fleurier...", e os outros esperavam arrebatados, retendo o fôlego, de boca aberta. Lucien ficava vermelho, batia na mesa gritando: "Raios que os partam!", e as risadas explodiam, todos exclamando: "Ele caiu! Como um patinho!"

Lucien acompanhava os outros frequentemente a reuniões políticas e ouvia o professor Claude e Maxime Real del Sarte. Seu trabalho ressentia-se um pouco dessas novas obrigações, mas, como ele não podia contar, esse ano, com um êxito no concurso da École Centrale, o sr. Fleurier mostrou-se indulgente: "É preciso", disse à mulher, "que Lucien aprenda seu ofício de homem." Ao sair dessas reuniões, Lucien e seus amigos tinham a cabeça em fogo e faziam molecagens. Uma vez, eram uns dez, encontraram um pobre homenzinho cor de azeitona que atravessava a rua Saint-André-des-Arts lendo *L'Humanité*. Apertaram-no contra o muro e Rémy ordenou-lhe:

— Jogue fora esse jornal.

O sujeito quis reagir, mas Desperreau deslizou atrás dele e agarrou-o pela cintura, enquanto Lemordant, com suas mãos possantes, arrancava-lhe o jornal. Era muito divertido. O homenzinho, furibundo, dava pontapés no vazio, gritando: "Me larguem, me larguem", com uma pronúncia engraçada, e Lemordant, muito calmo, rasgava o jornal. Quando, porém, Desperreau o soltou, as coisas começaram a piorar; o outro atirou-se sobre Lemordant e teria dado nele se Rémy não lhe desfechasse em tempo um murro atrás da orelha. O sujeito foi se chocar contra o muro e olhou-os com ódio:

— Franceses sujos!

— Repita — disse friamente Marchesseau. Lucien compreendeu que a coisa ia ficar feia. Marchesseau não gostava de brincadeiras quando se tratava da França.

— Franceses sujos! — repetiu o estrangeiro. Recebeu um tapa formidável que o jogou para frente, com a cabeça baixa, urrando:

— Franceses sujos, burgueses sujos, detesto-os, queria que arrebentassem todos, todos, todos! — e uma onda de outras injúrias imundas e violentas que Lucien não teria podido sequer imaginar.

Então eles perderam a paciência e foram obrigados a se meter na briga e dar-lhe uma boa correção. Ao cabo de um tempo largaram-no e o sujeito se deixou encurralar contra o muro; tinha as pernas bambas, um soco havia lhe fechado o olho direito e estavam todos à volta dele, cansados de bater, esperando que ele caísse. O homem torceu a boca e cuspiu:

— Franceses sujos.

— Você quer que recomecemos? — perguntou Desperreau, esbaforido.

O sujeito pareceu não ouvir — olhava-os, desafiando-os com o olho esquerdo, e repetia:

— Franceses sujos, franceses sujos!

Houve um momento de hesitação e Lucien compreendeu que seus camaradas iam abandonar a presa. Então uma coisa mais forte que ele o jogou para frente e ele atirou-se contra o sujeito com toda a força. Ouviu alguma coisa que estalava e o homenzinho o olhou com um ar débil e surpreso;

— Sujos... — gaguejou.

Mas seu olho pisado começou a escancarar-se sobre o globo vermelho e sem pupila; caiu de joelhos e não disse mais nada.

— Vamos dar o fora — soprou Rémy.

Correram e só pararam na praça Saint-Michel: ninguém os perseguia. Ajeitaram as gravatas, escovaram-se uns aos outros, com a palma da mão.

A noitada escoou-se sem que os jovens fizessem alusão à sua aventura; mostraram-se particularmente obsequiosos uns com os outros; haviam abandonado essa brutalidade pudica que lhes servia, ordinariamente, para encobrir seus sentimentos. Falavam uns aos outros com polidez e Lucien pensou que se mostravam pela primeira vez tal como deviam ser em suas famílias; mas ele mesmo estava com os nervos à flor da pele: não tinha o hábito de brigar na rua com vagabundos. Pensou em Maud e Fanny com ternura.

Não pôde conciliar o sono. "Não posso continuar", pensou, "a segui-los nas suas lutas como amador. Agora tudo está bem pesado, é *preciso* tomar partido!" Sentia-se grave e quase religioso quando anunciou a boa nova a Lemordant.

— Está decidido — disse-lhe —, estou com vocês.

Lemordant bateu-lhe no ombro e a turma festejou o acontecimento esvaziando algumas garrafas. Tinham retomado seu ar violento e alegre e não falaram do incidente da véspera. Quando iam se separar, Marchesseau disse simplesmente a Lucien:

— Você tem um soco formidável!

Ao que ele respondeu:

— Era um judeu!

Dois dias depois, Lucien foi encontrar Maud armado de uma grossa bengala de junco que comprara numa loja do bulevar Saint-Michel. Maud compreendeu logo. Olhou a bengala e perguntou:

— Então, aderiu?

— Aderi — respondeu Lucien, sorrindo, Maud pareceu lisonjeada; pessoalmente, era mais favorável às ideias da esquerda, mas tinha o espírito aberto.

— Acho — dizia ela — que todos os partidos têm seu lado bom.

Durante a noite, coçou-lhe muitas vezes a nuca chamando-o de seu pequeno *camelot*. Pouco tempo depois, num sábado à noite, Maud sentiu-se cansada:

— Acho que vou voltar — disse —, mas você pode subir comigo se for comportado: pegará na minha mão, será bem carinhoso com sua pequena Maud, que está tão mal, e contará histórias.

Lucien não estava entusiasmado: o quarto de Maud entristecia-o pela sua pobreza cuidadosa; parecia um quarto de empregada. Mas teria sido um crime deixar passar uma ocasião tão bela, Assim que entrou, Maud atirou-se na cama:

— Ufa! Agora estou bem. — Depois calou-se e fixou Lucien nos olhos, arrebitando os lábios.

Ele foi se deitar perto dela e ela pôs a mão nos olhos, separando os dedos e dizendo com voz infantil:

— Estou vendo você, Lucien, estou vendo você!

Ele se sentia pesado e mole; ela meteu-lhe os dedos na boca e ele chupou-os, depois falou ternamente:

— A pequena Maud está doentinha, como está mal a pobre Maud! — e acariciou-a pelo corpo todo; ela fechara os olhos e sorria misteriosamente.

Um instante depois ele levantava a saia dela e acontecia que eles faziam amor. Lucien pensou: "Sou fogo!"

— Juro — disse Maud quando terminaram — que não esperava isto.

Olhou Lucien com terna reprovação:

— Ladrãozinho, pensei que você fosse ficar quieto! — Lucien disse que estava tão surpreso quanto ela.

— Aconteceu de repente — acrescentou. Maud refletiu um pouco e disse, seriamente:

— Não estou arrependida. Antes, talvez fosse mais puro, mas era menos completo.

"Tenho uma amante", pensou Lucien no metrô. Sentia-se vazio e cansado, impregnado de um cheiro de absinto e peixe fresco; foi se sentar e ficou reto para evitar o contato da camisa ensopada de suor; parecia-lhe que o corpo estava mergulhado em leite coalhado. Repetiu para si com força: "Tenho uma amante", mas estava frustrado: o que desejava de Maud, até a véspera, era o seu rosto estreito e fechado que parecia vestido, sua silhueta magra, sua atitude digna, sua reputação de moça séria, seu desprezo pelo sexo masculino, tudo o que fazia dela uma pessoa estranha, verdadeiramente *outra*, dura e definitiva, sempre fora de alcance, com suas pequenas ideias próprias, seus pudores, suas meias de seda, seu vestido de crepe, sua permanente. E todo esse verniz se havia fundido ao seu abraço, se havia tornado carne; ele aproximara seus lábios de um rosto sem olhos, nu como um ventre, possuíra uma grande flor de carne molhada. Reviu o animal cego que palpitava nas cobertas com marulhos e bocejos peludos e pensou: "Era *nós dois*." Tinham se tornado um, pois não podia mais distinguir sua carne da carne de Maud; ninguém jamais lhe havia dado essa impressão de repulsiva intimidade, salvo talvez Riri, quando Riri mostrava seu pintinho atrás de uma moita ou quando urinava sem querer e ficava deitado de bruços, espermeando, com o traseiro à mostra, enquanto alguém lhe secava as calças. Lucien experimentou algum alívio pensando em Guigard; diria a ele amanhã: "Dormi com Maud, é uma mulherzinha admirável, meu velho; tem a coisa no sangue." Mas não estava à vontade: sentia-se nu no calor empoeirado do metrô, nu sob uma tênue película de roupas, rígido e nu ao lado de um padre, à frente de duas senhoras maduras, como um grande aspargo enlameado.

Guigard felicitou-o vivamente. Começava a se cansar de Fanny:

— Ela tem um gênio muito ruim. Ontem ficou emburrada a noite toda.

Os dois estavam de acordo: mulheres como essas, era preciso que houvesse, porque não se pode ficar casto até o casamento e, além disso, elas não eram interesseiras, nem doentes; seria, porém, um erro ligar-se a elas. Guigard falou das moças de família com muita delicadeza e Lucien pediu-lhe notícias de sua irmã.

— Ela vai bem, meu velho — disse Guigard —, ela disse que você é um fujão. Você sabe — continuou ele com um ar de abandono —, não me desagrada ter uma irmã: sem isso há coisas que a gente não pode entender.

Lucien compreendia-o perfeitamente. Depois disso, falavam sempre de moças e sentiam-se cheios de poesia. Guigard gostava de repetir as palavras de um de seus tios, que tivera muitos êxitos com as mulheres:

— Eu talvez nem sempre tenha feito o bem nesta droga de vida, mas há uma coisa que Deus levará em conta: preferia cortar as mãos a tocar numa virgem.

Voltaram algumas vezes à casa das amigas de Pierrette Guigard. Lucien gostava muito de Pierrette, falava a ela como um irmão mais velho um pouco travesso, e era-lhe agradecido por não ter cortado os cabelos. Estava agora muito absorvido pelas suas atividades políticas; todos os domingos de manhã, ia vender a *Action Française* diante da igreja de Neuilly. Durante mais de duas horas passeava de um lado para outro, o rosto endurecido. As jovens que saíam da missa as vezes levantavam para ele seus belos olhos sinceros; então Lucien se descontraía um pouco, sentia-se puro e forte; sorria-lhes. Explicou à turma que respeitava as mulheres e ficou contente ao encontrar entre eles a compreensão que desejara. Aliás, quase todos tinham irmãs.

No dia 17 de abril, os Guigards deram uma festa comemorando os 18 anos de Pierrette e, naturalmente, Lucien foi convidado. Ele já era muito amigo de Pierrette, ela chamava-o de seu dançarino e ele suspeitava que ela estivesse um pouco interessada nele. A sra. Guigard tinha contratado uma pianista e a tarde prometia ser das mais alegres. Lucien dançou muitas vezes com Pierrette, depois foi procurar Guigard, que recebia os amigos na sala de fumar.

— Salve — disse Guigard —, creio que todos se conhecem: Fleurier, Simon, Vanusse, Ledoux.

Enquanto Guigard nomeava seus camaradas, Lucien viu que um rapaz alto, ruivo e de cabelos anelados, de pele leitosa e sobrancelhas duras e pretas, aproximou-se deles hesitante. A cólera transformou-o. "Que é que esse sujeito faz aqui?", pensou Lucien. "Guigard sabe muito bem que não posso sentir cheiro de judeu." Deu meia-volta e afastou-se rapidamente para evitar as apresentações.

— Quem é esse judeu? — perguntou um pouco mais tarde a Pierrette.

— É Weill, está nos Altos Estudos Comerciais; meu irmão o conheceu na sala de armas.

— Tenho horror aos judeus — disse Lucien. Pierrette deu um risinho.

— Aquele é, antes de mais nada, um bom rapaz — disse. — Leve-me para tomar qualquer coisa.

Lucien pegou uma taça de champanhe e mal teve tempo de colocá-la sobre uma mesa: encontrava-se face a face com Guigard e Weill. Fulminou Guigard com os olhos e deu meia-volta. Pierrette, porém, segurou-o pelo braço e Guigard abordou-o abertamente:

— Meu amigo Fleurier, meu amigo Weill — disse com desembaraço. — Pronto: as apresentações estão feitas.

Weill estendeu a mão e Lucien sentiu-se muito infeliz. Felizmente, lembrou-se de súbito de Desperreau: "Fleurier atiraria mesmo o judeu à água." Enfiou as mãos nos bolsos, deu as costas a Guigard e foi-se embora. "Não poderei mais pôr os pés nesta casa", pensou, dirigindo-se ao vestiário. Sentia um orgulho amargo. "Eis o que é agarrar-se fortemente a opiniões; não se pode mais viver em sociedade." Mas na rua seu orgulho desapareceu e Lucien ficou muito inquieto. "Guigard deve estar furioso!" Sacudiu a cabeça e tentou se convencer: "Ele não tinha o direito de convidar um judeu se me convidou!" Sua cólera, porém, havia cessado; revia com uma espécie de mal-estar a cara espantada de Weill, sua mão estendida, e sentia-se inclinado à conciliação: "Pierrette certamente pensa que sou uma besta. Devia ter apertado aquela mão. Afinal, isso não me comprometia. Fazer uma saudação reservada e afastar-me imediatamente, eis o que eu devia ter feito." Considerou se era tempo ainda de voltar à casa dos Guigards. Poderia se aproximar de Weill e dizer-lhe: "Desculpe-me, tive um mal-estar." Trocariam um aperto de mão, conversariam um pouco, educadamente. Mas não: era tarde demais, seu gesto era irreparável. "Que necessidade tinha eu", pensou com irritação, "do mostrar minhas opiniões a pessoas que não podem compreendê-las!" Sacudiu nervosamente os ombros: era um desastre. Nesse mesmo instante, Guigard e Pierrette estariam comentando sua conduta. Guigard diria: "Ele é completamente louco!" Lucien cerrou os punhos. "Oh", pensou com desespero, "como os odeio! Como odeio os judeus!", e tentou tirar um pouco de força da contemplação desse ódio imenso. Mas este se esvaiu. De nada lhe servia pensar em Léon Blum, que recebia dinheiro da Alemanha e odiava os franceses, não sentia mais do que uma triste indiferença. Lucien teve a sorte de encontrar Maud em casa. Disse-lhe que a amava e possuiu-a diversas vezes, com uma espécie de raiva. "Tudo perdido", dizia para si mesmo, "jamais serei *alguém*."

— Não, não! — pedia Maud. — Pare, querido, isso não, é proibido!

Mas acabou por deixar: Lucien quis beijar-lhe tudo. Sentia-se infantil e perverso; tinha vontade de chorar.

No dia seguinte pela manhã, no liceu, Lucien sentiu um aperto no coração ao avistar Guigard. Este tinha um ar dissimulado e fingiu não vê-lo. Lucien ficou com tanta raiva que foi incapaz de tomar suas notas: "Este sujo!", pensou, "este sujo!" No fim das aulas, Guigard aproximou-se dele muito pálido: "Se ele disser alguma coisa, eu o encho de tapas", pensou Lucien, aterrorizado. Permaneceram um instante lado a lado, cada qual olhando o bico do sapato.

Por fim, Guigard quebrou o silêncio, com uma voz embargada:

— Desculpe, meu velho, eu não devia ter feito aquilo. — Lucien sobressaltou-se e olhou-o com desconfiança. Mas Guigard prosseguiu, com esforço:

— Eu o encontro na sala, você compreende, então eu quis... nós fazemos esgrima juntos e ele me convidou para ir à casa dele, mas eu compreendo, você sabe, eu não deveria, não sei como aconteceu, mas, quando escrevi os convites, não pensei um segundo nisso...

Lucien continuava mudo, porque as palavras não saíam, mas sentia-se inclinado à indulgência. Guigard prosseguiu, de cabeça baixa:

— Bem, foi uma gafe...

— Seu imbecil — disse Lucien, batendo-lhe no ombro —, sei perfeitamente que você não fez de propósito. — Continuou com generosidade:

— Também errei. Banquei o mal-educado. Mas que é que você quer? E mais forte do que eu, não posso tocá-los, é físico, tenho a impressão de que eles têm escamas na mão. Que disse Pierrette?

— Ficou rindo como uma louca — respondeu Guigard.

— E o sujeito?

— Ele compreendeu. Eu disse o que pude, mas ele se mandou uns 15 minutos depois.

Acrescentou, sempre embaraçado:

— Meus pais acham que você teve razão, que você não podia agir de outro modo, desde que tem uma convicção.

Lucien saboreou a palavra "convicção": tinha vontade de apertar Guigard nos braços:

— Não tem importância, meu velho, vamos continuar amigos.

Desceu o bulevar Saint-Michel num estado de exaltação extraordinária: parecia-lhe que não era mais ele mesmo.

Disse com seus botões: "É engraçado, não sou mais eu, não me reconheço!" O tempo estava quente e agradável; as pessoas passeavam, levando nas fisionomias o primeiro sorriso maravilhado da primavera. Nessa multidão mole Lucien introduzia-se como uma ponta de aço, pensando: "Não sou mais eu." Ainda ontem era um grande inseto inchado, como os grilos de Férolles; agora sentia-se claro e perfeito como um cronômetro. Entrou em *La Source* e pediu um *pernod*. A turma não frequentava *La Source* porque ali pululavam os estrangeiros; mas, nesse dia, estrangeiros e judeus não incomodavam Lucien. No meio daqueles corpos azeitonados, que sussurravam levemente, como um campo de aveia sob o vento, sentia-se insólito e ameaçador, um monstruoso relógio de parede sentado no banquinho e luzindo. Reconheceu com prazer um pequeno judeu que os estudantes haviam esbordoado no trimestre precedente nos corredores da Faculdade de Direito. O mostrengo, gordo e pensativo, não tinha marcas, mas devia ter ficado contundido por algum tempo e depois recuperado sua forma rotunda; havia nele, porém, uma espécie de obscena resignação.

No momento sentia-se feliz — bocejou voluptuosamente; um raio de sol fazia-lhe cócegas nas narinas; coçou o nariz e sorriu. Era um sorriso? Ou uma pequena oscilação que nascera exteriormente, em algum canto da sala, e viera morrer na sua boca? Todos aqueles estrangeiros flutuavam numa água suja e pesada, cujos redemoinhos sacudiam suas carnes moles, levantando-lhes os braços, agitando-lhes os dedos, brincando um pouco com os seus lábios. Pobres coitados! Lucien quase tinha piedade deles. Que é que vinham fazer na França? Que correntes submarinas os haviam trazido e depositado ali? Era inútil vestirem-se decentemente nos alfaiates do bulevar Saint-Michel, não passavam de medusas. Lucien considerou que não era uma medusa, que não pertencia àquela fauna humilhada, e disse para si: "Estou mergulhado!" Depois, de repente, esqueceu *La Source* e os estrangeiros, não viu mais que as costas de um homem deformadas pelos músculos, que se retiravam com uma energia tranquila, que se perdiam, implacáveis, na bruma. Viu também Guigard: Guigard estava pálido, seguia com os olhos aquelas costas, dizendo a Pierrette, invisível: "Bem, foi uma gafe..." Lucien foi invadido por uma alegria quase intolerável: aquelas costas possantes e solitárias eram *as suas*! E a cena tinha se passado ontem! Durante um momento, graças a um violento esforço, ele foi Guigard, seguiu suas próprias costas com os olhos de Guigard, experimentou diante de si mesmo a humildade de Guigard e sentiu-se deliciosamente aterrorizado. "Isso lhe servirá de lição!", pensou. A cena mudara, agora: era o quarto de Pierrette, isso se passava no futuro. Pierrette e Guigard apontavam, docemente, um nome numa lista de convidados. Lucien não se achava presente, mas seu poder pairava sobre eles. Guigard dizia: "Ah, não, esse não! Bem, com Lucien isso seria o diabo; Lucien não atura os judeus!" Lucien contemplou-se ainda uma vez — pensou: "Lucien sou eu! Alguém que não tolera os judeus." Ele tinha pronunciado essa frase em muitas ocasiões, mas hoje não soava como das outras vezes, absolutamente. É claro que na aparência era uma simples observação, como se tivesse dito: "Lucien não gosta de ostras." Ou então: "Lucien gosta de dançar." Mas não havia como se enganar a esse respeito. O amor à dança talvez se pudesse descobrir também no pequeno judeu, nele isso não passaria de um estremecimento de medusa; bastava olhar esse desgraçado judeu para compreender que seus gostos e desgostos colavam-se nele como seu cheiro, como os reflexos de sua pele, que desapareceriam com ele, como o pestanejar de suas pálpebras pesadas, como seus sorrisos viscosos de volúpia. Mas o antissemitismo de Lucien era de outra espécie: impiedoso e puro, saía dele como uma lâmina de aço ameaçando outros peitos: "Isso", pensou, "é... é sagrado!" Lembrou-se de que sua mãe, quando ele era pequeno, dizia-lhe às vezes, com um tom especial: "Papai está trabalhando no escritório." E essa frase parecia-lhe uma fórmula sacramental que lhe conferia, de repente, um enxame de obrigações religiosas, como não brincar com a carabina de ar comprimido, não gritar "tararabum"; andava, então, pelos corredores nas pontas dos pés, como se estivesse numa catedral.

"Agora é minha vez", pensou com satisfação. Diziam baixando a voz: "Lucien não gosta de judeus", e as pessoas sentiam-se paralisadas, os membros traspassados por uma nuvem de pequenas flechas dolorosas. "Guigard e Pierrette", pensou enternecido, "são crianças." Tinham sido culpados, mas bastou que ele lhes mostrasse um pouco os dentes para que sentissem remorso, falassem em voz baixa e se pusessem a andar nas pontas dos pés.

Lucien, pela segunda vez, sentiu-se cheio de respeito por si mesmo. Mas desta vez não tinha necessidade dos olhos de Guigard: era a seus próprios olhos que ele parecia respeitável — a seus olhos que rompiam enfim um envoltório de carne, de gostos e desgostos, de hábitos e humores. "Onde eu me procurava, não podia encontrar-me." Fizera, de boa-fé, o recenseamento minucioso de tudo o que ele *era*. "Mas, se eu só devia ser o que sou, não valeria mais do que esse judeu." Remexendo assim nessa intimidade de mucosa, que é que se podia descobrir, a não ser a tristeza da carne, a ignóbil mentira da igualdade, a desordem? "Primeira máxima", disse Lucien consigo mesmo, "não procurar ver em si; não há erro mais perigoso." O verdadeiro Lucien — ele o sabia agora — tinha de ser procurado nos olhos dos outros, na obediência medrosa de Pierrette e de Guigard, na expectativa confiante de todos esses seres que cresciam e amadureciam para ele, desses jovens aprendizes que se tornariam seus operários, do povo de Férolles, adultos e crianças, de quem seria, um dia, o prefeito. Lucien tinha quase medo, sentia-se quase grande demais para si. Tantas pessoas o esperavam, apresentando armas: e ele era, seria sempre essa imensa esperança dos outros. "É isso um chefe", pensou. E viu reaparecer umas costas musculosas e deformadas, e depois, imediatamente depois, uma catedral. Ele estava dentro dela, passeava cautelosamente sob a luz peneirada que caía dos vitrais. "Só que agora sou eu a catedral!" Fixou o olhar com intensidade sobre seu vizinho, um cubano comprido, moreno e suave como um charuto. Era preciso de todo modo encontrar palavras que exprimissem sua extraordinária descoberta. Levantou, suave e cuidadosamente, a mão até a fronte, como um círio aceso, depois recolheu-se um instante, pensativo e sagrado, e as palavras vieram por si mesmas, murmurou: "TENHO DIREITOS!" Direitos! Algo parecido com os triângulos, com os círculos: eram tão perfeitos que não existiam, por mais que se traçassem milhares de rodas com compassos, não se chegava a construir um único círculo. Gerações de operários poderiam, do mesmo modo, obedecer escrupulosamente às ordens de Lucien, nunca esgotariam o direito que ele tinha de mandar; os direitos estavam além da existência, como as equações matemáticas e os dogmas religiosos. E eis que

Lucien, justamente, era isto: um enorme feixe de responsabilidades e de direitos. Acreditara por muito tempo que existia por acaso, à deriva, mas era por falta de reflexão. Bem antes do seu nascimento, seu lugar estava marcado ao sol, em Férolles. Já — bem antes, mesmo, do casamento de seu pai — *esperavam-no*. Se tinha vindo ao mundo, era para ocupar esse lugar: "Eu existo", pensou, "porque tenho o direito de existir." E pela primeira vez, talvez, teve uma visão fulgurante e gloriosa de seu destino. Seria recebido na École Centrale cedo ou tarde. (Isso não tinha, aliás, nenhuma importância.) Então abandonaria Maud (ela queria ir para a cama a todo instante, era maçante; suas carnes confundidas desprendiam, no calor tórrido desse começo de primavera, um cheiro de guisado de frango um pouco chamuscado. "Além disso, Maud é de todos, hoje minha, amanhã de outro, tudo isso não tem sentido algum."); ele iria morar em Férolles. Em alguma parte da França havia uma moça clara, no gênero de Pierrette, uma provinciana de olhos de flor, que se guardava, casta, para ele: ela tentava, às vezes, imaginar o seu senhor futuro, esse homem terrível e doce; mas não conseguia. Ela era virgem; reconhecia, no mais recôndito do seu corpo, o direito de Lucien a possuí-la sozinho. Ele a desposaria, ela seria *sua* mulher, o mais terno dos seus direitos. Quando ela se despisse à noite, com pequeninos gestos sagrados, seria como um holocausto. Ele a tomaria nos braços, com a aprovação de todos, e lhe diria: "Você é minha!" O que ela lhe mostrasse teria o dever de não mostrar senão a ele, e o ato amoroso seria para ele o recenseamento voluptuoso de seus bens. Seu mais terno direito; seu direito mais íntimo: o direito de ser respeitado até na carne, obedecido até na cama. "Vou me casar jovem", pensou. Disse também para si mesmo que teria muitos filhos; depois pensou na obra do pai; estava impaciente para continuá-la e se perguntou se o sr. Fleurier não iria morrer logo.

Um relógio bateu meio-dia. Lucien levantou-se. A metamorfose estava consumada: naquele café, uma hora antes, havia entrado um adolescente gracioso e indeciso; agora, quem de lá saía era um homem, um chefe entre os franceses. Lucien deu alguns passos na gloriosa luz de uma manhã da França. Na esquina da rua des Écoles e do bulevar Saint-Michel, aproximou-se de uma papelaria e olhou-se na vitrine: queria encontrar no próprio rosto o ar impermeável que admirava em Lemordant. Mas o vidro não lhe devolveu senão uma bela figurinha enfezada que não era ainda bastante terrível: "Vou deixar crescer o bigode", decidiu.

Conheça os títulos da Coleção Clássicos de Ouro

132 crônicas: cascos & carícias e outros escritos — Hilda Hilst
24 horas da vida de uma mulher e outras novelas — Stefan Zweig
50 sonetos de Shakespeare — William Shakespeare
A câmara clara: nota sobre a fotografia — Roland Barthes
A conquista da felicidade — Bertrand Russell
A consciência de Zeno — Italo Svevo
A força da idade — Simone de Beauvoir
A guerra dos mundos — H.G. Wells
A ingênua libertina — Colette
A mãe — Máximo Gorki
A mulher desiludida — Simone de Beauvoir
A náusea — Jean-Paul Sartre
A obra em negro — Marguerite Yourcenar
A riqueza das nações — Adam Smith
As belas imagens (e-book) — Simone de Beauvoir
As palavras — Jean-Paul Sartre
Como vejo o mundo — Albert Einstein
Contos — Anton Tchekhov
Contos de terror, de mistério e de morte — Edgar Allan Poe
Crepúsculo dos ídolos — Friedrich Nietzsche
Dez dias que abalaram o mundo — John Reed
Física em 12 lições — Richard P. Feynman
Grandes homens do meu tempo — Winston S. Churchill
História do pensamento ocidental — Bertrand Russell
Memórias de Adriano — Marguerite Yourcenar
Memórias de uma moça bem-comportada — Simone de Beauvoir
Memórias, sonhos, reflexões — Carl Gustav Jung
Meus últimos anos: os escritos da maturidade de um dos maiores gênios de todos os tempos — Albert Einstein
Moby Dick — Herman Melville
Mrs. Dalloway — Virginia Woolf
O banqueiro anarquista e outros contos escolhidos — Fernando Pessoa
O deserto dos tártaros — Dino Buzzati
O eterno marido — Fiódor Dostoiévski
O Exército de Cavalaria — Isaac Bábel

O fantasma de Canterville e outros contos — Oscar Wilde
O filho do homem — François Mauriac
O imoralista — André Gide
O muro — Jean-Paul Sartre
O príncipe — Nicolau Maquiavel
O que é arte? — Leon Tolstói
O tambor — Günter Grass
Orgulho e preconceito — Jane Austen
Orlando — Virginia Woolf
Os mandarins — Simone de Beauvoir
Retrato do artista quando jovem — James Joyce
Um homem bom é difícil de encontrar e outras histórias — Flannery O'Connor
Uma morte muito suave (e-book) — Simone de Beauvoir

DIREÇÃO EDITORIAL
Daniele Cajueiro

EDITORA RESPONSÁVEL
Ana Carla Sousa

PRODUÇÃO EDITORIAL
Adriana Torres
Daniel Borges do Nascimento
Laiane Flores
Adriano Barros

REVISÃO
Mônica Surrage

DIAGRAMAÇÃO
Futura

Este livro foi impresso em 2022, pela Vozes,
para a Nova Fronteira.